KB202269

동생

민음사

가장 사랑하는 것을 찾아 떠난 그 사람은
오늘도 돌아오지 않네.

— 「자밍」

일러두기

1. 홍콩 지명과 실존 인명은 홍콩 광둥어 발음 및 영어 명칭으로 표기했고, 작품 속 인명은 표준 중국어 발음으로 표기했다.
2. 본문의 모든 주석은 옮긴이 주다.
3. 이해를 돕기 위해 작품 속에 등장하는 주요 장소를 표시한 홍콩 지도를 말미에 배치했다.

차례

1 시트콤 같은 집안 분위기

1

1997년 6월 25일, 나는 처음으로 실연을 당했다. 열두 살이었다. 그렇다. 나는 뒤끝이 아주 긴 사람이다.

뒤끝이 길다는 게 기억력이 좋다는 뜻은 아니다. 관건은 역시 그날이 얼마나 가슴 깊이 남았느냐에 있다. 1997년 6월 25일 수요일, 담임 선생님이 6학년 학생들을 위한 특별 환송회를 열어 주었다. 나는 황러쉬안에게 줄 선물로 왕페이(王菲)의 「장난감」 EP 앨범을 준비해 갔다. 「약속」이라는 수록곡 때문이었고 그걸로 고백할 작정이었다. 황러쉬안은 선물을 받은 뒤 아무 말도 하지 않았다. 이어서 내 단짝이었던 류페이펀이 출간된 지 얼마 안 된 「GTO」를 황러쉬안에게 선물했다. 나는 황러쉬안이라면 GTO가

뭔지도 모를 거라고 확신했지만, 그는 만화책을 받더니 환하게 웃으며 같은 중학교에 가게 되었다고 류페이펀에게 말했다. 아…… 무슨 의미인지 알 수 있었다.

아무리 류페이펀과 황러쉬안을 저주했어도 보통 때였다면 육 개월쯤 지나 돌이켜 봤을 때 몇 월 며칠인지 기억할 리가 없었다. 무슨 요일인지는 더 말할 필요도 없고. 기껏해야 학기가 끝났을 때니 6월 언제쯤이었다고만 가물가물하게 기억했을 것이다. 내가 똑똑하게 기억하는 이유는 그 이후에 훨씬 중요한 일이 발생해서다.

눈물을 줄줄 흘리며 환송회에서 나왔건만 누구 하나 쫓아오지 않았다. 데리러 온 아빠를 따라 병원으로 가는 내내 나는 눈물을 흘렸다. 실연당한 일로 무슨 문제가 생겨서 병원에 간 게 아니라 엄마의 출산 때문에 갔다. 우리가 도착하니 간호사가 이미 낳았다고 알려 주었다. 아빠는 분만실에서 나오는 엄마를 챙기고 나는 간호사를 따라 신생아실로 갔다. 갓 태어난 아기들이 시끄럽게 울고 있어서 동생이 깰까 봐 걱정스러웠다. 아니나 다를까 동생이 하품하며 눈을 떴다. 그런데 고개를 돌리더니 나를 보며 싱긋 웃는 게 아닌가.

하얗고 보드라운 동생을 보자 말로 설명할 수 없는 기쁨이 솟구쳤다.

나는 아빠에게 커러라고 부르면 어떠냐고 물었다. 그전까지만 해도 내 인생에서 가장 중요한 사람은 황러쉬안인 줄 알았다.

내 이름은 탄커이, 아기는 내 동생 탄커러였다. 나는 1997년 6월 25일을 절대 잊을 수 없다. 그날은 내가 실연당한 날이자 내 동생이 태어난 날이다.

2

처음부터 탄커러가 좋았다. 동생의 모든 것이 사랑스러웠다. 다른 아기들은 악을 쓰며 시끄럽게 울었지만 탄커러는 가슴 아프게 울었다. 작고 떨리는 소리로 조금씩 으, 응애하고 울었다. 단숨에 울지도 못하는 모양새였다. 모르는 척하면 길가에 버려진 새끼 고양이처럼 쓸쓸하게 죽어버릴 것만 같았다. 아빠는 중학교 교복을 입은 내가 커러를 안고 있는 모습을 아주 많이 찍었다. 포대기에 싸인 커러를 안은 모습부터 등뼈가 단단해져 내 팔오금에 앉을 수 있게 된 커러에게 내가 얼굴을 맞댄 모습까지. 아빠는 그 사진들을 흑백으로 인화했다. 나와 커러는 우리의 평화로운 전원생활을 방해하는 시끄러운 관광객이 카메라 뒤에 있다는 듯 렌즈를 노려보고 있었다.

나와 커러의 친밀함은 보통 남매와 달랐다. 우리는 장

난감이나 음식을 두고 다투는 법이 없었고 소리치며 싸우지도 않았다. 동생보다 열두 살이나 많은 내가 어떻게 동생을 귀여워하지 않을 수 있었겠는가? 게다가 나는 중학교에 막 들어간 상태였다. 친구와 선생님, 수업 내용부터 성적까지 학교의 모든 것이 나의 기대와 달랐다. 교복 스타일 정도만 겨우 마음에 드는 수준이었다. 나는 매일 수업 종료 종이 울리기를 기다렸다. 종이 열 번 울리고 나서야 집에 돌아가 커러를 볼 수 있었다. 왜인지는 모르겠지만, 나를 바라보는 커러의 표정은 다 이해한다는 듯 보였다. 내가 학교에서 얼마나 힘들었는지 정말로 아는 것처럼 작은 손으로 내 얼굴을 살짝 건드리기까지 했다. 나는 동생에게 생긴 아주 작은 변화, 그러니까 조금 더 자랐다는 것까지 전부 알아챌 수 있었다. 그 시기 나는 커러와 함께였기 때문에 학교생활의 아픔을 떨쳐 내고 삶에 의미를 부여할 수 있었다.

내가 커러와 가까워지게 된 이유에는 엄마도 있었다.

커러가 18개월이 될 때까지 나는 산후조리가 일종의 병인 줄 알았다. 엄마는 그 병을 일 년 넘게 앓았다. 심한 감기를 앓을 때처럼 엄마는 아침부터 밤까지 잠만 자고 늘 피곤과 절망에 전 표정을 짓고 있었다. 커러를 안아 주려고도 하지 않았다. 그래서 나는 매일 학교에서 돌아오면 커러부터 안아 들었다. 먹고 마시고 놀고 공부할 때 모두 커러를 안고 있었다. 나중에는 물건을 사러 갈 때도 안고 갔다. 커러를 한사코 내려놓지 않자 나를 이상하게 바라보던 아빠도 나중에는 고맙다고 말했다. 하루는 아빠에게 우는 것 아니냐고 물은 적도 있었다. 상심한 아빠와 철든 나는 서로를 걱정시키지 않으려고 큰 소리로 웃으며 장난치곤 했다. 내가 제일 많이 했던 행동은 커러의 작은 가슴에 얼굴을 묻고 힘껏 바람을 부는 것이었다. 그러면 커러는 깔깔거리며 웃었고 나는 계속해서 바람을 불어 댔다. 아빠는 그런 나를 보며 무슨 기체에 중독된 환자 같다고 했다. 우리는 그렇게 즐거운 집안 분위기를 만들어 갔다.

동생이 만 한 달 되었을 때였다. 친척 한 분이 왔다가 집에서 동생 젖비린내가 진동한다며 얼굴을 찌푸렸다. 나는 그 사람을 노려보다가 동생 냄새가 얼마나 좋은데 그러냐고 쏘아붙인 뒤 집에서 쫓아 버렸다. 아빠는 동생을 생각하는 마음이야 알지만 아무리 그래도 어쩌고저쩌고 하며 야단치기 시작했다. 나는 아빠의 말을 끊고 틀렸다고, 정말로 동생한테서 좋은 냄새가 난다고 당당하게 말했다.

나는 탄커러에게 첫눈에 반했다. 나는 첫눈에 반한다는 말을 믿는 사람이다.

3

어느 날 갑자기 엄마의 산후병이 완치되었다. 엄마는 더 이상 온종일 침대에 늘어져 있지 않았다. 대신 온종일 커러를 안고 거리를 돌아다녔다.

나는 기분이 나빠졌다.

엄마는 커러를 데리고 쇼핑하러 다녔다. 두 주만 지나도 맞지 않을 커러의 옷을 끊임없이 사들였다. 내 물건은 안 사고 커러 물건만 사서가 아니라 엄마가 쓸데없는 물건만 사 대는 것에 화가 났다. 아빠도 툭하면 언성을 높였다. 민감한 커러는 두 사람이 싸우기만 하면 내 품으로 파고들어 으앙으앙 울었다.

커러가 그렇게 울 때마다 가슴이 찢어지는 듯했다.

나중에 두 사람은 이혼할 듯 소란을 떨었다. 아빠와 엄마 누구도 이혼하겠다는 말을 내게 직접적으로 하지는 않았다. 애당초 야근할 일이 없는 공장에서 아빠가 매일 밤 돌아오지 않을 뿐이었다. 금융 위기 좋아하시네. 누굴 속이는 거야? 엄마는 늘 내 앞에서 투덜거렸다. 너만 아니었으면 벌써 달아났을 거야. 나를 탓하는 말이었다. 내가 언제 막았어요? 왜 전부 내 탓인데? 그래 놓고 커러한테는 착하지, 엄마가 어디든 너는 데려갈게…… 라고 말했다.

아빠와 엄마가 내 지력과 추리력을 본인들만큼 낮다

고 여기기에 나는 선수를 치겠다고 마음먹었다.

이어서 아빠와 엄마와 나 모두 예상하지 못한 시트콤 같은 사건이 벌어졌다.

2 아직 어리다면 시트콤 속에 사는지도

1

재작년에 회사를 차린 나와 샤오단, 아차오는 셋이 같이 먹고 잘 정도로 정신없이 바쁘게 일했다. 내가 생각해낸 홍보안의 하나는 여섯 평이 안 되는 사무실에 카메라를 두고 가족처럼 친밀하면서도 별나게 옥신각신하는 실상을 온라인에 실시간으로 방영하는 것이었다. 웃음과 슬픔이 가감 없이 담겨서인지 호응이 꽤 좋았다. 나중에 큰 고객이 된 '홈크리에이터'도 그 덕분에 만날 수 있었다. 샤오단이 어디에서 아이디어를 얻었느냐고 물어서 나는 가정이란 시트콤 같은 모습일 때 가장 아름답게 보인다고 대답했다. 샤오단은 그제야 알겠다면서 내가 따뜻한 시트콤 같은 분위기에서 성장했으려니 확신까지 했다.

가정이 시트콤이라는 말은 맞다. 다만 아직 어리다는 전제가 깔릴 때만 가능하다. 다 자라면 더 이상 시트콤이 되지 않는다.

나는 다 자랐다. 커러와 함께 자랐다.

2

아빠와 엄마가 이혼하든 말든 나는 진심으로 개의치 않았다. 철이 든 이후 두 사람이 다투는 모습을 보았을 때는 그냥 이혼하시라고 말했다. 자연스럽고 의젓하게 진심을 담아 말했더니 두 사람은 조용히 앉아 이성적으로 이야기했다.

열세 살 때는 무관심이 아니라 강한 반감을 품었다. 이를테면 두 사람이 사랑해야 내가 행복해지지 않겠어? 내 얼굴에 여드름도 안 날 테고? 담임 선생님이 내 꼬투리를 잡지도 않을 텐데. 친구가 이유 없이 떫은 표정을 짓지도 않겠지? 성적을 걱정할 필요도 없고. 내 일상이 얼마나 다채로울까? 현을 누르는 손가락에 못이 박히지도 않을 텐데. 내 우주 속에서 두 사람의 이혼은 완전히 다른 은하계의 일이라고. 내 앞에 놓인 3000톤의 난제는 내가 알아서 해결할 테니, 제발 나를 위해서 어쩐다는 헛소리는 하지 마시라고…… 같은 식이었다.

당시 나는 엄마가 커러를 데리고 집을 나갈지도 모른다는 생각에 미칠 듯 불안했다.

신경이 바싹 곤두서 수업이 끝나자마자 돌진하듯 집으로 돌아갔다. 커러는 내 시선이 닿는 곳에 있어야만 했다.

그때는 이유도 없이 눈물이 나곤 했다. 걸음마를 시작한 커러가 한 걸음씩 아장아장 다가와 내 얼굴을 만졌을 때, 나는 가슴이 미어터질 것 같아서 커러를 데리고 달아나기로 마음먹었다.

여름 방학이 시작되자마자 아빠한테 캠프 등록비를 달라고 했다. 그러고는 날짜가 근접한 캠프 네 곳을 골라 한꺼번에 신청했다. 청차우, 스탠리, 셩수이, 둥충으로 차례차례 옮겨 갈 작정이었다. 커러는 무척 얌전해서 캠프 친구와 스태프 모두의 사랑을 받았다. 친구들은 커러가 스태프의 가족이려니 생각했고 스태프는 지도 교사가 데려온 줄 알았다. 18개월짜리 아기가 캠프에 있는 걸 누구도 이상하게 여기지 않았다.

아빠와 엄마는 내가 여름 캠프에 갔다는 사실만 알았다. 신청서를 봤던 기억만 있을 뿐, 어느 기관에서 개최하고 어디에 있는지는 전혀 기억하지 못했다.

청차우를 떠나기 전에 경찰이 찾아왔다. 여경이 내 손

에서 커러를 데려갔을 때, 정말 착하게도 커러가 떠나가라 울기 시작했다. 경찰들은 내게 커러를 안겨 준 채 경찰서로 데려갈 수밖에 없었다.

아빠와 엄마는 머리끝까지 화가 나서 도착했다. 숙부와 고모, 이모, 외삼촌까지 와서 경찰서 민원실이 미어터질 지경이었다. 그때 나는 그동안 몰랐던 내 특성을 알게 되었다. 아무리 난처하고 곤란한 상황이라도 사람만 많으면 차분하고 담대해지는 것이었다. 돌아보면 어렸을 때부터 그랬다. 아이들이 진료실에서 예방 접종을 하려 기다리고 있을 때 나는 이렇게 많은 아이가 함께 있으니 혼자만 아플 리 없겠다고 생각했다. 그러자 아무것도 두렵지 않았다. 지난 몇 년 동안 남들이 예상하지 못한 수많은 일을 내가 할 수 있었던 것도 바로 그런 성향 덕분이었다. 사 년 전 거리로 뛰쳐나갔을 때도 마찬가지였다. 사람들이 왁자지껄 떠들자 나는 오히려 차분해져, 부모님이 이혼하려고 하는데 커러와 헤어지기 싫어서 그랬다고 담담하게 설명했다. 어른들이 서로 얼굴을 쳐다보았다. 그렇게 윤리적인 사연이다 보니 소년범이라는 내 신분은 순식간에 피해자로 바뀌었다.

난감해진 엄마가 커러를 안으려 하자 커러가 도리질 치며 내 옷깃을 꽉 움켜쥐었다. 결국 엄마는 큰 소리로 울음을 터뜨렸다. 아빠가 엄마와 나와 커러를 품에 안으며 미안하다고 끊임없이 사과했다.

최소한 부모님과 친척들은 크게 감동했다.

그날 이후 남들 눈에 우리 네 가족은 고난을 이겨 낸 친밀한 가족으로 보였다. 심지어 극적인 경험을 부러워하는 사람까지 있었다.

거기에서 나는 어떤 일이든 코미디로 끝나는 순간 누구도 따지지 않는다는 사실을 배웠다. 그리고 돈이 무척 중요하다는 사실도 깨달았다.

3

당연히 커러는 내게 유괴되었던 사실을 기억하지 못하고 부모님과 친척들의 이야기만 수도 없이 들었다. 그런데 유괴담은 거듭될 때마다 나조차 모르는 세세한 부분이 더해지고 만들어져 허클베리 핀의 모험처럼 기이한 모험담으로 변해 갔다.

커러는 세 살도 안 돼 유치원에 들어가더니 천진난만한 아이 태를 벗었다. 나와 가출했던 이야기가 각인된 탓에 유치원에서 조금만 속상한 일이 생기면 배낭을 챙겨 자기를 데리고 가출해 달라고 졸랐다.

나는 알겠다고 받아 주는 척하면서 커러가 가 본 적

이 없는 곳으로 데려가 돌아다니거나 아이스크림 가게에 갔다. 그러다 보면 커러는 가출하러 나왔다는 사실을 잊어버렸다.

커러는 그냥 달래기 쉬운 아이였을까, 아니면 밖에 나가고 싶어서 나를 속였던 것일까? 아직도 헷갈리지만 어쨌든 커러는 훌쩍 자라 있었다.

중학교 4학년[1)]에 올라간 뒤 나는 이과를 선택했다. 점점 방향이 잡혀서인지, 꽤 침착해지고 덤벙대는 일이 줄어들었다. 샤오단을 비롯해 친한 친구도 많이 생겼다. 처음에는 샤오단과 이성 친구 비슷하게 어울려서 무엇을 할지, 어디에 갈지 등을 두고 서로의 의견을 구했다. 그때 샤오단은 내가 어디든 커러를 데리고 다니는 걸 싫어했지만 나는 그러거나 말거나 신경 쓰지 않았다. 싫으면 나와 어울릴 필요 없다는 마음이었다. 얼마 뒤 샤오단이 연합 활동 때 만난 여학교 대표를 쫓아다닌다는 소문이 났는데 나는 조금도 상처받지 않고 편안한 마음으로 계속 커러를 데리고 사방을 돌아다녔다. 연애가 아니라는 뜻이었다. 말할

1) 2012년까지 홍콩의 학제는 초등학교 육 년, 중학교 오 년, 고등학교 이 년이었으며 중학교 5학년 때 중등교육인증시험(HKCEE)을 치르고 고등학교 과정을 거쳐 대학 입학시험을 치렀다. 2012년 중등교육이 육 년으로 통합되는 새로운 학제가 도입되었다.

필요도 없이 샤오단은 금세 실연당했다. 형, 슬퍼하지 마, 내가 있잖아……. 커러의 말에 샤오단은 알 수 없는 위로를 받았다.

그때 샤오단은 우리 남매가 정말 부럽다고 말했다. 그런데 커러 같은 동생이 있으면 했을까, 아니면 나 같은 누나가 있기를 바랐을까? 나는 한 번도 물어본 적이 없다. 어쨌든 그런 남매와 가족은 외국 시트콤에나 있을 법했다.

내가 "흥!" 하며 냉소 짓기 시작한 게 그때부터였던 듯싶다.

3 너의 기쁨은 나의 기쁨

1

중학교 3학년 때 갑자기 키가 8센티미터나 자랐다. 그 바람에 평상복 차림으로 두 돌이 지난 커러를 데리고 거리에 나가면 오지랖 넓은 사람들에게 미혼모로 오해받곤 했다.

그들은 학교에서 교양이라는 걸 못 배웠냐는 듯 질책하는 눈빛으로 나를 훑어보거나 내 존재는 무시한 채 불쌍하다는 표정으로 커러에게 장난을 걸었다. 그럴 때마다 나는 속으로 중얼거렸다. 정신 나간 사람 아니야? 정말로 감정이 그렇게 샘솟는다고? 이런 게 동정심인가? 우선 '공감'이라는 게 뭔지(그때는 '감정 이입'을 몰랐다.) 좀 배워 보시지? 내가 진짜 미혼모라고 해도 그게 당신이랑 무슨 상관인데? 왜 멋대로 나를 판단하는데? 왜 그렇게 쳐다봐서 사람을 가시방석에 앉은 듯 만드냐고? 결혼하지 않고 임신하는 게 죄야? 전혀 알지도 못하는 사람이 어떻게 나를 죄인 취급하며 업신여길 수 있지?

하루는 아빠가 근처 빌딩의 치과에 간다며 두 시간 뒤에 데리러 올 테니 커러와 쇼핑몰을 구경하라고 했다. 그런데 십 분도 지나지 않아 아빠가 돌아왔다. 그때 나는 진열장에 스누피가 있다고 커러에게 알려 주고 있었다. 아빠는 한마디도 없이 내 품에서 커러를 안아 들더니 도망치는 사람처럼 허둥거리며 나를 데리고 자리를 떴다. 치과 의사조차 만나지 않고 곧바로 나와 커러를 차에 태워 집으로 향했다. 눈을 감고도 갈 수 있을 만큼 익숙한 길이었건만 아빠는 들어가야 하는 갈림길을 몇 번이나 놓쳤다. 기분이 매우 나쁘다는 게 확연히 보였다. 집으로 들어가서는 치통 때문에 어물어물 불분명한 발음으로 엄마에게 설명했다. 아이스크림 사 먹을 돈을 주려고 명품점 앞으로 돌아가 나와 커러를 찾고 있을 때 옆에서 남녀 한 쌍이 나를 두고 미혼모일 거라 쑥덕대는 소리를 들었다며 정말 난감했다고 말했다.

나는 이해할 수 없었다. 모르는 사람의 잘못된 인식 때문에 아빠 기분이 상했다고 왜 나와 커러가 구경을 계속하면서 아이스크림을 먹을 수 없다는 말인가?

더 황당한 건 앞으로 아빠나 엄마, 다른 어른이 없을 때 혼자 커러를 데리고 거리에 나가지 말라는 아빠의 말이었다.

그…… 말을…… 따르면…… 탄……커……이가…… 아니지. 끝.

커러의 말은 분명하지 않았지만 내 편인 건 알 수 있었다. 커러는 울며 떼쓰거나 다른 사람을 거부하는 식으로 어떻게든 나를 따라 나갔다. 학교만 따라가지 않을 뿐이었다. 나는 커러의 작은 머리를 쓰다듬으며 말했다. 탄커러, 반항기가 너무 빨리 왔는데. 그때는 아빠와 엄마가 극도로 심하게 싸우는 시기이기도 했다.

어른들은 편견이 많은 데다 무례하고 터무니없었다. 나는 정말로 영원히 크고 싶지 않았다. 그때는 어른이 되지 않겠다고 마음먹으면 정말로 그럴 수 있는 줄 알았다.

2

내가 중학교 5학년 때 커러는 초등학교 1학년이 되었다. 우리 학교의 부속 초등학교로 들어왔다. 사실 커러는 만 다섯 살이라 한 해 뒤에야 초등학교에 입학할 수 있었지만 엄마가 할 수 있는 모든 방법을 동원해 진학시켰다. 나는 왜 그렇게 서둘러 학교에 보내려 하는지 이해할 수 없었다. 물론 커러는 나와 함께 등교하면서 오랫동안 이날을 기다렸다고 말했다. 나는 그럴듯하게 구슬리는 커러의 표현에 이미 길들어 있었고, 당시만 해도 남학생을 잘 몰랐기 때문에 커러가 다른 남자애처럼 생각하지 않는다는 사실도 별로 인식하지 못했다. 얼마 지나지 않아 선생님과 동급생 모두 탄커러를 알게 되었고 자기 막냇동생인 양 장난감이나 간식을 슬그머니 가져다주곤 했다. 심지어 내가 모르는 동급생까지 쉬는 시간에 우리 교실로 찾아와 들여다보았다. 커러는 학교의 유명 인사가 되었다. 그때부터 나는 툭하면 커러한테 좋겠다고 말했다. 진심으로 하는 말이었지만 가끔 알 수 없는 부러움이 옅게 섞이기도 했다. 커러는 그때마다 두 눈을 캐슈너트처럼 가늘게 뜨면서 바보같이 웃었다. 겨우 여섯 살짜리 아이를 두고, 누나랑 결혼하게 어서 자라라고 말하는 음흉한 여자애도 있었다. 나는 옆에서 눈을 흘기면서도 커러가 매력적인 사람으로 자랄 것이라고 인정했다.

나중에는, 어머 너는 동생이랑 전혀 안 닮았구나 라고 떠드는 몰지각한 인간까지 나왔다. 나는 째려보면서 무슨 뜻이냐고 물었다. 두말할 필요도 없이 속으로는 이미 능지처참 중이었다. 내가 질투했을까? 아니다. 사람들이 아무리 커러를 좋아해도 나만큼은 아니었다.

가끔 커러에게 투덜댈 때도 있었다. 왜 나는 너처럼 사랑받지 못할까? 물론 내가 사납다는 건 나도 알아. 하지만 사나워도 나름의 진심과 귀여움이 있잖아.

그러면 커러는 늘 단호하게 바로잡았다. 아니, 누나가 생각하는 거랑 달라. 다들 누나를 좋아해서 나를 받아 주는 거야.

커러의 말을 확인해 보지는 않았다. 그나저나 커러는 그렇게 호감 가는 어투를 애초부터 타고났을까, 아니면 어려서부터 내 비위를 맞추는 데 익숙했던 것일까? 어쨌든 나는 믿었다. 내 덕에 커러가 아등바등할 필요 없이 전부 누릴 수 있기를 진심으로 바랐다. 그것이야말로 진정한 행복이고 누나의 의미이며 "맞아, 나는 내 동생을 사랑해."라고 당당하게 말할 수 있는 이유였다.

그래서 무슨 일이 있든 내가 가진 모든 재력과 지력, 인맥을 동원해 커러를 도울 것이다. 왜냐고 묻는 사람과는 무조건 관계를 끊을 작정이다.

3

『홍루몽』을 끝까지 읽지 않았어도 남자애를 가보옥처럼 기르면 안 된다는 이치 정도는 깨칠 수 있었다. 나는 기꺼이 커러에게 엄한 사람이 되기로 했다.

나름 엄하게 굴 만한 이유도 있었다. 아빠와 엄마를 무시한 채 한사코 커러를 옆에 두었으니 그만큼 책임져야 했다. 커러는 깨끗하고 예의 발라야 했다. 소란을 피우면 안 되고 장난감을 빼앗거나 남을 괴롭혀서도 안 됐다. 왜 그렇게 생각했는지는 묻지 말길 바란다. 그때는 나도 겨우 열대여섯 살이었다. 어쩌면 내가 불결함과 무례함, 소란스러움을 싫어하고 남의 장난감을 빼앗거나 민폐를 끼치는 아이를 싫어했던 탓일 수도 있다. 나는 커러를 밉살스러운 아이로 만들 수 없었다. 내가 싫다면 남이 아니라 나를 바꿔야 했다. 그래서 그랬다.

엄하게 구는데도 커러는 항상 내 곁에 찰싹 붙어 있었다. 자습실에서 꼼짝할 수 없을지언정 가정부와 집에 있으려 하지 않았다. 가정부는 늘 커러를 무시했다. 커러가 원하는 대로 텔레비전을 켜 주거나 냉장고를 열어 주었지만 대화는 하지 않았다. 예전에 돌보았던 치매 노인이나 반려동물처럼 대했다. 엄마가 우리를 돌보는 게 너무 힘들다고 계속 불평하다가 처음 고용한 가정부였다. 가정부가 온 뒤 엄마는 도로 아침부터 밤까지 잠만 잤다. 커러가 내게 달라붙을 수밖에 없었다.

어느 날 엄청나게 힘든 화학 실험을 끝내고 귀가했더니 마음이 조금 느긋해져, 잠옷 차림으로 지나가는 엄마에게 농담을 건넸다. 엄마, 또 산후조리해요? 나무늘보 같은 엄마가 느닷없이 손을 들어 내 따귀를 날렸다. 잠시 멍하게 있다가 고개를 돌리자 뒤에 커러가 있었다. 깜짝 놀란 모양새였다. 나는 다가가 커러의 작은 손을 잡고 아무 일도 없었다는 듯 엄마 옆을 지나가며 안녕히 주무세요, 하고 인사했다. 커러는 나와 엄마를 번갈아 쳐다보다가 잘못 봤다고 생각했는지 얌전히 엄마 뺨에 뽀뽀했다.

엄마가 커러 앞에서 아빠와 싸우지만 않으면 충분했다.

당연히 그때는 아동기 트라우마가 무엇인지 몰랐다.

4 사랑밖에 난 몰라

1

이삼 개월에 한 번씩 나는 차가운 바닥에 조용히 누워 있곤 했다. 보통 낙담하거나 뜬금없이 외로워질 때였다.(뜬금없다고 말하지 않았나? 왜냐고 굳이 캐묻지 말라는 뜻이다. 설마 낙담을 능력으로 생각하지는 않겠지?) 오후 내내, 혹은 저녁 내내 그렇게 누워 있으면 이튿날 감기 기운이 돌면서 열이 올랐다. 그러다 열이 떨어지면 설명할 수 없는 슬픔도 일단락되었다. 물론 꼭 발열로만 마무리되는 것도 아니었다. 누워서 커러가 없는 상황을 상상하다 보면 어느새 끝이 났다. 상상은 황러쉬안이 류페이펀을 선택하고 나를 버리면서부터 시작되었다. 커러가 없었다면 나는 황러쉬안을 쉽게 잊지 못하고 오랫동안 괴로워했을 거야. 중학교에 입학해 친구를 못 사귀었던 기간에 커러가 내 시선을 돌려주지 않았다면 우울하고 초조하게 지냈을 테고. 누나가 되지 않았다면 내내 조용하고 두려움이 많은 여자애였겠지. 아무도 나와 어울려 주지 않아서 혼자 거리에 나설 때마다 어색해했을걸. 금방 누군가의 여자 친구가 되었다고 해도 응석받이 외동딸 취급을 받았겠지? 속으로 어떤 생각을 하든 쉽고 깔끔하게 설명하지 못했을 테고, 차이면 숨어서 작게 흐느끼다가 마지막에는 이상한 여자애라고 남들 입에 오르내렸을 거야…….

생각이 거기까지 미치면 나는 바닥에서 일어나 커러를 꽉 끌어안았다. 커러는 내 눈물을 보고 가만히 안겨 있다가 한참 뒤에 떠보듯 내 머리를 작은 손으로 톡톡 두드렸다. 커러가 슬퍼할 때 내가 하는 행동과 똑같았다.

나중에 나는 안밍과 사귀었다. 내가 커러 손을 잡고 교문을 나갈 때 그가 큰 소리로 던진 농담 때문이었을 것이다. 괴로운 세상의 외로운 아이들이로구나, 기다려, 내가 고아원에서 구해 줄 테니…….

왜인지 몰라도 그 말이 가슴에 박혀 잊히지 않았다.

학교 교과에는 사랑에 관한 수업이 없는데 규칙을 알 수 없는 그것에 나는 갈팡질팡하기 일쑤였고 심지어 충격에 빠지기까지 했다. '좋다'보다 많이 복잡하다는 것만 알 수 있었다. 나는 그 속의 불확실성이 싫었다. 결국 사랑이란 무색 무미하며 방에 갇힌 구름 조각 같아서 창문을 잘못 열었다가는 바람에 산산이 흩어져 버린다는 결론을 내렸다.

그렇다고 해도 사랑에 대한 동경을 완전히 잃지는 않았다. 나는 내가 사랑하는 사람, 그리고 커러와 영원히 함께하고 싶었다.

2

2003년 초여름 중학교 5학년 인증시험 때 모든 수험생이 마스크를 쓴 채 문제를 풀어야 하는 상황은 엄청난 재난이었다. 안경을 쓴 수험생들은 고개를 들 때마다 렌즈에 뿌연 김이 서려 제대로 볼 수 없었다. 옆에서 지켜보는 사람들까지 난감할 지경이었다. 그렇게 많은 사람이 동시에 마스크를 쓴 광경은 생전 처음 보았다. SF 영화 같았다. 참담한 SF 영화는 점점 비장해지다가 잔혹하고 우울해지기까지 했다.

홍콩은 공포 영화 같은 상황에 빠졌다. 내 기억으로 4월 초였다. 여느 때처럼 커러를 데리고 거리에 나갔던 그날 오후, 코즈웨이 베이의 소고 백화점 앞에서 신호등 빨간불이 초록색으로 바뀌어 길을 건넜는데 놀랍게도 사람을 피할 필요가 없었다. 맞은편에서 오는 행인이 두세 명에 불과했다. 우리는 난폭한 이민족에 이미 정복당해 연민의 눈빛만 주고받으며 스쳐 갈 수 있다는 듯 서로를 쳐다보았다. 갑자기 가슴이 철렁 내려앉아 나는 곧장 커러와 집으로 돌아갔다. 가정부한테도 커러를 데리고 나가지 말라고 당부했다.

내 기억으로 당시에는 홍콩에서도 낯선 사람들의 눈에서 상냥함과 연민을 찾아볼 수 있었다. 이후 다시는 그런 눈빛을 보지 못했다.

머릿속에서 온종일 찬익순(陳奕迅)[2]의 노래「오가는 사람들」이 되풀이되었다. 워크맨에서도 그 노래가 끊임없이 재생되었다. 지하철 플랫폼에서 "벅찬 마음으로 눈물 흘릴 수 있는 플랫폼이 아직 있어서 다행이야."라는 가사가 들릴 때마다 눈물이 솟구쳤다. 정말 이상했다. 취직하려면 한참 멀었는데도, 오랜 시간이 흐른 뒤 옛 애인을 만나는 광경을 상상조차 할 수 없는데도, 정말로 무엇인가와 작별을 앞둔 사람처럼 생각과 감정이 완전히 가사에 빠져들었다. 그런 내 모습을 보고 안밍이 물었다. 너 사실은 레즈비언 아니야? 왜 남성 시점 유행가에 감정을 이입하는데?

2) 홍콩의 가수이자 배우.

나는 그 자리에서 안밍과 헤어지기로 마음먹었다. 원래는 고등학교 2학년을 마친 뒤에 헤어질 생각이었다.

모르겠다. 애당초 안밍과는 한 단계가 마무리되는 고등학교 2학년까지만 사귀겠다고 정해 놓았다. 안밍이 싫어서가 아니라 그냥 그런 생각에 사로잡혀 있었다. 그러니 계획을 앞당기는 것에 불과했다.

안밍이 말했다. 다들 기분이 안 좋지. 따지기 싫으니까 일단 좀 지나고 보자.

당시 우리 집 텔레비전은 온종일 뉴스에 채널이 맞춰져 있었다. 화면 밑에서 신규 감염자 수가 끊임없이 갱신되었다. 초기에는 사망하는 사람도 있었다. 다들 마스크를 쓰면서 사람들 눈만 볼 수 있었다. 선량하고 망연하고 겁먹고 다정한 눈이었다. 태어나서 처음으로 사람답게 산다는 것의 무게가 느껴졌다. 아빠와 엄마는 밖으로 나가지 말라고 했지만 나는 계속 도서관에 갔다. 다만 커러는 너무 어려서 데려가지 않았다. 나는 마스크를 쓴 채 일상생활을 그대로 유지했다. 어른들은 내가 그들이 아니라 사스(SARS)에 반항하고 있음을 알지 못했다. 그때부터 혼자 영화관에 가는 습관이 생겼다. 그런 태도는 나중에 내가 최악의 상황에서도 정상적으로 움직일 수 있는 힘과 전술이 되어 주었다.

3

영화관에서 아다를 만났다. 나보다 나이가 많은 아다는 영화 전공이고 일 년 뒤에 졸업한다고 했다. 우리는 영화관 옆의 카페에서 영화에 관한 수많은 이야기를 나누었다. 대부분 아다가 말하고 나는 듣기만 했지만 상관없었다. 누가 곁에 있다는 것만으로 좋았다.

확실히 아다에게는 좀 불공평한 만남이라 할 수 있었다. 우리는 아주 빠르게 친밀감을 느끼고 신체 접촉을 했는데 사실 그건 커러와 다닐 수 없는 동안 홀로 된 어색함과 공허함을 아다로 메꾸려 했던 것에 불과했다. 우리는 일주일 만에 손을 잡고 입을 맞추고 포옹하고 사랑하고 헤어지는 연애 과정을 끝냈다. 아다는 우리 교제의 진전에 당황했던 게 분명했다. 그렇지 않고서야 본인 정보와 이력에 관해 앞뒤가 맞지 않는 말을 그렇게 많이 늘어놓았을 리 없다. 그것 역시 헤어지는 이유가 되었다. 아다는 영화를 찍고 싶어 했을 뿐, 영화과 학생이 아니었다.

원하는 일을 하는 게 정말 그렇게 힘들어? 날고 싶다거나 달에 가고 싶다는 것도 아니잖아. 무슨 일이든 순서대로 차근차근하면 되지. 그러다가 본인한테 그럴 만한 능력이 없음을 깨달으면 포기해도 그만이고. 그냥 한 사람의 관중으로도 좋잖아. 영화는 아무 이유 없이 즐길 만한 가치가 있어…….

아다와 헤어질 때 그렇게 말했다. 그랬더니 영화관에서 우연히 만날 때마다 아다는 적대적인 눈빛으로 나를 쏘아보았다.

얼마 지나지 않아 진짜 영화과 학생과 사귀게 되었다. 생김새가 닮았다는 이유로 나는 그를 무민[3]이라고 불렀다. 역시 영화관에서 만났다. 솔직히 말하자면 일종의 보상 심리에서 사귀었던 듯싶다.

3) 핀란드의 작가 토베 얀손이 창작한 하마를 닮은 하얀 캐릭터 이름이다.

5 평범한 게 죽는 것보다 끔찍해

1

무민 다음에는 아수였다.

이름에 '나무 수'자가 없는데도 나는 처음부터 그를 네 그루 나무라는 뜻인 '쓰커수(四棵樹)'라 불렀고 나중에는 그냥 아수라 불렀다. 본명인 린유린(林佑林)에서 착안해 친구들은 '쓰탸오무(四條木)', 그러니까 나뭇가지 네 개라 불렀지만 나는 가지보다 나무가 더 좋았다. 아수는 영화관이 아니라 자습실에서 만났다. 사스가 창궐했든 말든 우리는 인증시험을 치러야 했으니, 아무리 절망스러워도 날마다 영화관을 떠돌 수는 없었다. 세기말 같은 그런 생활 방식은 너무 사치스러웠다. 그래서 이삼 일에 한 번씩 샌드위치를 챙겨 가 온종일 자습실에 있었다. 워낙 사람이 없어서 자습실의 큰 탁자를 누구나 혼자 차지할 수 있었다. 그런데도 아수는 굳이 내 옆자리를 골라 앉았다. 짜증스러울 정도로 의도가 빤히 보여서 나는 아수가 다가올 때마다 자리를 바꿨다. 하지만 얼마 지나지 않아 아수는 또 한두 좌석 옆으로 옮겨 왔다. 우리는 두 주가량 쫓고 쫓기기를 반복했다. 그러던 어느 날 내가 또 자리를 바꾸려 일어났을 때 아수가 조용히 내 옆자리로 다가왔다. 그때도 놀랐지만 이어지는 그의 행동에 훨씬 더 놀랐다.

아수가 마스크를 벗었다.

왠지 모르겠는데 짜증스럽던 아수가 갑자기 용감하게 느껴졌다. 그리고 꽤 잘생겼다는 걸 똑똑히 볼 수 있었다. 엄마가 좋아하는 한국 배우 원빈이 살짝 연상되는 얼굴이었다.

아수는 옆에 앉아 고개를 들고는 나를 한참 동안 쳐다보았다. 지그시 쳐다보는 눈길에 잠시 허둥대다가 답례의 차원에서 나도 마스크를 벗었다. 그러자 아수가 웃었다. 정말 잘생긴 외모였다.

아수는 스케이트보드 타는 법을 알려 주었다. 덕분에 나는 지금까지도 스케이트보드를 타고 계단을 내려올 수 있다.

마스크를 쓴 우리는 무엇을 하든 거칠 것이 없었다.

2

두 달 남짓 뒤 사스가 일단락되면서 다들 마스크를 벗고 일상을 되찾았다. 그사이 내가 사귄 남자 친구는 총 세 명이었다. 그렇게 되었다.

너무 더운 날씨에 초조해진 탓이었다. 아수의 웃음을 봐도 진정되지 않자 나는 지금 다니는 중학교에서 같은 고등학교로 진학할 수 없을까 봐 걱정되어서라고 설명했다. 하지만 성적이 나오고 같은 학교에서 진급할 수 있게 되었는데도 초조함은 가시지 않았다. 나는 뭔가 달라졌음을 알았다. 아수가 헤어지자는 말만 하지 말라고 애걸복걸했다. 그러자 한층 더 짜증이 났다. 너랑 평생 어쩌자고? 바깥세상이 달라진 걸 너는 모르겠니? 뭐가 달라졌느냐고는 묻지 마. 너는 느껴지지 않는다는 거야?

그날은 공휴일이었다. 아수가 연극을 보러 가자고 아침부터 연락해 왔지만 기분이 별로 좋지 않았다. 뭔가를 잊어버린 것 같은데 뭔지 알 수 없는 기분이었다. 원래 타이쿠싱에 가려던 우리는 어쩌다 보니 코즈웨이 베이에 도착했다. 지하철역을 나오자 거리에 검은색 옷을 입은 사람들이 가득했다. 머릿속이 번쩍하면서 모두가 약속한 이날[4)]

4) 1997년 7월 1일 홍콩이 중국으로 반환된 뒤 매년 7월 1일 시위가 벌어진다.

을 어떻게 잊을 수 있었는지 어이가 없었다.

나는 얼른 옷가게에서 검은 티셔츠를 사서 갈아입은 뒤 거리로 나갔다. 행렬은 여전히 그 자리에 있었다. 아수가 당황스러운지 절절매면서 집으로 돌아가고 싶다기에 나는 마음대로 하라고 했다. 행렬은 여전히 지속되었다. 기껏 집으로 돌아가 놓고 아수는 나를 만나러 다시 오고 싶다는 문자를 보내왔다. 나는 마음대로 하라고 답했다. 아수가 도착했다면서 어디 있느냐고 물었다. 행렬은 여전히 지속되었지만 나는 아수와 만나지 못했다.

다시는 만나지 않았다.

그날의 인파는 몇 킬로미터인지 끝도 보이지 않게 구불구불 이어졌다. 행렬은 여전히 지속되었다.

나는 한밤중에야 온몸에서 땀 냄새를 풍기며 집으로 돌아갔다. 아빠는 나를 보고 아무 말도 하지 않았다. 아빠의 눈빛에서 탐탁지 않지만 꾸짖지도 않겠다는 의미를 읽을 수 있었다. 조금 놀라지 않을 수 없었다. 아빠는 1989년에 네 살이었던 나를 데리고 시위[5]에 나섰던 사람이 아니던가…….

이튿날 아침 식탁에 앉았을 때 아빠는 텔레비전에서

5) 1989년 6월 4일 톈안먼에서 민주화 시위가 벌어졌을 때 중국 정부가 유혈 진압하자 홍콩에서 연대 시위가 일었다.

아무 일도 없었다는 듯 벙글거리며 기자와 떠드는 행정 장관을 버터나이프로 가리키며 말했다. 봐라, 무슨 소용이 있니?

가슴 밑바닥에서 반감이 일었다.

정신을 가다듬고 나자 나를 멍하니 쳐다보는 커러가 보였다. 아빠에게 품은 내 불만을 알아챈 모양이었다.

3

커러는 바이올린을 배우기 시작했다. 엄마는 다들 피아노를 배우니 나중에 좋은 학교에 들어가려면 바이올린이 더 유용할 거라고 했다. 나는 아무 대꾸도 하지 않았다. 그렇지만 몇 년 동안 모은 세뱃돈을 전부 털어 커러에게 4분의 1 크기 첼로를 사 주고 수업료도 내 주었다.

턱에 바이올린을 끼고 있는 커러의 모습을 보고 싶지 않았다. 커러도 좋아하지 않았다.

그해 여름 방학 내내 첼로 수업에 데리고 다녔더니 커러가 조용히 데이트는 안 하냐고 물었다. 내가 대답하지 않자 커러가 혼잣말처럼 중얼거렸다. 데이트 안 하면 좋지, 나랑 더 많이 있을 수 있으니까……. 커러는 『스즈키 첼로 교본』으로 배웠고 이미 「영광송」을 연주할 줄 알았다. 아빠와 엄마는 그제야 커러가 바이올린이 아니라 첼로를 배우고 있음을 알았다. 엄마는 한바탕 난리를 쳤지만 아빠는 신경 쓸 겨를이 없었다.

아빠는 외삼촌과 약국을 여느라 정신없이 바빴다.

플라스틱 가공 공장이 작년 초에 문을 닫은 뒤에도 아빠는 멍하니 집에 있기 싫다며 아무도 없는 작업장에 매일 나갔다. 9월이 되자 아빠는 작업장이 있는 공장 전체를 내놓았지만 팔리지 않았다. 11월에 가격을 내린 뒤에야 팔렸다. 그사이 내게 가장 인상 깊었던 일은 아빠가 영화 「무간도」를 여러 차례 본 것이었다.

원래 아빠는 일 년에 한두 차례 정도만 영화관에 갔다. 그마저도 나를 데리고 여름 방학 시즌의 가족 영화를 봤을 뿐이었다. 「무간도」를 보게 된 이유도 외삼촌이 해적판 시디를 우리 집에 두고 가서였다. 외삼촌은 엄마의 하나뿐인 동생이지만 나와 아빠는 시답잖게 생각했다. 명실상부 홍콩 사람이면서 모든 물건을 선전에 가서 모조품으로 사 오기 때문이었다. 여자 친구마저 "다들 초이시우판(蔡少芬)[6] 짝퉁이라고 해."라고 우리에게 소개했다. 구제불능이었다. 엄마도 외삼촌을 외할아버지, 외할머니, 네 명의 누나와 조금도 안 닮은 집안의 짝퉁이라고 깎아내렸

6) 홍콩의 영화배우.

다. 그저 잘나가는 사람에게 빌붙어 연명한다면서 제대로 된 직업을 가진 적도 없고 돈을 깨끗하게 벌지도 않는다고 욕했다. 하지만 외삼촌은 엄마 집안에서 제일 부유하고 수완 있는 사람이었다. 나는 아빠가 짝퉁 시디의 저급한 품질 때문에 영화관에서 다시 보는 줄로만 알았다. 그런데 엄마 말에 따르면 아빠는 다섯 번도 넘게 봤으며 한 번은 외삼촌까지 끌고 갔다는 것이었다. 외삼촌? 아빠와? 외삼촌이 돈을 내고 아빠와 영화관에 가서 「무간도」를 본다고? 이상해도 정말 이상한 일이었다. 심리학을 배운 적은 없지만 아빠가 계속 그러다가는 병에 걸릴 것 같았다. 어쩌면 이미 걸렸는지도 몰랐다.

그러고 나서 아빠는 외삼촌과 사업할 계획이라고 말했다. 나는 농담인 줄 알았다. 아빠, 무간도에 발을 담그려고요? 이어서 아빠가 한 말에 나는 웃을 수 없었다.

아빠는 끊임없이 '세파'라고 말했다. 세파가 얼마나 좋은지 모른다며 세파가 시작되면 사업 기회가 생겨 전부 예전처럼 될 거라고 말했다. 듣고 있으니 마음이 차갑게 가라앉았다. 아빠는 병에 걸린 게 아니었다. 아빠가 말하는 '세파'는 'CEPA(중국과 홍콩의 포괄적 경제 동반자 협정)'였다.

정말 모든 게 예전과 똑같아질까?

6 내 고향

1

언젠가 아빠에게 「무간도」가 그렇게 재미있느냐고 물어본 적이 있다. 아빠는 정말 재미있다며 본인이 설명할 수 없는 것들이 영화에서 아주 잘 설명된다고 대답했다. 그게 무엇이냐고 묻자 아빠는 한참 주저하다가 대답했다. 좋은 사람이 다 죽어. 그 말을 들었을 때 나는 다크 초콜릿처럼 보이는 얇은 납 조각을 억지로 삼킨 듯한 기분이 들었다.

이후 아빠는 갑자기 깨달음을 얻어 모든 것에 통달한 사람처럼 굴었다. 자신이 하는 일을 이해받건 못 받건 더는 개의치 않겠다는 모양새였다.

전부 상관없다는 경지에 이른 뒤 아빠는 급기야 외삼

촌과 사업을 시작했다. 처음에 엄마는 아빠가 지난 이 년 동안 고생한 것으로 모자라 외삼촌과 어울리니 한층 더 깊은 늪에 빠지겠다고 생각하며 거들떠보지 않았다. 하지만 약국을 시작한 지 석 달도 안 되어 두 번째 분점을 내자 엄마는 환하게 웃으며 아빠와 외삼촌의 안목이 뛰어나다고 치켜세웠다.

돈만 잘 벌면 문제없나?

두 번째 약국을 열 때 나와 커러도 엄마를 따라갔다. 외삼촌이 약국 앞에서 사자춤 공연을 벌여 떠들썩했다. 그런데 나는 분위기에 휩쓸릴 수가 없었다. 그건 아빠가 정말로 하고 싶어 하는 일이 아닌 것 같았다. 아빠는 플라스틱 가정용품의 전문가였다. 직접 디자인한 이중 물병으로 상까지 받은 아빠가 어떻게 약을 팔 수 있단 말인가? 뭔가 남들에게 말할 수 없는 고충이 있는 게 아닐까? 망연자실하다 고개를 돌리자 엄마가 나를 노려보고 있었다. 예전에 나더러 초치기 고수라고 욕했던 게 떠올랐다. 다들 신나서 사진을 찍고 샴페인을 터뜨릴 때 나는 눈을 가리면서 병마개가 눈으로 날아올까 봐 무섭다고 말했다. 나는 정말로 그런 사람이었다. 그때 어른들 다리 사이에 끼어 치이는 커러가 보였다. 아무도 커러에게 주의를 기울이지 않았다. 커러의 두려움은 내 눈에만 보였다.

나는 커러를 데리고 약국을 떠났다. 뒤에서 우리를 부르는 사람은 아무도 없었다. 괴로운 세상의 외로운 아이들이었다.

우리는 할머니 집으로 갔다. 약국에서 똑바로 걸어가 모퉁이를 돈 뒤 길을 건너 이 분만 더 가면 됐다.

2

아주 오래전도 아니고 고작 삼 년 전까지만 해도 나는 주말마다 커러를 데리고 할아버지와 할머니를 만나러 갔다. 아빠와 엄마는 싸우느라 가지 않았다. 우리가 가면 할아버지와 할머니는 딤섬을 먹자며 데리고 나갔다. 두 분이 자주 가는 음식점에는 다른 집에서는 찾아보기 힘든 딤섬이 있었다. 그중 하나가 딤섬을 튀겨 국물과 함께 내오는 상탕편궈였다. 우리는 편궈를 국물에 잠시 넣어 두었다가 먹었다. 한창 말을 배우던 커러는 딤섬을 목욕시켜야 한다고 표현했다. 할머니와 할아버지는 커러의 표현에 환하게 웃었다. 나는 희비가 교차한다는 게 무엇인지 어렴풋이 느낄 수 있었다.

할아버지는 목적 없이 여기저기 돌아다니기를 좋아했다. 무릎이 아픈 할머니는 먼저 집으로 돌려보내고 할아버지는 나와 커러를 데리고 사방을 돌아다녔다. 그러면서 여기가 예전에는 누구네 가게였는데 그 전에는 어떤 집이었고 더 이전에는 민둥산이었다는 식의 이야기를 들려주었다. 보통 할아버지 집에서 출발해 리가든스 로드를 따라 남화 체육회에 갔다가 캐롤라인힐 로드를 따라 홍콩스타디움을 찍은 뒤 이스턴하스피탈 로드로 타이항까지 갔다. 할아버지는 죽집에서 창펀[7]을 사 주며 다 먹은 다음에 우리끼리 도서관에 가라고 하고는 혼자 집으로 돌아갔다. 가끔 더 멀리 반대 방향으로 가기도 했는데 레이튼 로드에서 크리켓 클럽을 지나 해피밸리 경마장으로 꺾어 공동묘지까지 갔다. 나는 묘지를 무척 좋아했다. 유럽에 가 본 적이 없던 때지만 공동묘지에 가면 유럽 느낌이 나는 듯했다.

정말 대단하게도 할아버지는 양구운(楊衢雲)[8]의 묘비를 찾아낼 수 있었다. 부러진 기둥 형태에 이름도 새겨져 있지 않았건만 할아버지는 그런 방면으로 지식이 많았다.

하루는 어떤 사람이 커러에게 고향이 어디냐고 물었다. 커러는 코즈웨이 베이라고 대답했다. 나는 커러의 답이 정확하다고 생각했다. 예전에는 그곳을 빈둥빈둥 돌아다니기만 해도 좋았다. 떠들썩한 대로부터 양쪽 사이사이 나무가 우거진 한적한 골목까지 그 작은 동네는 장난감 도

7) 홍콩식 전병.

8) 중국의 근대 혁명가(1861~1901).

시처럼 없는 게 없었다. 나중에 사람들이 툭하면 입에 올리게 된 힐링이 바로 그런 것이었다. 그곳은 내가 제일 좋아하는 장소이자 내 고향이었다.

그래서 아빠가 약국을 내는 게 정말 싫었다.

아빠가 코즈웨이 베이에서 약국을 냈다는 걸 할아버지가 알았다면 펄쩍 뛰었을 텐데 다행히 돌아가셨다.

아빠는 약국 개업을 할머니에게 알리지 않았다. 할머니는 온종일 침대에 누워 있었고, 거리에 나가는 일이 거의 없었다. 내가 갈 때마다 할머니는 아, 왔니? 같이 완탕면 먹으러 가자, 하고 말했다. 하지만 내가 외출복을 챙겨 침대로 가면 할머니는 이미 잠들어 있었다.

뒤쪽 거리에 있던 완탕면 가게가 없어졌다고 말할 필요가 없어서 그것도 괜찮았다.

약국을 시작한 뒤 나와 커러는 예전보다 더 자주 할머니한테 갔다. 그곳은 우리가 숨는 장소였다. 문을 닫으면 창밖이 아무리 덥고 시끄러워도 내가 어렸을 때와 비슷한 공간으로 들어간 듯했다. 맑고 고요한 시간이었다.

할머니와의 대화는 쉽지 않았다. 할머니 머릿속에는 나와 커러한테는 없는 거리 지도가 있기 때문이었다. 할머니가 기억하는 동네는 우리가 걸어오면서 본 모습과 완전히 달랐다. 우리 시대의 광장이 할머니 시대에는 전차 차고지였다. 할머니와 할아버지는 데이트할 때 집에 가기 싫어 전차가 줄지어 차고지로 들어갈 때까지 거리를 걷고 또 걸었다. 전차가 샤프 스트리트 이스트를 돌 때마다 전봇대에서 작은 불꽃이 튀었다. 나는 할아버지 할머니의 생활 공간을 열심히 그려 보았다. 그건 신비한 여정 같기도 하고 진귀한 성과물 같기도 했다.

할머니는 새벽에 돌아가셨다. 아빠는 그날 오후에 바로 부동산 중개업자를 찾아 집을 팔아 버렸다.

나는 어른이 되려면 되라지, 아무것도 겁나지 않아, 아빠처럼만 크지 않으면 돼, 하고 되뇌었다.

3

가을이 순식간에 지나갔다.

아빠가 할머니 집을 팔았을 때, 내 평생 다시는 들어갈 수 없을 테니 집 안의 모든 것을 머릿속에 넣어 잘 기억하는 수밖에 없겠다고 생각했다. 매일 수업이 끝나면 일부러 멀리 돌아가 버스를 타고 할머니 집의 맞은편으로 지나갔다. 오로지 아무도 없는 집을 한 번 더 보기 위해서였다. 그러던 어느 날 간이 막사가 세워지고 초록색 망이 쳐지더니 공사 인부들이 할머니 집을 고치기 시작했다. 집이 바뀌는 광경을 보자 내 기억이 문드러지는 듯했다. 두 주가 흐른 뒤 할머니의 창문이 훨씬 고풍스러운 나무 창살 형태로 바뀐 걸 발견했다. 대체 어떤 사람이 살지 궁금해졌다.

또 며칠이 지나자 망이 걷히고 막사가 철거되기 시작했다. 페인트공이 외벽에 간판을 그렸다. 알고 보니 사람이 들어가 사는 집이 아니라 카페였다. 할머니 집이 카페가 되었다는 사실은 내게 충격이었다.

이후 며칠 동안 학교가 파하면 카페 맞은편으로 가서 살펴보았다. 영업하고 있는 게 확실했다. 왜인지 명확히 설명할 수는 없는데, 너무도 익숙한 엘리베이터와 대문이 있는 그 건물에 도무지 들어갈 엄두가 나지 않았다.

나는 집으로 돌아가 교복을 평상복으로 갈아입은 뒤 커러에게 말했다. 가자, 우리 할머니 집에 가 보자.

7 거짓말하기는 피차일반

1

나와 커러는 익숙한 대문 앞에서 잠시 안절부절못하며 서 있었다. 열쇠를 꺼내려 호주머니에 손을 넣을 때 커러가 나를 잡아당겼다. 커러는 대문 옆의 카페 네온 간판을 쳐다보며 행, 복, 소, 하고 아는 글자를 읽었다. 그들은 문을 하얀색으로 칠해 놓았다. 할머니라면 불길하다고 생각했을 터였다. 문고리를 건드리자 곧바로 문이 열렸다. 뜻밖에도 대문 경첩을 말끔히 수리한 데다 문에 방울까지 달았다. 여기는 이제 할머니 집이 아니라고 나는 끊임없이 되뇌었다.

서양식 하녀 복장을 한 여자가 소리를 듣고 다가오더니 현관과 복도를 지나 방으로 안내했다. 나는 여자를 밀쳐 내고 싶은 충동을 억눌러야 했다. 몇 걸음도 채 옮기지 않았을 때 나와 커러는 기억과 현실이 중첩되는 듯한 광경에 깜짝 놀랐다. 한참 만에 정신을 차리고 보니 카페는 놀랍게도 할머니의 가구 대부분을 인테리어로 활용하고 있었다. 긴 소파, 책장, 옷장, 책상, 화장대, 양주와 잔을 넣어 둔 장식장, 오래된 레코드와 책과 잡지까지 있었다. 원래의 자리에 있지 않을 뿐이었다. 할아버지 할머니가 예전에 사용했던 가구들을 보자 왠지 모르게 고개를 돌리고 싶어졌다. 그것들이 나와 커러를 알아볼 것만 같았다. 아빠에 대한 반감이 최고조로 치솟았다. 집을 판다는 말은 벽과 바닥과 천장을 판다는 의미였다. 팔아 봐야 공간을 팔 뿐이건만 아빠는 가구까지 전부 팔았다. 그렇다면 할아버지와 할머니의 일상생활까지 판 게 아니겠는가? 나는 도저히 받아들일 수가 없었다.

창가로 다가가 살펴보았다. 나무 창살이 고풍스러움을 꾸며 냈을 뿐이라는 게 한눈에 들어왔다.

가만히 선 채 배치가 달라진 물건들을 노려보았다. 괜한 트집을 잡아 소란을 피울 것처럼 보였는지 직원이 불안해하며 다른 남자 직원에게 우리를 넘겼다.

남자는 당당하고 차분하게 카페의 진열품을 소개했다. 사장님이 골동품을 좋아해서 오랫동안 곳곳에서 모으

셨는데……. 커러가 전부 할아버지 할머니 물건이었다고 말하려 하기에 나는 얼른 손으로 커러의 입을 막았다. 커러는 핫초코를 마시고 마들렌을 한 입 베어 물면서 얌전히 입을 다물었다. 나는 스스로를 저승의 신에게 납치된 페르세포네라 생각하며 아무것도 먹지 않고 마시지도 않았다.(당시 그리스 신화에 빠져 있었다.)[9]

할머니의 스카프와 손수건이 들어 있던 서랍장에 이제는 식기가 들어 있었다. 분노가 천천히 사그라들더니 소리 없는 눈물로 흘렀다. "나만 미처 몰랐을 뿐 무척 행복하게 지냈구나."라는 노랫말이 어떤 느낌인지 마침내 깨달을 수 있었다. 소위 흘러간다는 말의 의미도 이해할 수 있었다. 내 삶에서 중요한 그날 오후 내 곁에는 커러만 있었다.

여자 직원이 아무리 애를 써도 서랍장이 열리지 않았다. 나는 방법을 알고 있었다. 다가가 무릎으로 가볍게 누르면서 서랍을 살짝 들어 올리듯 당기자 부드럽게 열렸다. 어리둥절해하는 그들에게 나는 아무 말도 하지 않았다. 그냥 내 힘이 센가 보다고 생각하도록 내버려두었다.

9) 대지의 여신 데메테르의 딸인 페르세포네는 속아서 저승의 음식을 먹는 바람에 일 년의 절반은 지상에서, 절반은 하계에서 살게 된다. 그 바람에 사계절이 생겼다.

2

이후 나와 커러는 '소소한 행복'에 자주 갔다. 우리가 집과 관련이 있다는 건 아무도 몰랐다. 나는 아빠와 엄마한테 짜증이 나서 카페에 갔다. 그때는 엄마도 약국 경영에 뛰어들어 마침내 실력 발휘할 곳을 찾았다며 물 만난 고기처럼 좋아하고 있었다. 나는 두 사람 딸로 살면 살수록 두 사람이 낯설게 느껴졌다.

'소소한 행복'에서 커피를 마시기 시작했다. 아메리카노가 제일 저렴한 메뉴여서였다.

커러는 예전에 할아버지가 그랬던 것처럼 소파에 누워 낮잠을 즐겼고 가끔은 숙제도 가져갔다. 나는 「강철의 연금술사」에 빠져 만화를 다 보고 애니메이션까지 내려받았다. 왜인지는 몰라도 그걸 보고 있으면 차분하게 감정을 가라앉힐 수 있었다. 나는 남들이 나와 커러를 어떻게 바라보는지 알고 있었다. 처음 남자 직원이 아이한테 케이크를 먹이겠느냐고 떠보듯 물었을 때 나는 동생이라 밝히지 않았다. 커러도 나를 보고는 영리하게 아무 말 없이 고개만 끄덕였다. 그때부터 커러는 마들렌 케이크를 좋아하게 되었다.

그날 이후 아썬이라는 남자 직원은 나를 남들과 다르게 대했다. 내게서 돈을 받지 않았다. 나와 커러는 소소한 행복 카페에서 공짜로 먹고 마셨다.

커러가 아썬 형과 사귀냐고 조용히 물었다. 그런 생각에 거부감이 들지 않았다. 나는 나와 배경이 다른 사람을 만나는 게 좋았다. 그들은 오션파크의 놀이기구보다 현실이 더 재미있음을 알려 주었다.

나와 커러는 아썬을 좋아했다. 아썬은 내가 커러를 데리고 다녀도 싫어하지 않는 몇 안 되는 남자였다.

우리가 온종일 집에 없다는 걸 드디어 발견한 아빠와 엄마가 커러를 데리고 어디 가느냐고 내게 물었다. 커러가 신이 나서 할머니 집에 간다고 대답했다. 아빠와 엄마는 커러가 헛소리하는 줄 알고 눈을 부릅떴다. 커러가 화를 내며 말했다. 왜 안 믿어요?

"왜 안 믿어요?" 그 말은 커러의 입버릇이 되었다.

3

사실 카페가 할머니 집이었으며 우리 집 환경이 그의 짐작처럼 저속하거나 복잡하지 않다고 아썬에게 말하지 않았다. 아빠가 브래머힐에 방 세 개에 거실 두 개인 집을 사서 다음 달에 이사 간다는 말도 하지 않았고, 9월이면 대학에 입학한다는 말은 더더욱 하지 않았다. 이미 고정 관념을 가진 사람에게 나에 대한 인식을 바꾸려면 어떻게 해야 하는지 몰랐다. 그게 평생의 숙제라는 사실도 나중에야 알았다.

어느 날 카페에 갔더니 긴 소파가 보이지 않았다. 커러가 울기 시작했다. 여자 직원이 와서 사장이 소파를 팔았다고 알려 주었다. 그제야 나는 '소소한 행복'이 사실은 가구 잡화점이고 주인이 골동품을 좋아하는 이유도 단순히 호객을 위해서이며, 언제든 팔 수 있도록 카페의 모든 물건에 가격이 적혀 있음을 알았다. 할아버지 할머니의 가구도 예외가 아니었다. 우리가 펄쩍펄쩍 뛰자 여자 직원이 쩔쩔매다가 마지막에는 아썬한테 물어보라고 했다. 왜 아썬에게 물어봐요? 아썬이 주인이니까요.

커러가 서럽게 울고 나는 아썬에게 포효했다. 왜 우리 집 소파를 팔아요? 아썬도 씩씩거렸다. 왜 할머니 집이라고 말하지 않았는데? 나는 그도 '소소한 행복'의 주인이 본인임을 밝히지 않았다고 지적했다. 아썬은 내가 자신한테 의지할까 봐 걱정됐다고 했다.

내가 자기한테 의지할까 봐 걱정됐다고. 나를 사랑한다고도 했다.

우리는 그렇게 비겼다. 거짓말이 상대의 거짓말에 상쇄되고 행복과 나란히 쌓은 기억과 한때의 사랑이 서로 상쇄되었다. 그때부터 나는 할머니 집이 있는 거리를 피하기 시작했다. 할머니 집이 거기 있었다는 사실을 거의 잊어버릴 정도로 오랫동안 피했다. 그러다 갑자기 정신을 차리고 보니 그곳은 이미 여자 속옷 가게로 바뀌어 있었다. 사람들이 속옷 가게 전에는 미용실이었고 그 전에는 다른 카페였다고 알려 주었다. 나중에 코즈웨이 베이에서 아썬과 스친 적이 있는데 나는 알아보았지만 어떻게 봐도 그는 못 알아본 모양새였다. 우리는 그렇게 마치 아무 일도 없었던 것처럼 상쇄되었다.

8 새 놀이터

1

여전히 할머니 집에 가자고 조르는 커러에게 나는 기다려, 9월이 되면 새로운 놀이터에 데려갈 테니 조금만 참아…… 라고 말했다.

만으로 여덟 살밖에 안 된 아이에게 참으라고 말한 것이었다. 그런데 놀랍게도 커러는 더 이상 떼를 쓰지 않았다. 당시에는 그게 이상하다는 생각을 못 한 채 커러가 나보다 희망의 의미를 일찍 깨달았다고만 생각했다. 나중에 커러는 나를 믿었기 때문이라고 말했다.

믿었다.

그해 9월 나는 원하던 대로 대학 기숙사에 들어갔다.

내 기억과 인생의 분기점에서 대학 입학은 기숙사 입

사보다 절대 중요하지 않았다. 나는 마침내 부모님을 떠나 독립했다. 평생 처음으로 상상과 현실이 완벽하게 부합하는 순간이었다. 그런 기쁨 덕분에 나는 상상만 할 수 있으면 어떤 역경에서도 살아남을 수 있음을 알게 되었다. 커러에게도 상상력은 날개라고, 남들 눈에는 보이지 않아도 스스로는 인식하고 있는 날개라고 말해 주었다.

아빠가 약국을 열고 할머니 집을 판 뒤 이 년이라는 시간이 눈 깜짝할 사이에 지나갔다. 고등학교 1, 2학년을 너무 바쁘게 살다 보니 순식간에 지나갔다기보다 시간이 하루하루 아무 중량감 없이 무감각하게 지나갔다고 해야 옳을 듯했다. 아무것도 기억에 남지 않았다. 가슴에 와닿는 영화나 노래도 거의 없었다. 페이스북에 들어가면 시간은 한층 더 구정물처럼 느껴져 쏟아지든 말든 전혀 아깝지 않았다. 그렇게 산만한 가운데 조금이나마 정신을 차릴 수 있었던 이유는 대학에 들어가면 집을 나갈 수 있다는 사실을 알아서였다. 그 덕분에 다시 공부에 전념할 수 있었다.

너무너무 지루해 누군가와 함께 공부하고 싶을 때를 빼면 남들과 어울리지도 않았다. 결국 내 성적은 어찌어찌 대학에 입학할 수 있을 정도가 나왔다. 다른 놀이터에 데려가겠다고 했던 커러와의 약속을 지키게 되면서 나는 누군가를 책임진다는 뿌듯함과 능력이 무엇인지 어렴풋하게 느낄 수 있었다.

2

원래는 학부생 기숙사로 배정되었지만 커러를 생각해 나는 학교에서 캠퍼스 외부에 임차한 건물을 선택했다. 솔직히 말해 자취방과 차이가 없는데도 부모님은 대학 기숙사에 산다고 받아들였다.

여름 방학이 끝날 무렵 나는 커러를 기숙사에서 재웠다. 우리는 한밤중에 거리로 나가 군것질하며 란콰이퐁을 한 바퀴 돌았다. 엄밀히 말해 여덟 살 아이가 누릴 만한 방학 생활이 아니었다. 이튿날 집으로 돌려보낼 때 커러가 눈시울을 붉히기에 내가 말했다. 빨리 커야 해. 어서 자라 대학에 오면 집에서 나올 수 있어.

커러는 아빠와 엄마와 친척들에게 반드시 대학에 가겠다고 말했다. 다들 진취적인 아이라고 받아들였지만 나는 속으로 냉소를 금할 수 없었다. 왜 대학에 가려는지 계속 물었다면 커러의 대답에 얼마나 놀랐을까 싶었다.

나는 어서 사 년이 흘러가기만 바랐고 안정적으로 돈을 벌 수 있는 과를 선택하리라 마음먹었다.

새로 온 가정부 진씨 아줌마는 조금 게을렀다. 필리

핀이나 인도네시아 국적이 아니라 외삼촌이 시골에서 데려온 중년 부인이었다. 원래는 약국에서 일을 시키려 했는데 엄마가 보니 별로 야무지지 못했다. 그나마 집안일과 요리는 잘하는 듯해 가정부로 고용했다. 옛날 가정부가 쓰던 방은 고쳐서 커러에게 내주었다. 그런데 생선이나 고기가 없는 딤섬도 맛있게 먹던 커러가 진씨 아줌마의 요리는 끔찍하다고 평했다. 닭 날개 조림을 제대로 익히지도 않은 채 상에 올려서 깨물면 핏물이 나온다고 했다. 아줌마 때문에 커러는 식욕 부진에 기운 없는 어린애로 바뀌었다. 아줌마의 유일한 장점은 내가 커러를 학교에서 데려오겠다고 전화하면 엄마한테 물어보지도 않고 그러라고 한다는 점이었다. 커러는 혼자 버스 타는 법을 금세 배웠고 나는 기숙사가 있는 길목까지 마중을 나갔다.

따로 가르치지 않았는데도 길에서 낯선 사람이 물어보면 커러는 키가 작을 뿐 열두 살이라고 말했다. 혼자 거리를 다닐 때도 초등학교 6학년처럼 굴 줄 알았다. 어디에서 배웠느냐고 묻자 커러는 방과 후 학교에 다니는 걸 상상하며 너무 피곤하니 귀찮게 굴지 말라는 표정을 지으면 된다고 대답했다.

3

아차오는 커러를 처음부터 '강호의 사기꾼'이라고 불렀다. 사기꾼, 너는 네 누나처럼 오로지 집에서 나오기 위해 대학에 진학한다고 말하지 마라. 훨씬 재미있는 일이 많으니까. 누나가 천천히 알려 줄게…….

아차오는 나와 함께 사는 세 여학생 중 하나였다. 내가 처음 마음을 터놓은 사람이자 첫 번째 대학 친구이기도 했다. 건축학과인 아차오는 성적이든 외모든 전부 나보다 한참 위였지만, 자기는 별 볼 일 없는데 주변 여자들은 꽃처럼 예쁘니 이름 속 들풀의 뜻을 살려 그냥 아차오(阿草)라 부르라고 했다. 그렇게 말하면서 키득키득 웃었다. 나는 아차오가 좋았다. 그런데 나중에 친구가 되고 동료가 되고 보니 아차오는 일 처리에 빈틈이 전혀 없었다. 다른 사람들보다 자신에 대한 기대치가 훨씬 높을 뿐이었다. 또한 총명함이나 능력보다 유머를 더 중요시했다.

아차오는 커러에게 더 재미있는 일을 가르쳐 주지 않았다. 그냥 보모만 되어 주었다. 아차오라는 보모 덕분에 커러에게는 "아차오가 그러는데……."라는 새로운 말버릇이 생겼다.

어느 날 차를 타고 사이완을 지나던 아빠가 교복을 입은 채 해변에서 폴짝폴짝 뛰고 있는 커러를 발견했다.

그런데 옆에 가정부 아줌마나 나는 없고 아빠 말에 따르면 남자 같지도 여자 같지도 않은 젊은이만 있었다. 깜짝 놀란 아빠는 차를 내버린 채 길을 가로질러 가서는 커러를 끌어냈다. 제대로 주차하지 않았던 바람에 모퉁이를 돌아 나온 차가 아빠 차를 그대로 받았다. 아빠는 차가 받혀서인지, 아니면 내가 커러를 아빠가 본 적 없는 아차오와 거리에서 놀도록 해서인지 머리끝까지 화가 났다. 나를 욕하고 모르는 아차오를 욕하고 아줌마를 욕하고 마지막에는 엄마와 커러까지 욕했다.

그날 밤 나와 아빠는 서로에게 목이 터져라 소리치면서 집 안의 문이란 문을 전부 쾅쾅거리며 닫았다가 열었다가를 반복했다. 엄마는 아빠가 커러의 유괴를 걱정해서 그러는 거라면서 내게 사과하라고 말했다. 나는 너무 놀라서 할 말을 잃었다. 우리 집이 그런 수준에 이르렀단 말인가? 엄마는 돈이 아주 많은 집만 그런 일을 당하는 게 아니라며 둥관에 사는 아빠의 사업 동료만 해도 물품 중간상에 불과한데 아이가 유괴돼 10만 위안의 몸값을 냈다고 말했다. 하지만 우리는 홍콩에 산다고 하자 엄마는 나를 흘겨보며 두 손을 펼치고 그게 무슨 상관이냐는 표정을 지었다. 나는 충격에 할 말을 잃고 말았다.

나는 아빠에게 아차오가 건축과 수재이며 장학금을

받아 내년에 교환 학생으로 암스테르담에 간다고 말했다. 안색이 꽤 누그러진 아빠가 잠시 생각에 잠겼다가 물었다. 걔랑 사귀니? 내가 단호하게 아니라고 하자 아빠의 화가 가라앉았다. 정말 어이가 없었다.

이불 속에 숨은 커러에게 아차오랑 사이완 해변에서 뭘 했느냐고 물었다. 커러는 석양을 보았다고 대답했다. 그러자 문득 궁금해졌다. 어제도 그제도, 그끄제께도 석양을 보러 간다고 했잖아. 석양에 중독이라도 됐어? 내 물음에 커러가 눈을 깜빡거리다 답했다. 내일 같이 가 보면 알 거야.

9 반복되지만 않으면 다 괜찮아

1

이튿날 나는 수업을 빼먹고 아차오, 커러를 따라 해변으로 갔다. 사진기를 챙겨 온 아차오는 멀찍이 떨어져 나와 커러의 사진을 제 마음 내키는 대로 찍었다. 그러면서 거리의 아이들 같다고 큰 소리로 외쳤다. 바다와 하늘, 대교, 아득히 보이는 산, 바다를 지나는 화물선, 해안에 정박한 배, 산책하는 사람들을 보면서 이런 풍경을 오래 보면 마음이 부드러워지겠다고 생각했다.

태양이 서쪽으로 떨어지고 있었지만 나는 그 속의 비밀을 알아차릴 수 없었다. 아차오가 커러에게 내일도 보러 올 거냐고 물었다. 커러는 그러겠다고 대답했다. 일몰은 이미 봤잖아? 왜 내일 또 오려는 건데? 아차오는 그렇게 물으면서 내게 곁눈질했다. 커러가 대답했다. 똑같은 일몰이란 없으니까.

아차오가 말했다. 네 동생은 보물이야. 내가 배우는 게 정말 많아.

나는 말문이 막혔다. 똑같은 일몰이란 없다니.

아차오와 커러가 내 옆에 앉았다. 우리는 하늘을 물들이는 저녁노을을 조용히 바라보았다. 한마디도 하지 않았지만 가슴이 벅차올랐다. 그동안 몰랐던 엄청난 사실을 발견한 기분이었다. 총명함은 타고나는 것이니 조상의 덕이겠지만 품성, 다시 말해 세상을 바라보는 방식은 본인의 선택이었다.

고마워, 아차오. 고마워, 커러.

가로등이 켜지자 슬픔이 밀려왔다. 석양과는 관련이 없었다. 날마다 해가 져도 내 기억에는 그런 해 질 녘이 없다는 게 불현듯 떠올라서였다. 아무 일 없이 한가로운 해 질 녘, 일몰을 보러 일부러 해변을 찾는 해 질 녘, 모든 것이 아름다운 해 질 녘……. 그런 해 질 녘은 처음이었다. 어렸을 때 해가 질 무렵이면 늘 허둥지둥했고 늘 걸음을 재촉했으며 늘 배가 고팠다. 숙제, 공부, 피아노 연습 등 끝내야 하는 일이 항상 쌓여 있었다. 그러다 보니 어렸을 때부터 당 떨어진다는 말이 무슨 말인지 잘 알았다. 간직하고 싶은 시간도, 기억할 만한 추억도 없었고 웃음소리마저 파편적으로 터질 뿐이었다. 나의 어린 시절은 먼지처럼 무미건조했다. 어쩌면 그래서 나는 모든 일에 끈기가 없는지도 몰랐다. 나는 아무것도 두렵지 않았지만 매일매일 반복되는 것은 두려웠다.

우리 과에 집안 환경이 더할 나위 없이 좋고 성적도 좋은 선배가 하나 있었다. 정해진 길을 따라 잘 자랐지만 선배는 졸업식 날 기숙사를 나가자마자 투신자살할 거라고 떠들어 댔다. 나는 이해할 수 있었다. 다만 선배의 고민을 이해만 할 수 있을 뿐 도와줄 수는 없었다.

나는 커러가 그 순간을, 그러니까 순식간에 사라지는 황금빛 햇살, 자신의 기쁨, 아차오의 웃음소리, 촉촉한 내 눈을 기억하기를 바랐다. 왕페이의 노래 「인간」처럼 아름답고 선량한 그 순간들이 커러가 자란 뒤 암담할 때 일상을 밝혀 주는 작고 특별한 빛이 되기를 바랐다.

2

나는 항상 커러가 우리 집에서 얻을 수 있는 최고의 선물이라고 생각했다. 물론 아빠와 엄마는 그렇게 생각하지 않았다. 그렇지 않고서야 성적이 나보다 못하다고 끊임없이 잔소리를 퍼부을 리가 있겠는가. 엄마는 네 누나도 잘났다고 보기 힘든데 너는 어떻게 누나만도 못하냐고 말했다. 그렇게 기괴하고 매정한 생각은 대체 어디에서 나오는 것일까? 직접 낳은 아이들을 어떻게 그렇게 얕잡아 비교할 수 있을까? 나는 커러에게 속삭였다. 엄마는 한 번에 두 사람을 때릴 수 있는 대단한 능력이 있다니까. 우리 둘이 키득대는 모습에 엄마는 한층 더 화가 치솟아 가정부 아줌마에게 앞으로는 커러를 확실히 등하교시키라고, 절대 내가 멋대로 데리고 놀러 가지 못하도록 단속하라고 지시했다.

아줌마는 나나 커러와 마찬가지로 엄마의 지시에 기분이 상했다. 나한테 커러를 넘기면 밀수품 거래나 다단계 판매, 이상한 댄스 등 자기 일을 보러 다닐 수 있어서였다.

하지만 엄마는 아줌마에게 돈을 더 주더라도 커러가 나와 사방팔방 돌아다니는 걸 원치 않았다.

형용하기 어려운 흐릿한 증오만 피어올라 나는 화도 내지 않았다. 일부러 엄마의 새 옷을 갈아입을 옷더미 속에 넣어 기숙사로 가져갔다가 계절이 다 지난 뒤에야 도로 가져왔다. 엄마가 나를 대하는 무심하고 부주의한 방식을 똑같이 적용해 설명조차 생략해 버렸다. 또 냉장고를 열고 원래 냉동실에 넣어야 하는 건어물을 심드렁하게 야채 칸으로 옮겼다. 엄마가 발견했을 때는 커다란 봉지의 건어물이 모두 상한 뒤였다. 엄마가 아줌마에게 호통칠 때 나는 곧장 나서서 내 잘못이라고 말했다. 맞아요, 제가 부주의하잖아요. 나는 분명 엄마를 미워했지만 그렇다고 끔찍한 수준까지는 아니었다.

커러 때문에 기숙사에 있는 시간보다 집에 있는 시간이 많아지자 함께 감옥에 갇힌 느낌이 들었다. 잘 이해하지 못하는 커러에게 나는 아줌마 옆에 너무 오래 있으면 멍청해질까 봐 걱정돼서 그렇다고 말했다. 간식과 장난감을 여기저기 구석에 숨겨 놓은 뒤 내가 없을 때는 그걸 찾아보라고 했다. 내가 데리고 놀러 다니지 않으면 커러는 온종일 웃지 않을 듯했고 누구 하나 그런 부분에 신경 쓰지 않을 것 같았다. 커러는 그냥 아이였다. 나는 커러가 틀에 박힌 일상에 매이기를 원치 않았다. 나중에 대학을 졸업한 뒤 투신자살하게 만들 수 없었다.

고등학교를 졸업하자마자 내가 제일 먼저 한 일은 머리카락을 염색하는 것이었다. 이후에도 심란한 일만 생기면 염색하러 갔다. 색깔을 외우다 보면 힘든 일이 잊혔다. 커러와 집에 갇혀 있는 동안 나는 수시로 머리색을 바꾸고 엄마의 표정을 지켜보았다. 무슨 꿍꿍이냐고 엄마가 질색할 때면 속이 다 후련했다. 커러가 무슨 색인지 항상 물었기 때문에 나는 색깔 이름을 외웠다. 단순히 레드, 옐로, 블루, 그린이 아니라 라벤더레드, 실버레드, 크림슨레드, 페일옐로, 샤프론옐로, 엠버옐로, 아쿠아블루, 레이크블루, 그레이블루, 피그린, 글로시그린 같은 식으로 다 복잡하고 미묘하게 달랐다. 커러는 그런 색깔의 차이를 잘 알았다. 하지만 엄마는 애가 점점 까탈스러워진다고 말했다.

나는 커러에게 어서 자라라는 말밖에 할 수 없었다. 그걸 들은 아차오는 고개를 저으며 정말 못됐다고 한마디 했다.

3

당시 나는 늘 영문 모를 좌절감에 휩싸여 있었다. 공부와 상관없이 내 목소리가 너무 작다는 생각이 들었다. 분명 좋은 아이디어를 내놓았는데 무시당하는 느낌이었다. 그때 내가 제일 참을 수 없던 말은 진지하면 지는 거라는 말이었다.

나는 진지한데 뭐 어쩌라고?

학생회에서 샤오헤이를 만났다. 나보다 두 살 어린 샤오헤이를 보자마자 제대로 만났다는 느낌이 들었다. 뭐라고 해야 할까, 커러와 비슷하다는, 동생 같다는 느낌이 들었다. 처음부터 어색함이 전혀 없었다. 그 바람에 누군가를 좋아하기 시작할 때 모든 게 낯설고 어색하게 변하는 느낌도 들지 않았다. 샤오헤이는 아주 자연스럽게 나와 붙어 다니기 시작했다. 내 나이가 더 많은 걸 남들이 알아도 상관없느냐고 묻자 그는 생각할 필요도 없다는 듯 곧바로 상관없다고 대답했다. 내가 진지하게 묻는 거라고 하는데도 그렇다고 해서 우리는 사귀게 되었다.

샤오헤이는 처음부터 나를 좋아했다. 무슨 일이든 내 의견을 구했고 나와 붙어 있는 걸 무척 좋아했으며 일상의 어떤 일이든 아이디어를 내 달라고 청했다. 우리의 교제는 샤오헤이가 다른 여자애와 함께 있는 모습이 내 눈에 자주 띌 때까지 자연스럽게 이어졌다.

10 내 기억은 나만의 것

1

커러가 내게 커이는 행복하지 않냐고 물었다. 조금 당황스러웠다. 질문도 질문이지만 언제부터 나를 '누나'가 아니라 그냥 이름으로 불렀나 싶어서였다. 어서 자라라고 했을 때였을까?

나는 커러의 머리를 쓰다듬으며 대답했다. 행복하지 않은 게 아니라 조금 피곤할 뿐이야.

늘 그런 식으로 대답했다. 음, 조금 피곤하고 조금 배가 고플 뿐이야. 조금 외로울 뿐이지, 기분이 조금 그럴 뿐이랄까, 중요한 건 내가 안 행복한 건 아니라는 사실이지.

그러던 어느 날 커러가 물었다. 배고프고 피곤하고 외로운데도 행복할 수 있다고? 눈물이 툭 떨어졌다. 커러는 내 눈물을 닦아 주지 않고 쳐다보기만 했다. 나는 좋아하는 여자아이가 생겼냐고 물었다. 커러는 대답하는 대신 다른 별에 사는 기이하고 연약한 생물을 쳐다보듯 조용히 쳐다보기만 했다. 정말로 많이 컸다. 왜 나는 행복하지 않다고 인정할 수 없었을까? 인정하면 샤오헤이와 골치 아픈 문제가 많다고 말하는 셈이어서였다.

너는 몰라. 하지만 언젠가는 알게 될 거야. 오늘이나 내일이 아니라 언젠가. 달아나려 해도 달아날 수 없지. 그때는 알게 될 거야. 그때 가서 어떻게 하면 모르던 때로 돌아갈 수 있느냐고 묻지 마.

생각해 보니 커러는 샤오헤이가 사석에서 나를 '누나'라고 부르는 걸 알게 된 이후부터 내 이름을 부르기 시작했다.

여섯 달쯤 사귀었을 때 샤오헤이가 친구와 동기들 앞에서 나를 거리낌 없이 누나라고 불렀다. 나는 불편하다고 말했다. 정색하며 지적하자 샤오헤이는 흠칫하더니 말이 헛나갔다고, 앞으로는 안 그러겠다고 웃으면서 변명했다. 샤오헤이의 위축된 모습을 보자 뭔가 껄끄러운 느낌이 들었다. 사랑하는 여자가 아니라 갑자기 진짜 누나가 된 기분이었다.

사랑에도 다양한 차원이 있음을 차츰 받아들이게 되

었지만, 과연 샤오헤이가 나를 필요로 하는 게 나은지 아니면 사랑하는 게 나은지 알 수 없었다.

행복하지 않다고 말했을 때 나는 샤오헤이의 눈에 당혹감이 스치는 걸 똑똑히 보았다. 그런데 샤오헤이는 재빨리 오락부장으로 태세를 전환하더니 내 동의도 구하지 않고 온갖 멍청하고 황당하고 유치한 일들로 나를 끌어들였다. 예를 들어 홍콩을 벗어나는 척 일부러 멀리 공항까지 가서 비싼 패스트푸드를 사 먹고, 한밤중에 사이완 부두로 나가 고래고래 소리치고, 길거리 이정표를 반대 방향으로 바꿔 놓기도 하고 마트의 카트를 훔치기도 했다. 처음에는 시시하고 짜증스러웠는데 나중에 보니 뜻밖에도 내가 하하 큰 소리로, 그것도 진심으로 웃고 있었다.

아, 너무 따지지 말자. 나는 행복해. 혼자 중얼거렸다. 사랑이 시계도 아닌데 특정 차원의 일을 너무 복잡하고 정밀하게 만들지 말자.

사랑보다는 시계가 훨씬 믿음직했다.

2

커러가 열 살이 되었을 때 전체적으로 많이 자란 듯 보여 키를 재어 보니 놀랍게도 지난해보다 7센티미터나 자라 있었다. 여전히 첼로를 켜고 농구를 했다. 예전의 엄마라면 손가락을 다쳤다가는 연주를 할 수 없다며 농구를 허락하지 않았을 게 뻔했다. 하지만 커러가 농구하는 걸 알았을 때 엄마는 화를 내지 않았다. 한국, 일본, 타이완에서 화장품을 들여오느라 아빠보다 더 바빴기 때문이었다.

아빠는 본인 표현으로 '연줄을 만들기 위해' 툭하면 외삼촌과 중국으로 갔다. 우리 집에서는 커러가 태어난 뒤 볼 수 없었던 화목한 풍경이 연출되었다. 아빠와 엄마가 마주칠 시간이 없어서였다. 싸움도 얼굴을 맞대야 가능하지 않겠는가? 휴일이나 명절 때마다 가족이 모두 모였지만 워낙 시간이 제한적이라 다들 돈 버는 이야기만 했다. 부부가 약속이라도 한 듯 인생의 새로운 장을 열었으며 중년이 되고서야 목표를 찾았다고 말했다. 나는 옆에 앉아 속으로만 못마땅해하며 비웃을 뿐이지, 아빠 엄마가 얼굴 붉힐 일은 하지 않았다. 두 사람이 최소한 하나는 제대로 한 셈이었다. 나를 어려서부터 예의 바르고 이성적인 아이로 키웠다는 것. 어쨌든 나는 현재의 생활이 다른 많은 사람보다 훨씬 편안하고 여유로우며 그게 두 사람 덕분임을 알고 있었다.

아빠 엄마의 상황은 만남이 적을수록 관계가 잘 유지된다는 기이한 깨달음을 주었다. 나와 샤오헤이 사이에도 같은 방식을 적용하자 또 한동안 즐겁게 사랑할 수 있었다.

3

그때 나는 '스타페리 부두 보존 운동'으로 바빴다. 커러가 이미 다른 것들은 많이 철거했는데 왜 그 부두는 철거하면 안 되냐고 물었다. 나는 그 부두를 잘 보존하지 않으면 훗날 너는 그와 관련된 기억을 만들 수 없다고 답했다.

내게는 스타페리 부두 근처에서 찍은 사진이 무척 많았다. 그중에는 세 살 무렵 항아리치마를 입고 할머니와 찍은 사진이 한 장 있는데 우리 뒤쪽에 인력거와 외국인을 부르는 인력거꾼이 찍혀 있었다. 당연히 당시에는 뭔지 몰랐고 나중에야 사진을 통해 인력거와 인력거꾼이 한때 나와 같은 시공간에 있었음을 알게 되었다.

그즈음 '집단 기억'이라는 말이 유행했다. 나는 무척 서글픈 느낌이 들었다. 기억마저 집단의 이름에 기대야만 뿌리를 내리고 언급될 수 있다니 안타까웠다. 내 기억은 누구도 빼앗거나 점유할 수 없는 나만의 것이었다. 나는 커러가 나중에 스타페리 부두와 관련해 다른 사람과의 집단 기억이 아니라 자신만의 기억을 가졌으면 했다.

하루는 몰래 부두에 데려갔는데 커러는 시계탑에 투

사된 구해 줘라는 커다란 글자를 보고 당황하더니 아무 말도 하지 못했다. 이어서는 너무 슬프다면서 집에 가고 싶다고 했다. 나는 형이랑 누나들은 본인을 위해서가 아니라 네가 나중에 이곳에서 너의 기억을 만들 수 있도록 하려는 것이라고 말했다. 커러는 이해한 것 같기도 하고 아닌 것 같기도 했다.

그때부터 나는 계속 부두에 있었다. 매일 통화할 때마다 샤오헤이는 응원해 주었고 나는 그것도 좋다고 생각했다. 샤오헤이는 샤오헤이의 일로, 나는 내 일로 바빴다.

내가 부두에서 샤오헤이를 만나기 전까지 그랬다.

그즈음 부두에서는 살짝 긴장감이 감돌고 있었다. 샤오헤이를 발견했을 때, 일부러 나를 보러 온 줄 알고 가슴이 따뜻해졌다. 그런데 샤오헤이가 고개를 돌리며 나를 못 본 척하는 게 아닌가. 나는 빙설로 뒤덮인 바깥으로 쫓겨나 칼날 같은 바람을 맞는 기분이 들었다. 샤오헤이는 여자와 함께 있었다. 나도 아는 여자였다. 그녀 역시 매일 부두에 나왔는데 다른 대학 학생이었다. 나는 잠시 생각하다가 다가갔다. 옆에 있던 아차오가 나를 잡으려 했지만 성공하지 못했다. 멀리서도 샤오헤이가 안절부절못하는 걸 느낄 수 있었다. 나는 정말로 녀석을 잘 알았다. 내가 바로 뒤까지 다가가자 샤오헤이는 도망갈 수 없음을 알고 고개를 돌리더니 아무렇지도 않게 인사했다. 옆에 있던 여자가 손을 내밀어 자연스럽게 샤오헤이의 허리를 안으며 내게 말했다. 아, 나 그쪽 알아요, 누나라고…….

내가 여자의 빰을 때리려는 순간, 이번에는 아차오가 나를 붙잡아 끌어내는 데 성공했다.

11 2006년 우주여행

1

부두에서 샤오헤이와 여자를 보았던 그날을 똑똑히 기억한다. 앙심을 품어서가 아니라 2006년 12월 15일이었기 때문이다. 뒤이어 발생한 일 때문에 기억에 남았다.

샤오헤이와 여자 앞에서 끌려 나갈 때 끊임없이 몸부림쳤지만 아차오의 힘이 너무 세서 벗어날 수가 없었다. 여자나 샤오헤이에게 손찌검하지 않겠다고 아무리 약속해도 아차오는 들은 체도 하지 않고 부두에서 나를 끌어냈다. 이제 아무 일도 없었다는 듯 모두에게 돌아갈 수 없다는 사실은 나도 분명히 인지하고 있었다. 다들 한마디도 없이, 낯선 사람이라고 선을 긋는 듯한 눈빛으로 나를 쳐다보기만 했다. 그렇게 떠나려니 정말 받아들이기 힘들었다. 한편 아차오는 아차오대로 나를 보호하기 위해 어떻게든 데려가지 않을 수 없었다. 아차오와 기숙사로 돌아온 뒤 나는 말로 표현할 수 없는 좌절감에 휩싸였고 밤새 눈물 콧물 흘리며 뉴스 생방송을 지켜보았다. 샤오헤이를 떠났을 뿐만 아니라 '현장'까지 떠났다. 16일 아침이 되자 아차오는 지쳐 잠들고 나 혼자 텔레비전 앞에 앉아 있었다. 나는 눈물이 그렁그렁한 눈으로 시계탑 허리가 거친 톱질에 잘려 나가는 광경을 지켜보았다. 나는 그곳에 없었다. 다시는 돌아갈 수 없게 되었다.

그토록 오랫동안 침식을 포기하면서까지 투쟁했건만……. 그날 이후 부두에서 함께 시위했던 친구들에게 다시는 연락하지 않았다.

이틀 뒤 교내 카페에서 샤오헤이와 마주쳤다. 샤오헤이는 일력을 찢듯 지난 며칠을 인생에서 찢어 반으로 접은 뒤 호주머니에 넣은 것처럼 웃음을 지었다. 정말 단순하고 행복한 사람이었다. 나는 카운터에 너무 뜨겁지도 차지도 않은 미지근한 물을 한 잔 달라고 청했다. 그 미지근한 물을 샤오헤이의 얼굴에 뿌렸다. 샤오헤이가 배낭에서 노트북을 꺼내기 전에 뿌렸으니 나름 양심적으로 행동한 셈이었다. 앞으로 마주칠 때마다 근처에 물이 있으면 반드시 뿌릴 거라고 맹세도 했다.

샤오헤이는 내게 무엇을 빚졌는지 영원히 이해할 수 없을 터였다.

몇 차례 물을 끼얹고 나자 나는 학교에서 유명해졌다. 그런데 뜻밖에도 남들이 나를 이상하게 쳐다보든 말든 전혀 신경이 쓰이지 않았다. 후련해진 것으로 충분했다. 가슴이 뭔가에 물어뜯기는 듯한 괴로움이 어느 정도 가라앉았다. 원한이 깊게 쌓이면 남들 시선 따위는 상관하지 않게 되는 모양이었다.

커러를 데리고 학교를 돌아다니기 전까지 그랬다. 커러가 한사코 손을 잡지 않으려 할 때까지도 나는 갑자기 다 자란 척을 한다고만 생각했다. 그러다 커러가 나를 훑어보는 남들 시선에 신경 쓰는 걸 알아차렸다. 커러는 나보다 민감했다.

나는 앞으로 샤오헤이에게 물을 뿌리지 않겠다고 커러에게 약속했다. 커러는 석 달만 기다리라고 했다. 사람이 어떤 일을 기억하는 건 대략 석 달 정도라면서 석 달 뒤에 학교에 놀러 오겠다고 했다.

2

물을 뿌릴 수 없게 되자 풀리지 않는 응어리와 답답함을 해소할 다른 무언가를 찾아야만 했다.

아차오가 시리얼 좀 그만 사라고 소리치기 전까지 나는 쇼핑으로 정상적인 겉모습을 유지하고 있었음을 알지 못했다. 그즈음 식사가 불규칙해졌고 툭하면 한밤중에 일어나 아침 식사용 시리얼을 먹었다. 그러면 소위 말하는 힐링이 되었다. 물론 그때는 힐링이란 말이 유행하기 전이었다. 사태는 불면증으로 시작되었다. 그랬다. 부두에서 돌아온 날 밤부터 불면증이 시작되었고 이어서는 먹는 게 힘들어졌다. 한밤중에야 겨우 허기가 돌았는데 아무것도 넘기고 싶은 마음이 들지 않았다. 유일하게 받아들일 수 있는 음식이 시리얼이었다. 그러다 보니 마트에 갈 때마다 다양한 맛의 시리얼을 사는 취미가 새로 생겼다. 하루 세 끼를 전부 시리얼로 해결하자 대용량 콘플레이크 같은 것도 사흘이면 바닥났고, 그래서 또 사러 나가면 새로운 맛이 궁금해져 한 무더기씩 구매하게 되었다. 결국 아차오가 수납장 어느 칸을 열든 시리얼 천지인 걸 보고 더는 못 참겠다며 다른 것을 사라고 말했다.

나는 훨씬 거창한 물건을 사야만 시리얼을 사고 싶은 충동을 완전히 억제할 수 있음을 알고 있었다.

샤오단이 같이 다이아몬드 반지를 사러 가 주겠다고 말했다. 다이아몬드 반지를 싫어하는 여자는 없어. 행복감을 주거든. 도파민, 엔도르핀과 차이가 없다고. 샤오단은 커러가 데려왔다. 커러가 찾아와서 커이가 자살할까 봐 걱정된다고 말하더라. 초등학생의 자살 뉴스가 막 터져 나오던 때였다. 샤오단은 커러를 안심시켰다. 걱정하지 마. 나는 네 누나가 샤오헤이라는 놈을 죽일까 봐 더 걱정되거든. 네 누나는 우울증이 아니라 실연당했을 뿐이야.

나는 샤오단과 함께 코즈웨이 베이로 갔다. 이제 코즈웨이 베이에는 보석 가게밖에 없었다. 나는 앞뒤 따지지 않고 흥청망청 돈을 써야 했다. 다이아몬드 장신구를 닥치는 대로 꺼내 달라고 해 이리저리 걸치고 끼어 보았다. 샤오단이 나와 함께 키득거렸다. 점원은 우리를 자유 여행 중인 중국 관광객으로 보면서 그러거나 말거나 내버려두었다.

마지막에 나는 6만 위안 가까이 되는 손목시계를 샀다.

2003년에 출시된 시계 겉면에는 우주복을 입은 스누피가 박혀 있었다. 시계 브랜드가 미국 나사(NASA)와 협업해 달 착륙에 성공하지 못한 아폴로 13호를 기념하려 내놓은 시계였다. 왜인지 몰라도 시계가 탄생하게 된 이야기를 듣자 주체할 수 없었다.

내게는 기념품이 필요했다.

집으로 돌아온 뒤 톰 행크스가 주연한 「아폴로 13」을 비롯해 우주와 달 착륙에 관련된 영화를 전부 찾아 밤낮으로 보았다.

전부 먼 곳에서 어떻게 돌아왔는지에 관한 영화였다.

우주와 달 착륙에 관한 영화를 다 봤을 때 아빠에게 그 엄청난 신용 카드 명세서를 들켰다. 한바탕 꾸지람을 들은 뒤 나는 마침내 정상으로 돌아왔다.

알고 보니 그렇게 깊이 샤오헤이를 사랑했다.

3

그래서 넉 달 뒤 샤오헤이가 찾아왔을 때 마음이 약해지고 말았다. 이미 산쿠이와 사귄다고 할 수 있는 단계였는데도 그랬다.

산쿠이는 샤오헤이의 고등학교 동창이었다. 성적이 샤오헤이만큼 좋지 않아서 부학사[10] 과정을 밟으며 이듬해에 다시 대학 입시를 칠 계획이라 샤오헤이에게 진학 상담을 많이 했다. 그러다 나중에는 나한테 물어보았다. 우리 셋은 콘서트장, 영화관, 술집, 카페 같은 곳을 함께 다녔다. 내가 샤오헤이와 헤어지자 산쿠이가 찾아와 애석하다는 말을 끊임없이 늘어놓았다. 나와 샤오헤이보다 훨씬 슬퍼하는 모양새였지만 그때는 마음에 담아 두지 않았다. 산

10) 고등학교 졸업 후 이 년간 진행되는 과정으로, 대학 입학이나 취업을 위한 단계라 할 수 있다.

쿠이는 이후에도 툭하면 학교로 와서 우연히 부딪친 척했다. 그때 나는 알아차렸다.

심심하기도 했고 누군가와 함께 있는 게 시간을 보내기 더 쉬웠다. 산쿠이는 샤오헤이만큼 똑똑하지는 않아도 오래 만나고 보니 성격이 훨씬 좋았다. 더 성실하고 참을성 있고 책도 더 많이 읽었다. 학업 운이 샤오헤이만큼 좋지 않을 뿐이었다.

샤오헤이가 나를 찾아왔던 걸 알았을 때 산쿠이는 아무 말 없이 내 앞에서 눈물을 흘렸다.

12 답답한 것보다는 복잡한 게 낫지

1

남자가 우는 모습을 처음 본 것도 아니었고 남자의 눈물을 꼴불견이라고 생각해 본 적도 없었다. 다만 산쿠이는 오열을 했다. 내가 샤오헤이와 계속 만나려 한다고 하자 그랬다.

정말로 오열을 했다. 얻어맞는 강아지처럼 꺽꺽거리며 울었다. 그것도 사람들 앞에서. 샤오헤이에게 물을 끼얹었을 때는 사람들이 노려봐도 책임을 추궁하는 상황이라 당당할 수 있었다. 반면 산쿠이의 울음소리는 그가 엄청나게 억울하고 상처 입었음을 분명하게 드러내고 있었다. 맞은편에 앉은 나는 그 상황에서 절대 자유로울 수 없었다.

공공장소에서 말을 꺼낸 게 후회되었지만 카페가 아니면 어디에서 꺼낼 수 있단 말인가? 기숙사만 해도 아차오가 정신없이 숙제하는 데다 샤오메이와 그 남자 친구까지 있어서 너무 붐볐다. 공원이나 도서관이었으면 조금 나았을까? 어쨌든 카페에서는 남들 시선이 많이 쏠렸기 때문에 나는 "야!" 하고 소리쳤다. 그러자 산쿠이가 조금 정신이 들었는지 남들 귀에 이상하게 들리는 소리를 더 이상 내지 않았다.

얼굴을 손바닥에 묻은 산쿠이를 보니 내가 너무 경솔했다는 생각이 들었다. 그동안 산쿠이의 감정과 반응을 헤아려 본 적이 없었다. 참 경박하게도 샤오헤이와 다시 시작하려면 산쿠이와의 관계를 빨리 정리해야 한다고만 생각했다. 내가 원하는 바만 따지고 그의 감정은 얕보았다.

예전에 음식점이나 카페 같은 공공장소에서 무수히 목격했던 타인들의 이별이 떠올랐다. 나는 차갑게 지켜보면서 이별을 통고받는 사람을 무척 안쓰럽게 생각했다. 그들 감정의 상실과 관계없이 그렇게 사적인 감정의 변화를 공공연하게 드러내는 건 말로는 형용할 수 없는 일종의 무례처럼 느껴졌다.

그런데 나도 그렇게 무례한 사람이 되었다.

산쿠이가 힘들어할 줄은 상상도 못 했다. 나보다 어리

고 아주 무심해 보여서였다. 좋게 포장해서 말해 봐야 단순한 정도였고 항상 내 생각을 따라오지 못해서 "참 심오하게 말한다."라며 대화를 끝맺곤 했다. 산쿠이의 오열은 그에게도 심층적인 부분이 있으며 잘못해서 내가 가진 날카로운 무기에 안쪽 깊은 곳이 뚫렸고 아파 죽을 지경이라고 알려 주었다.

내가 이렇게 쉽고 거리낌 없이 남의 감정을 무시했다는 사실에 깜짝 놀랐다. 심지어 순조롭게 진행될 줄 알고 살짝 쾌감까지 느꼈던 터였다. 어떻게 사람이 자기도 모르게 이토록 잔인해진단 말인가? 세상에, 타락은 정말 편하고 쉬웠다. 몸부림칠 필요도 없고 힘을 쓸 필요도 없이 쓰레기로 전락할 수 있었다.

나는 얼굴을 감싸고 있는 산쿠이의 손을 살며시 잡아 내린 뒤 눈물로 얼룩진 얼굴을 쳐다보았다. 자신을 잡아당기는 내 손을 꽉 잡은 채 산쿠이는 내 양심의 가책을 끝없이 샘솟는 연민이라 받아들였다.

우리는 그렇게 서로를 오해하며 교착 상태에 빠졌다.

2

그래서 나는 샤오헤이와 남녀 친구의 관계를 회복하는 동시에 산쿠이를 내 방에서 재워 주었다.

샤오헤이와 산쿠이 모두 얌전해졌다.

왜인지는 모르겠는데 지난 데이트를 통틀어 그런 상태가 내게 가장 적합하게 느껴졌다. 두 사람이다 보니 항상 누군가는 내 옆에 있었다. 그들에게 손해라는 것도 알았기 때문에 나 역시 부드럽게 변했다.

누가 사랑에 관해 물어보면 나는 동시에 여러 남자를 사귀어 보라고, 균형만 잘 잡으면 된다고 조언했다. 아차오는 한마디로 변태라고 요약해 주었다. 맞아, 애정 관계에서는 조금 변태 같아야 묘미가 커진다고.

놀랍게도 나는 살짝 자아도취에 빠져 있었다.

3

다시 사귀게 되고 얼마 지나지 않아 샤오헤이는 내가 산쿠이와 아주 친밀하게 지냈으며 관계를 말끔하게 정리하지 않았다는 사실을 알았다. 그런데 샤오헤이의 반응이 무척 이상했다. 제 권리를 주장하며 화내는 대신 담담하게 체념하듯 세상사에 통달한 듯 탄식만 내뱉었다. 나는 잘 이해가 되지 않았지만, 반응이 좀 이상하다고밖에는 딱히 설명할 수 없었다.

나중에는 더 이상해졌다. 어느 날 보니 샤오헤이가 산쿠이와 스쿼시를 치기로 약속했다는 것이었다. 그동안 샤오헤이가 스쿼시를 치는 줄 몰랐고 무엇보다 왜 산쿠이란 말인가? 샤오헤이는 운동량이 부족하다고 느껴지는데 야외는 너무 더워서 고민했고, 그러자 산쿠이가 스쿼시를 가르쳐 줄 테니 해 보라고 권했노라 설명했다.

그러니까 내내 산쿠이와 만났다고?

내가 묻자 샤오헤이가 대답했다. 응. 어쨌든 너는 아무도 데려가지 않고 혼자서 브로드웨이 영화관에 가잖아. 내가 그들 누구와도 어울리지 않아 둘이 함께 시간을 보냈다고 탓하는 말로 들렸다. 나는 당황해서 어떻게도 반응할 수 없었다. 샤오헤이가 가방을 들고는 손을 흔들며 인사했다. 웃는 얼굴이 무척 솔직하고 진지했다.

「색, 계」가 상영되는 158분 동안 거의 넋이 빠져서 마지막에 왕지아즈가 왜 목숨을 내버렸는지 이해할 수 없었다. 영화가 끝나고 보니 샤오헤이한테 부재중 전화가 와 있었다. 나는 샤오헤이가 산쿠이랑 스쿼시를 다 쳤으니 영화가 끝났으면 같이 밥을 먹자고 할까 봐 감히 전화를 걸지 못했다.

아차오는 이야기를 다 듣고 나서 흥흥거리다가 한마디로 논평했다. 웬일로 탄커이가 어떻게 처리할지 모르는 일이 다 있네.

정말 이상했다.

나는 아빠가 예전에 엄마와 약혼했던 아저씨와 내내 좋은 친구로 지내는 걸 알고 있었다. 엄마와 잘 지내지 못한다고 아저씨에게 말하기까지 했다. 나는 샤오헤이, 산쿠이와 동시에 데이트할 뿐이었다.

이튿날 수업을 제치고 산쿠이를 만나러 놀스 빌딩으로 갔다. 그때 산쿠이는 이미 홍콩대 학생이었다. 나는 산쿠이가 수업받는 교실 문밖에서 수업이 끝나기를 기다렸다. 교실에서 나온 산쿠이는 나를 보고 화들짝 놀랐다. 그건 아주 효과적인 방법이었다. 전혀 생각하지 못한 시간과 장소에 나타나면 상대가 방어 기제를 동원하기 전에 해치울 수 있었다.

나는 단도직입적으로 요즘 샤오헤이와 만나냐고 물었다.

산쿠이가 고개를 끄덕였다. 나는 입을 다문 채 노려보기만 했다. 산쿠이가 어쩔 수 없다는 듯 힘겹게 입을 열었다. 때때로, 알잖아, 나는 늘 너를 잘 이해하지 못해. 생각해 보니 샤오헤이는 좀 더 알지 않을까 싶더라고. 그래서 물어보러 갔다가 같이 앉아서 상의했어…….

나랑 어떻게 하면 잘 지낼지 샤오헤이와 상의했다고? 그렇게 복잡해? 내가 상대하기 그렇게 힘든 거야?

산쿠이가 반문했다. 너 요즘 아주 즐겁지 않았어? 너

스스로 물 만난 고기 같다며. 네가 원하던 관계 아니냐고? 너무 끈끈하지도 않고 너무 허전하지도 않은……

내가 균형을 잘 맞춰서 최선의 상태가 만들어진 줄 알았는데 알고 보니 두 남자가 힘을 합친 결과였다. 나는 할 말을 잃었다. '분노'나 '슬픔'이 밀려오는 게 아니라 혼자 여름옷을 입고 초겨울의 황혼에 남겨진 듯 기운이 다 빠지면서 참담해졌다.

산쿠이가 말했다. 나와 샤오헤이는 너를 잃을까 봐 두려웠어.

너희한테는 상실이 사랑보다 더 컸구나. 나는 헤어지자는 통보조차 귀찮았다. 너희 마음대로 해. 커러가 또 실연당했냐고 물었을 때 나는 아니라고, 남자 친구가 둘이지만 그냥 혼자 다닌다고 대답했다.

13 정거장 같은 집

1

커러와 만날 수 없을 때는 하루에 두 번씩 전화를 걸었다. 대화는 아주 시시했지만 세상에 단순한 즐거움이 아직 남아 있음을 일깨워 주었다. 그리고 커러도 우주로 달아나지 않는 한 지구상에 그를 아주 많이 사랑하는 사람이 있음을 알 것 같았다.

내가 우주로 달아나게 될까? 커러의 물음에 나는 그럴 거라고 답했다. 오늘은 아니고 내일도 아니지만 언젠가는 그럴 거야. 커러가 계속 물었다. 우주에 뭐가 있는데? 왜 내가 거기로 도망을 쳐? 나는 아빠와 엄마가(심지어 나까지) 좋아하지 않는데 너는 정말 좋아하는 것이 있어서라고 답했다. 커러는 아무리 그곳에 자신이 사랑하는 게 있어도 나를 지구에 내버리고 가지 않을 거라고 약속했다. 사기꾼, 힘을 아껴. 쓸데없는 약속은 하지 말라고. 네가 우주로 탈출하기 전까지 나하고 계속 전화만 해 주면 돼.

커러가 중학교에 입학했을 즈음 우리는 전화로 '내가 모르는 것을 알려 줘'라는 시시껄렁한 놀이를 시작했다. 그 덕분에 나는 커러의 담임 선생님이 수업 중에 방귀 뀐 사실까지 알게 되었다.

조금 무책임하게도 나는 전화에 대고 샤오헤이와 산쿠이 때문에 속상했던 일을 이야기했다. 다 말한 뒤에는 귀담아들을 필요 없고 기억할 필요는 더더욱 없어, 이해할 수 없는 게 당연하니까 왜냐고 묻지도 마, 하고 덧붙였다. 대부분은 아빠 엄마에 관해 이야기했다. 두 사람의 잘잘못을 따지다가 흥이 오르면 전화기를 끌어안고 키득거렸다.

아차오가 어느 날 나와 커러가 매일 통화하는 일을 페이스북에 올렸다. 문장 끝에 해시태그를 다는 유행이 막 시작되어 아차오는 "#누나탄커이 #탄커러의어린시절그림자크기를구하다"라고 적었다. 그 게시글의 댓글 수는 아차오 페이스북의 최고 기록을 돌파했다.

놀랍게도 커러까지 "강렬한 태양을 가릴 수 있으니 그림자가 있어도 괜찮아."라고 댓글을 달았다. 그로 인해 커러의 팬이 폭발적으로 늘었고 커러의 페이스북 친구는 같은 반 아이들 중 가장 많아졌다. 더군다나 대학생이 많아서 커러는 의기양양했다.

어린 시절의 그림자가 무슨 뜻인지 아느냐고 물었더니 커러가 잠시 생각하고 나서 늘 그렇듯 태연자약하게 대답했다. 음, 서늘한 부분이 있다는 거야. 맞지?

나는 커러가 찰리 브라운임을 알아차렸다. 라이너스 아니었나? 나는 분명 사나운 루시고.

찰리 브라운이 이렇게 빨리 자라서 빨간 머리 소녀를 만나려 할 줄은 생각도 못 했다.

어느 날 그 시시껄렁한 '내가 모르는 것을 알려 줘' 놀이를 또 하고 있을 때 커러가 말했다. 아빠랑 엄마 이혼한대. 내가 아무 반응도 하지 않자 커러가 덧붙였다. 귀담아들을 필요 없고 기억할 필요는 더더욱 없어.

나는 당황스러워 한마디도 할 수 없었다. 가슴이 찢어지는 듯했다.

2

나는 아빠와 엄마에게 어떻게 어린애한테 그런 일을 전달하도록 만드냐고 펄쩍펄쩍 뛰며 성질을 부렸다. 엄마의 반응은 정말 어이없었다. 몸을 돌려 왜 쓸데없는 짓을 했냐고 커러를 야단쳤다. 나는 그들이 내 주의를 돌리지 못하도록 커러를 방에 들여보낸 뒤 계속 따졌다. 이혼하겠다고요?

몇 년 전과 달리 두 사람은 경쟁하듯 자신이 먼저 이혼을 제안했다고 주장했다. 먼저 제기한 쪽이 더 교양 있고 이성적이고 현실적인 사람이며 상대가 질질 끌 뿐이라고 주장하는 모양새였다. 나는 눈을 희번덕거렸다. 몇 달 더 기다릴 수는 없었어요? 여름이 오기 전에 입사 지원서를 쓸 계획이었다고요. 지금 이러면 제가 어떻게 커러와 저 자신을 진정시키겠어요?

아빠는 다 준비해 놓았으니 걱정할 필요가 없다고 말했다.

집이 두 채니 아빠와 엄마가 한 채씩 갖기로 했어. 엄마는 학군을 고려해서 웨스트카오룽의 새집으로 커러와 들어갈 거야. 아빠는 중국으로 들어가려고. 더 넓은 주거 공간이 필요하거든……. 그럴듯하게 둘러맞추는 게 역겨웠다.

그럼 나는?

엄마가 모질게 말했다. 나는 너랑 같이 살기 싫어. 항상 내 화를 돋우고 툭하면 성질을 부리잖아. 커러에게 나쁜 영향을 미칠 거야.

이미 그런 지경에 이르렀다니 나는 너무 슬퍼서 말이

나오지 않았다.

그날은 죽어도 잊지 못할 것이다. 살면서 그날만큼 아빠와 엄마한테 많이 배운 적이 없었다. 그렇다. 가족끼리는 빙빙 돌리지 않고 솔직하게 말하는 게 맞지만, 사랑이 없는 솔직함은 이기적인 행동에 불과하다. 관계 속에 책임만 남아 모든 논쟁이 공평한지 아닌지만 따지게 되면 전부 잿더미가 될 뿐이다.

바람이 불면 아무것도 남지 않고.

아무리 우리가 함께 살았고 같은 일을 겪었어도 마지막에는 각자 자기 배낭을 챙길 뿐이었다. 집이 정거장으로 바뀌면 자녀에 대한 책임은 몇 번째 순서가 될까?

3

엄마와 커러가 이사하는 날 나는 가서 돕지 않았다. 멀리 맞은편 건물에 숨어서 이삿짐 직원들이 우리의 지난 일상을 빠르게 해체해 화물차에 싣는 광경을 지켜보았다. 커러는 화물차 옆에서 망연한 표정으로 기다리고 있었다. 나는 조용히 영상 통화를 걸어 내가 옆에 있다고 말하고는 입을 다물었다. 화물차가 출발한 뒤에도 우리는 전화를 끊지 않았다. 커러는 새집으로 가는 길을 보여 주었고 나는 옛날 집의 골목을 보여 주었다.

나는 커러가 자신의 빨간 머리 소녀를 만나는 걸 지켜보아야 옳았다. 또 아빠와 엄마는 애간장을 태우며 최대한 조심스럽게 커러의 사춘기에 대처해야 옳았다. 하지만 커러는 두 사람이 이혼할 거라고 조용히 내게 알려 줬을 뿐이었다. 나는 화면 속 낯선 경로를 보면서 커러와 함께 그의 어린 시절에 작별을 고했다.

입사 지원서를 낼 때 나는 기숙사를 나왔다. 그리고 네 사람이 함께 살았던 집으로 혼자 돌아왔다.

커러와 엄마가 이사하고 두 주 뒤 처음으로 커러를 집에 데려왔다. 아빠가 돌아와서 커러를 보고 싶어 한다고 거짓말을 했다. 커러는 나를 보고 평소처럼 기뻐했지만 육년을 살았던 집은 무척 어색해했다. 커러, 왜 그래? 내가 묻자 커러는 계속 머리를 긁적거렸다. 정말 곤혹스러워하는 동작이었다. 한참 뒤에 커러가 물었다. '과거형' 알아? 내가 고개를 끄덕였다. '현재형'은? 나는 고개를 끄덕였다. 커러가 영문법 시제를 내내 어려워했다는 걸 알고 있었다. 이어서 커러가 말했다. 과거형과 현재형이 한꺼번에 뒤섞인 듯해서 많이 혼란스러워. 이해도 안 되고.

커러가 제안했다. 앞으로는 여기로 돌아오지 말고 밖에서 만나는 게 좋겠어. 나는 참담하게 그러자고 했다. 커러가 안도의 한숨을 살짝 내쉬고 나서 나를 구슬렸다. 얼른 커이의 집을 만들어. 내 방에는 공룡 벽지를 바르고.

아빠는 엄마가 집을 나눠 달라고 할까 봐 집 명의를 내 명의로 바꾸었다. 면접시험이 잡힌 날이었는데 빨리 변호사를 찾아가 서명하고 절차를 마무리하라고 재촉했다. 아빠는 또 너무 바빠서 그 일을 처리하자마자 돌아갈 거라고 말했다.

나중에 상사는 면접 때 내가 다른 지원자들과 달리 침착해 보였다고 알려 주었다. 나는 그날 아주 많이 슬펐을 뿐이라고 말하지 않았다.

14 물질 불멸의 법칙

1

왜인지는 모르겠지만 슬플 때 나는 침착하고 책임감 있고 심지어 유능하다는 인상을 주었다. 그해 반년 동안 나는 상사와 사장으로부터 각별한 환심을 샀다. 시간이 흐르면서 그들이 진심을 잘 숨기는 사람을 성숙한 사람으로 보고 있음을 파악할 수 있었다. 나는 내 기쁨과 슬픔을 설명하기 귀찮았다. 그냥 감자 한 알 같은 존재일 뿐이니, 반년 일하고서 승진하고 월급이 올라가는 것보다 더 현실적인 게 뭐가 있겠는가? 나더러 기쁨과 분노를 말없이 지워 버리라고 하면 그냥 아침 샤워 때 비누 거품으로 녹여 버릴 수 있을 판이었다.

여전히 매일 커러와 통화했다. 나는 눈물을 닦으면서

통장에 찍힌 숫자를 알려 주고 이제 곧 내 집을 얻을 수 있으니 기다리라고 말했다. 커러가 꼭 내가 데리고 도망쳐 주길 기다리는 연인인 것처럼. 커러가 말했다. 커이, 같이 살지 않아도 커이는 내가 가장 사랑하는 사람이야.

나는 커러의 달콤한 말에 길들여져 있었다.

커러가 나를 달래면서 마음의 준비를 시키는 줄은 전혀 눈치채지 못했다.

크리스마스 연휴가 시작되기도 전에 엄마는 커러를 데리고 한국으로 갔다. 엄마는 물건을 구매하러 가면서 커러를 친구네 가족 네 명에 딸려 스키장으로 보냈다. 커러는 내게 말하지 않았다. 페이스북에 올라온 사진을 봤을 때 나는 좋아요를 누르지도 않고 댓글을 달지도 않았다. 모르는 사람들 사이에서 커러는 무척 즐거운 표정을 짓고 있었다. 그렇게 환하게 웃는 모습은 정말 오랜만이었다. 즐거운 척을 하는지 정말로 즐거운지 구분할 수 없었다. 커러를 예의 바른 아이로 가르친 게 후회되기 시작했다. 며칠 동안 짜증이 치밀었지만 커러가 설산을 떠나는 날 결국 받아들이고 사진에 좋아요를 눌렀다. 그러고 나서야 커러와 다시 대화할 수 있었다.

커러는 입을 열자마자 아주 재미있었다고 말했다. 엄마 친구는 언제부터 알았어? 내가 묻자 커러가 잠시 뜸을

들였다가 사실 얼마 전에 만났지만 이미 엄마한테 그 아줌마와 가족 이야기를 많이 들었고 정말 신나게 놀았다고 답했다. 세상에 누가 낯선 사람들과 며칠을 같이 지내면서 마냥 재미있을 수 있을까? 엄마가 아들을 남한테 내팽개칠 정도로 돈 벌 생각만 하는 줄은 정말 상상도 못 했다. 커러는 계속 설명했다. 곧 엄마랑 만날 거야. 엄마가 공항에서 합류할 거라고 아줌마가 그랬어. 정말 말도 안 되는 일이었다. 그런데 왜 엄마를 옹호하려는 변명처럼 들릴까? 커러, 너무 속 깊게 굴지 마, 응?

엄마와 커러가 홍콩으로 돌아온 바로 다음 날 나는 엄마 집으로 갔다. 커러는 나를 보자마자 크리스마스 선물을 골라 두었다며 지금 사러 가자고 했다. 엄마가 나를 흘겨보면서 말했다. 애를 애지중지하는 꼬락서니하고는, 정말 보기 싫어.

커러는 나를 엄마 집에서 끌고 나와 엘리베이터에 오른 뒤 진지하게 말했다. 커이, 엄마 화 좀 돋우지 마, 응? 엄마는 누나가 생각하는 것처럼 쉽게 돈을 버는 게 아니야. 정말 힘들게 일한다고…….

급성 눈물샘염에 걸린 것처럼 눈물이 하염없이 흘러내렸다.

내가 커러에게 선물을 사 주지 않은 유일한 크리스마

스였다.

나는 실연당했을 때와 똑같은 기분이 들었다.

2

그해 크리스마스는 커러를 위한 프로그램도 준비하지 않았다. 커러가 엄마와 디즈니랜드에 가기로 했다고 말해서였다. 도쿄가 아니라 홍콩 디즈니랜드였다. 참 쪼잔했다. 하지만 커러는 잔뜩 흥분해서 아직 못 가 본 곳이라 기대된다고 말했다. 그렇게 천진했다.

긴 연휴 동안 나는 혼자 집에 틀어박혀 있다가 병이 났다. 그때부터 외로울 때마다 영혼에 새겨진 무슨 의식처럼 열감기에 걸렸다. 누구한테도 연락하지 않고 조용히 열에 들떠 곯아떨어지고 잠꼬대했다. 연휴가 끝났을 때 나는 침대에서 일어나 진하게 화장하고 출근했다. 뜻밖에도 상사가 나를 프로젝트 매니저로 승진시킨다고 발표했다. 사람들이 다가와 가식적으로 축하 인사를 건넸다. 내가 바보처럼 아무 반응도 하지 않자 상사가 말했다. 이봐, 자네 영혼은 아직도 공항에서 세관 통과를 기다리고 있나? 나는 웃는 수밖에 없었다. 어떤 일들은 정말로 남에게 알릴 필요가 없었다.

하지만 역시 커러에게는 알렸다. 나는 커러가 내 순위

를 엄마 뒤로 놓았음을 차분하게 인정했다. 아무것도 약속할 필요 없어. 어쨌든 나는 네 비밀을 알고 싶거든. 그리고 짝사랑하는 여자애가 생기면 제일 먼저 나한테 말해 줘. 자랄수록 커러의 세계는 작아질 터였다. 언젠가는 커러도 기존의 사람과 사물을 내려놓아야 새로운 활력소를 수용할 수 있음을 깨달을 테고 그때 커러의 세상에 내 자리는 없을 터였다. 나도 그렇게 자랐기 때문에 잘 알고 있었다.

전화에 대고 아팠다고 말한 뒤 승진했다고도 전했다. 커러는 어쨌든 좋은 일도 있었다며 축하해 주었다. 그러네. 커러는 엄마가 여기저기 파티가 너무 많아서 결국 자기를 디즈니랜드에 데려가지 못했다고 말했다. 어쨌든 개장하고 칠 년 동안 못 갔고 지금은 거기 가기에 너무 늙었지. 그래서 홍콩에서 유일하게 디즈니랜드에 못 가 본 사람이 되려고. 나는 너무 늙었다는 커러의 말에 거의 뒤집어질 정도로 웃었다.

커러는 아니라고 했다. 벌써 중학교 2학년인걸…….

3

중학교 2학년인 커러가 내게 선물을 주겠다고 했다. 무슨 뜻이야? 크리스마스는 다 지나갔는데. 내 반응에 커러가 되물었다. 선물은 생각지도 못한 기쁨을 주는 거 아니야? 왜 꼭 날을 정하고 이유를 찾아야 해?(아, 여자들 조심하시길. 탄커러가 다 컸다고.)

커러가 내게 처음으로 진지하게 준 선물은 손목시계였다. 내 팔목에서 6만 위안짜리 오메가를 풀면서 커러가 말했다. 내 시계가 비싸 보이지는 않지만 스누피도 있어. 그런 다음 자기 손목에 찬 똑같은 시계를 보여 주었다. 시계 한 쌍을 사서 내게 하나를 주었다는 말이었다. 그 스누피 시계를 나는 늘 차고 다녔다. 이브닝드레스를 입고 파티에 갈 때조차 풀지 않았다.

스누피 시계를 채워 줄 때 커러는 빈틈을 보이고 말았다. 예전에 여자한테 주는 첫 선물은 커이 몫이라고 했잖아. 하하, 알겠다. 다른 여자에게 선물해야 해서 마음이 급해졌구나. 나는 동년배 여학생이라면 스누피 시계를 좋아하지 않을 거라고 알려 주었다.

얼마 뒤 커러의 표정이 침울하게 가라앉은 걸 발견했다.

커러가 가느다란 목걸이를 보여 주었다. 종이를 접어 놓은 듯한 작은 은 하트가 달려 있었다. 여자애가 거절했는지, 아니면 받았다가 결국 헤어졌는지는 알 수 없었다. 어쨌든 계속 목걸이를 사 대면서 하트 펜던트는 커러의 수집 품목이 되었다. 기념품이었다. 커러가 쇼핑광이 되는 건 아닐지 살짝 걱정되었다.

커러가 물었다. 물질 불멸의 법칙 기억해?

물질 불멸의 법칙, 그러니까 질량 보존의 법칙이라면 눈을 감고도 외울 수 있었다.

15 여름꽃 같은 인생

1

커러는 어릴 때부터 내가 '물질 불멸의 법칙' 외우는 걸 들었다.

중학교 2학년 1학기 때 복습도 안 하고 숙제도 안 내는 등 소홀히 했더니 물리 점수가 유급당할 정도로 떨어졌다. 나는 늘 결심이 늦었다. 대략 1학기 말에야 꿈에서 깨어난 듯 정신을 차리고 이과를 선택하기로 마음먹었다. 그런데 계산해 보니 그때까지의 성적이 형편없어서 기말고사 때 물리를 95점 이상 받아야 이과에 들어갈 수 있었다. 결론적으로는 무사히 이과로 들어갔다. 한 달 남짓한 시간 동안 물리의 한 학기 내용을 제대로 이해하기란 불가능한 일이었기 때문에 나는 홍콩 학생의 엄청난 인내심을 동원했다. 모든 시험을 외워 쓰는 암기 방식으로 끝장을 본 것이었다. 그래도 의지력은 조금 있구나 싶었고, 그 바람에 세상에 만회할 수 없는 일은 없다는 착각에 빠졌다.(그게 착각일 뿐임을 깨닫는 과정은 정말 고통스러웠다.) 그때부터 나는 물리 선생님의 반려동물(애제자가 아니라. 친구를 질투할 때 보통 그렇게들 부르니 무슨 의미인지 알 것이다.)이 되었다. '물질 불멸의 법칙'은 내 행운의 부적이 되었다. 그때 이후 우쭐하거나 당황할 때, 조마조마할 때, 승산이 있을 때 나는 항상 물질 불멸의 법칙을 외우며 마음을 진정시켰다. 커러 역시 물리가 뭔지 알기도 전에 물질 불멸의 법칙을 줄줄 읊을 수 있게 되었다.

이미 오랫동안 그 법칙을 입에 올리지 않았다.

"질량 보존의 법칙은 자연계에 보편적으로 존재하는 법칙의 하나다. 모든 물질과 에너지가 완전히 전이되는 계(系)의 경우 계의 질량은 시간이 지나도 변하지 않고 유지되어야 한다. 계의 질량이 변할 수 없으므로 증가하거나 소멸할 수 없다……."

커러는 승복할 수 없다는 듯 말했다. 맞아, 아주 명확한 설명이야. 그러니까 질량은 창조될 수도 없고 파괴될 수도 없어. 공간 속에서 재배열될지언정…….

혹은 그와 관련된 엔티티의 형식이 변할 수 있지.

그러니까 네가 죽어서 몸이 사라져도 네 피와 살은 흙의 자양분이 되어 꽃이나 나무로 자라나. 혹은 구름이나 비가 되지. 네 사랑은 계속 남아 있어.

커러는 눈물을 흘리며 내가 답해 줄 수 없는 질문을 계속 던졌다. 물리가 세상의 모든 현상을 설명할 수 있다고 했잖아? 우리가 사는 세상은 물리의 세계라고 하지 않았냐고? 그래서 여기에서는 아무 이유 없이 발생하는 일도 없고 기적도 없다고 했잖아. 나는 기적을 기대할 수 없는 상태에서 설명 불가능한 일을 억지로 받아들여야 해. 왜?

나는 할 말이 없었다.

포대기에 싸여 있던 시절부터 엉엉 우는 모습을 수도 없이 보았지만 소년 커러의 눈물은 엄청난 충격으로 다가왔다. 커러는 더 이상 천진난만하지 않았고 증오를 알았다. 커러의 눈물 속에는 형언할 수 없는 상처와 실망이 들어 있었다. 내 행운의 부적이 커러에게는 조금도 힘이 되지 못했다. 물리 법칙이 세상 만물을 해석할 수 있다지만 사랑은 불가능했다.

커러는 열네 살 때 처음 실연당했다. 나보다 이 년 늦었다. 내 실연을 커러의 실연과 비교할 수는 없었다. 이 년 빠른 내 실연이 커러에게는 아무 의미가 없었다. 커러의 실연은 유일무이한 것이었다. 모든 사람의 실연이 특별하고 모든 실연이 남들과 다른 황당함과 분노, 슬픔을 가지고 있었다. 나는 커러를 보기만 할 뿐 아픔을 나눌 수는 없었다. 내가 세상에서 그를 가장 사랑하는 사람일지라도 할 수 없었다. 실연당한 사람은 유리병에 갇힌 듯 외부 세계를 볼 수 있고 남들에게 어렴풋하게 전달될지라도 어쨌든 소리를 지를 수 있지만 할 수 있는 건 아무것도 없다. 유리병 앞을 지나가는 사람들도 유리병에 갇힌 그를 볼 수 있으나 그가 사랑하는 사람이 멀어지는 걸 무기력하게 바라보는 모습만 볼 수 있을 뿐이다.

나는 타고르의 『여름꽃 같은 인생』을 건네주는 것 외에는 아무것도 할 수 없었다.

2

커러의 소망과 성적이라면 이과를 선택할 줄 알았다. 커러의 섬세함과 다정함을 알면 알수록 숫자와 법칙이 커러에게 안정과 균형을 가져다줄 수 있을 듯했다. 물리를 공부하는 시인이 될 수 있다면 그것도 괜찮겠다는 생각이었다. 게다가 커러는 첼로도 연주할 줄 알았다. 하지만 그건 누나가 가진 어리숙한 허영이었다.

커러는 끝내 이과생이 되지 못했다. 엄마가 지망을 바

꿔서라고 했다.

지망. 나는 냉소를 지었다. 이 땅에 태어난 모든 아이는 지망 때문에 숭고함에서 시작해 황당함을 거쳐 황폐함에 이르는 과정을 겪어야만 비로소 성인이 될 수 있었다.

첫 지망은 작문 제목으로 시작되었다. 초등학교 6학년이 되자 선생님이 서류를 한 장 나눠 주면서 집에 가서 부모님께 드리고 빈칸에 학교 이름을 받아 오라고 했다. 그들은 옆에서 끊임없이 너의 몇 번째 지망은……, 하고 말했다. 지망에도 순위가 있나? 내 지망이 서류 한 장만 채우면 그만인가? 그런 일은 이후에도 끊임없이 되풀이되었다. 나는 결국 그들이 멍청한 조작법에 그럴싸한 이름만 붙였음을 파악했다. 또한 그때부터 인생에서 더할 나위 없이 중요한 것들, 예를 들어 지망 등이 마땅히 가져야 할 무게를 잃어버렸다.

나는 커러에게 상관없다고 말했다. 저들이 너한테 공부하라고 하는 과목이 네가 하고 싶은 일과 필연적으로 연결되지는 않아.

커러는 엄마가 지원서를 내기 전에 첼로를 가져갔다는 말은 하지 않았다.

어느 날 엄마한테 전화가 왔다. 아주 드물고 이상한 일이었다. 언제부터인지 몰라도 엄마는 어떻게든 내가 엄마 인생의 사족임을 증명하려 했고, 나도 당연히 부합하려 노력해 휴대 전화 연락처에 엄마 번호가 없었다. 아빠와 갈라선 뒤 나를 찾을 일이 있으면 엄마는 늘 커러나 가정부 아줌마 편에 전했다. 그래서 전화가 울리면서 화면에 여덟 자리 숫자가 떠올랐을 때 내 첫 반응은 어, 내가 아직도 엄마 번호를 기억하고 있었네…… 라는 것이었다. 이어서는 얼떨떨하게 전화를 받았다.

말할 필요도 없이 "여보세요?"라고 하자마자 후회했다.

엄마는 잔뜩 화난 목소리로 공항에 가는 길인데 커러가 병원 응급실에 있다고 말했다. 그러면서 지금 제일 중요한 일은 시간 낭비 없이 공부시키는 것이라고 했다.

헐레벌떡 병원으로 갔더니 고통스럽게 얼굴을 일그러뜨리고 있는 커러가 보였다. 농구 시합 중에 발생한 돌발 사고로 약손가락과 새끼손가락이 골절되었다. 커러가 농구를 했다는 사실이 의아했다. 커러는 평소에 손가락을 아주 소중히 여겨서였다.

커러가 어깨를 으쓱했다. 부상과 전혀 어울리지 않는 동작이었다. 커러는 팔 개월 전부터 첼로를 켜지 않았으며 첼로도 엄마가 진작에 중국 고객의 아들에게 주었다고 했다.

팔 개월 전이면 첼로 8급 시험을 치렀을 때였다. 커러는 '트리니티 컬리지'의 등급 시험이 아니라 '왕립 음악원' 시험을 쳤다. 시험장에 같이 가지 않았지만 괜찮은 성적을 받았다고 나중에 들었다.

커러가 말했다. 맞아. 그래서 엄마가 이제 충분하다고 했어.

충분하다고? 무슨 뜻이지?

16 어느 날 보니 외계인

1

8급 시험을 통과하자 엄마가 이제 대학 입시에 활용하기 '충분하다'라고 생각했다는 커러의 말을 들었을 때 머리가 갑자기 멈춰 버리는 듯했다. 내 사고 회로로는 도저히 받아들일 수 없는 생각이었다. 이어서 알 수 없는 화가 치밀었다. 커러는 갑자기 멍해진 내 표정을 보고 웃음을 터뜨렸다. 드디어 자신의 황당한 경험을 이해해 주는 사람을 만났기 때문인지 커러의 웃음에는 관용과 안도감이 들어 있었다.

간호사가 손가락에 석고 거즈를 씌우는 동안 커러는 엄마가 첼로를 가져간 상황을 다시 이야기했다. 비웃음과 장난기가 섞인 어투라 남들 귀에는 멍청한 학교 친구의 일을 이야기한다고 들릴 법했다. 첼리스트가 될 것도 아니면서 왜 연습하고 레슨받는 데 시간을 쓰냐는 거야. 십 년을 켰으면 충분하지 않냐고, 질리지도 않냐고. 그러고는 내 레슨비를 끊었다니까. 진심으로 첼로를 좋아한다고 말할 틈도 주지 않고 그냥 내 첼로를 남한테 줬어. 그러더니 변호사가 되래. 요즘 변호사가 제일 잘나간다고. 건물 매입이든 이혼이든, 남들과 무슨 갈등이 생기든 소송이 벌어지든 전부 변호사가 필요하다면서 집에 변호사가 있으면 정말 편할 거라잖아. 엄마는 변호사가 되려면 지금보다 더 열심히 공부해야 하니까 내 시간을 합당한 곳에 써야 한다고 강조했어. 그리고 또…….

나는 눈을 부라리는 것 외에는 아무것도 할 수 없었다.

커러가 왜 농구를 하러 갔고 왜 손가락이 골절될 정도로 거칠게 움직였는지 이해할 수 있었다.

삼각건을 두른 커러를 집으로 데려갔다. 다행히 진씨 아줌마가 있었지만 마음이 놓이지 않아 나올 수가 없었다. 어쨌든 엄마가 돌아오기 전까지 커러를 잘 돌봐 줘야 했다.

그제야 나는 엄마가 돌아온다고 해도 반드시 집에 있으리란 법이 없음을 알았다. 남자 친구를 사귀면서 남자 집에서 자는 날이 많다고 했다.

커다란 집에 커러만 있다는 뜻이었다. 아줌마는 처음부터 자고 가지 않았다.

커러가 밤을 무서워해서 어렸을 때 불을 끄고 잠자리에 들게 만드느라 엄청난 시간과 공을 들였던 일이 떠올랐다.

엄마 집, 그러니까 내게는 완전히 낯선 집에서 커러가 쉴 새 없이 불을 켰다 껐다를 반복했다. 처음에는 지나가려는 곳에 불을 켜는 줄만 알았다. 그런데 왜 끄는 거지? 환경 보호를 위해?

커러는 비밀이라며 절전등의 독특한 빛이 좋다고 말했다.

절전등을 켜면 처음에는 살짝 어둡다가 일이 분 뒤부터 차츰 밝아져. 완전히 켜지면 밝기가 일정해지고. 나는 점점 밝아지는 분위기가 좋아. 커러가 말했다.

무슨 느낌이야? 내가 묻자 커러는 따뜻하다고 대답했다. 어둠에서 빛으로 나아가는 게 작은 태양을 안고 있는 듯해. 따스한 해가 떠올라서 중천에 이르렀다가 순식간에 사라지는 거야…….

고요한 한밤에 커러는 아무도 없는 커다란 집을 돌아다니며 불을 켰다 끄고 껐다 켜면서 낮과 밤에 빛이 어떻게 변하는지를 혼자 상상하고 있었구나.

나는 심장이 덜컥 내려앉았다. 아주 단순하고 무식하게 말하자면 커러가 이상한 사춘기 남학생으로 자라 있었다. 남들 눈에 잘 띄지 않는 복잡하고 작고 기이한 버릇을 가졌는데 그건 자기 자신을 정의하는 신비한 의식이었다. 어느 날 갑자기 자신이 외계인임을 발견하고 동료를 찾기 전까지 위장하고 숨어야 하는 상황과 비슷했다. 조심하지 않으면 나도 그의 신뢰를 잃고 연결이 끊어질지 몰랐다.

그래서 커러가 빛과 어둠의 변화에 몰입하는 동시에 사진술에도 매료되었음을 알았을 때 조금도 망설이지 않고 월급의 3분의 1에 해당하는 카메라를 사 주었다.

2

사랑에 빠지자 엄마는 소녀처럼 천진해지는 한편 건망증이 심해졌다. 나와 앙숙이라는 사실조차 잊어버리고 손가락에 깁스한 커러를 내가 대신 돌봐 줄 수 있어 다행이라고까지 말했다.

커러가 말했다. 손가락 깁스를 안 풀면 안 될까?

커러는 나갈 때나 들어올 때나 항상 내가 사 준 카메라를 가지고 다녔다. 삼각건을 하고 있는데도 무척 여유롭게 사진을 찍을 줄 알았다. 사진기를 가지고 손가락에 깁스한 커러가 내가 퇴근한 뒤 함께 저녁을 먹으려고 사무실로 찾아와 안내 데스크에 앉아 있었다. 커러는 나를 보자마자 내 노트북 가방을 가져가 멨다. 5센티미터 높이의 하이힐을 신었어도 커러는 나보다 머리 반 개가 더 컸다. 어깨동무하고 나는 오빠, 커러는 베이비라고 서로를 부르자 안내 데스크의 아가씨가 눈을 동그랗게 떴다. 우리는 또다시 남들의 곁눈질을 받는 괴짜 듀오가 되었다. 디자인부 동료 마이클이 함께 엘리베이터에 탔다. 구 개월을 일하는 동안 나를 한 번도 똑바로 보지 않았던 마이클이 우리 남매에게 흥미를 느끼는 걸 눈초리로도 알 수 있었다.

이튿날 출근하자 안내 데스크 아가씨가 나를 붙들더니 단도직입적으로 물었다. 어제저녁 퇴근 시간에 데리러 온 사람, 남자 친구예요? 나는 하하 크게 웃고는 동생이라고 알려 주었다. 정말 귀엽게도 그 아가씨는 조금도 숨기지 않고 솔직하게 자기가 궁금해서가 아니라 마이클이 물어봐 달라고 했노라 말했다. 그런 다음 쉬지도 않고 곧장 동생한테 여자 친구가 있느냐고 물었다. 나는 눈물이 날 정도로 웃었다.

등교한 커러에게 수업이 끝나자마자 우리 사무실 안내 데스크에 와서 아가씨 반응을 좀 지켜보라고 했다.

커러는 아가씨가 표정은 멍한데 말은 그런대로 자신 있게 하더라고 알려 주었다.

우리는 마이클이 엘리베이터를 탈 때 쫓아갔다. 내가 교복 차림의 커러와 올라타자 마이클은 잠시 멍한 표정을 했다가 조금 쑥스러운 표정이 되더니 또 금세 아닌 척했다.

사무실은 32층이었다. 엘리베이터가 20층에 이르렀을 때 커러가 더는 참지 못하고 피식 웃음을 터뜨렸다. 내가 커러의 다치지 않은 손을 힘껏 쳤는데도 커러는 멈추기는커녕 한층 더 심하게 웃었다. 엘리베이터가 지하에 도착했을 때 우리 남매는 둘 다 숨도 쉬지 못할 정도로 웃고 있었다. 고개를 돌리니 도망치듯 엘리베이터를 나가는 마이클이 보였다.

커러가 바짝 쫓아가 뛰면서 소리쳤다. 이봐요, 우리 누나한테 관심 있어요?

그렇게 즐거운 건 정말 오랜만이었다.

3

커러는 손가락 깁스를 풀자마자 시민광장으로 갔다. 교복에 책가방을 메고 사진기를 든 모습이 힘차고 생기 있어 보였다.

지난 7월 말 시위[11] 때 나는 커러를 따라갔다. 그랬다. 커러가 자기 일이라고 주장해서 내가 따라갔다. 나는 따지지 않고 커러가 스스로 중요하다고 생각하는 일을 위해 주장하고 쟁취하는 걸 기쁘게 지켜보았다.

당연히 엄마가 알았다가는 신경만 곤두세울 테니 알리지 않았다. 엄마는 계속 사랑에 빠져 있으면 됐다. 그래서 커러가 광장에 나가는 동안 나는 퇴근하자마자 가서 커러와 친구들을 응원했다.

그날도 시민광장에 가려고 엘리베이터를 탔을 때 마이클이 뒤따라왔다. 엘리베이터 문이 닫히자 그가 나를 마주 보고 목청을 가다듬은 뒤 말했다. 그날 동생이 쫓아와서 했던 질문에 답을 하려고요. 나는 그럼 좋다고, 같이 가서 직접 말하라고 했다.

11) 2012년 중국 정부의 교과 과정 도입에 반대해 학생과 학부모, 교사들이 대규모 시위를 벌였다.

17 망할 놈의 세상

1

커러의 질문에 대답하겠다며 마이클은 아무 말 없이 나를 따라 애드미럴티로 향했다. 정신이 딴 데 쏠린 듯 따라오다가 지하철 출구에서 인파와 같은 방향으로 가고 있음을 발견했을 때에야 마이클은 꿈에서 깨어난 듯 "아!" 하고 소리쳤다. 아, 알고 보니 동생이 정부 청사에 있었구나, 뭐 이런 뜻으로 들렸다. 마이클은 우리가 가려는 방향을 알고 나서도 아무 이견 없이 따라왔다.

시민광장은 인산인해를 이루고 있었다. 이미 중고생과 학부모의 일이 아니었다. 마이클은 이리저리 둘러보며 학생이 건네주는 전단을 받았지만, 뭐라고 해야 할까? 그의 표정은 '나는 여기에 속하지 않아. 그냥 지나가는 길에

둘러볼 뿐이야. 물론 너희를 지지하지 않는다는 의미는 아니지만 잠깐만 있을 거니까 귀찮게 굴지 마. 나는 참가자가 아니야.'라고 말하고 있었다. 내가 가만히 쳐다보자 마이클이 미소를 지었다. 호감을 얻고 싶어 하는 웃음이었다. 안내 데스크 아가씨는 마이클이 은행 광고에 출연했던 젊은 인재라고 알려 주었다. 지금 보니 광고를 찍을 때도 고객에게 똑같은 웃음을 지었을 성싶었다. 속으로 매기고 있던 마이클의 점수가 곤두박질쳤다.

확성기 밑에서 친구와 함께 있는 커러를 발견했다. 마이클을 데리고 다가가 커러의 귀에 대고 소리쳤다. 이 사람이 그날 네가 던진 질문에 답하겠대. 나는 저녁을 사 올게. 그런 다음 마이클을 커러 쪽으로 밀었다.

패스트푸드점 줄이 생각보다 길었던 데다 시위 인파가 너무 많아 한참 뒤에야 커러가 있는 구역으로 돌아갈 수 있었다. 멀리서 커러와 마이클이 이야기하는 모습이 보였다. 둘 다 동작이 커서 술집에서 의기투합하는 남학생들 같았다. 집회 확성기 소리가 엄청나다 보니 두 사람은 가까이 붙어 서로의 귀에 대고 이야기해야 제대로 말을 전할 수 있었다. 커러와 마이클이 대화하다 말고 서로의 어깨를 감쌌다.

형제 같았다.

커러에게 형이 있으면 좋겠냐고 물어본 적이 한 번도 없었다. 언제나 나라는 누나가 있는 것만으로 행복하리라 여겨 왔지, 다른 경우는 아예 염두에 두지 않았다. 예전에 나도 오빠가 있으면 좋겠다고, 누군가의 여동생이면 좋겠다고 정말 간절하게 바랐던 걸 거의 잊고 있었다.

멀리에서 지켜보는데 집회 분위기 때문인지, 아니면 너무 피곤해서인지 눈물이 줄줄 흘러내렸다.

2

가까스로 마음을 진정시킨 뒤 커러와 친구들에게 음식을 건네주었다. 남자애들은 내 효율성이 너무 낮다고, 이렇게 오래 걸렸으면서 프렌치프라이가 바삭하지 않다고 툴툴거렸다.

조금 전에 무슨 이야기 했어? 내가 묻자 커러는 말해줘도 모른다고 대답했다. 정말 당황스러웠다.

마이클이 「진격의 거인」에 관해 이야기했다고 알려주었다. 그가 일본판을 봐서 줄거리를 한 회 먼저 알고 있자 커러가 갑자기 자신을 우상으로 삼았다고 했다. 나로서는 상상조차 못 한 일이었다. 진격의 거인이라고? 나는 마이클에게 커러의 질문에 답하겠다고 하지 않았느냐고 물었다.

확성기에서 멀리 떨어진 곳에서 차분하게 이야기하려는지 마이클이 갑자기 나를 잡아끌었다. 나는 손을 뿌리치지 않았다. 그렇게 걷고 걸어서 해변까지 갔다. 홍콩은 원래 낭만적인 곳이고 우리는 늘 해변에서 투쟁했다. 부두에서 광장까지. 마이클이 말했다. 당신이 사납고 무자비하다고 동생이 충고하더군요. 그런 다음 마이클은 빅토리아항을 가만히 쳐다보기만 할 뿐, 더는 입을 열지도 않고 나를 보지도 않았다. 하지만 나는 그가, 내가 자기 옆얼굴을 쳐다보는 걸 알고 있음을 알아차렸다. 꽤 잘생긴 얼굴이었다. 나와 똑같은 행성의 사람처럼 아주 적절하게 잘생겼고 위협감도 없었다.

석양의 어스름한 노을 속에서 화려한 등불이 들어오는 매직 아워의 풍광이 무척 아름다웠다. 그와 달리 세상은 엉망진창이었다. 아직 교복을 입은 중고생들이 이마에 땀을 흘리며 계속 몰려왔다. 「살롱」[12] 알아요? 내가 묻자 마이클이 대답했다. 네, 온도와 속도와 상냥함과 분노를 잡아 두자.

만약 마이클이 노래했다면, 혹은 살롱이 뭐냐고 반문했다면 우리 관계는 그냥 그렇게 흘러가 완전히 다른 방향

12) 홍콩 가수 찬익순의 노래.

으로 발전했을 것이다.

마이클은 한 글자 한 글자 분명하게 온도와 속도와 상냥함과 분노를 잡아 두자고 말했다. 그래, 그래서였다. 그래서 우리는 인생의 농도를 고정시켰다. 나는 마이클에게 함께 시간을 보내는 게 어떻겠냐고 물었다.

사실 마이클은 좋다고도 싫다고도 말하지 않았다. 그저 내 손을 꽉 쥐었을 뿐이다.

마이클은 내가 처음으로 잘 지내야겠다고 마음먹은 사람이었다.

3

다들 내가 변했다고, 예전보다 성격이 좋아졌다고 말했다. 커러만 해도 마이클에게 이렇게 말했다. 탄커이에게 영화표를 사라고 해 놓고 나중에 야근해야 한다고 했다면서요? 예전의 탄커이라면 명왕성으로 돌려보냈을걸요. 보내기 전에 정수리를 박살 냈을 테고. 심지어 왜 쫓아내는지 설명조차 안 했을 거라고요…….

마이클이 마녀냐고 묻기에 나는 비웃음으로 대꾸했다. 홍콩 여자는 다 마녀 아닌가요? 만나 본 적 없어요? 마이클이 아주 진지한 표정으로 예전에 만났던 여자를 떠올리는지, 한참 생각하고 나서 말했다. 왜 전부 마녀가 되었죠?

사랑이 부족해서죠.

내 말에 마이클이 무척 만족했다.

마이클은 잘못 알고 있었다. 나는 그와 잘 지내겠다고 했던 약속에 충실할 뿐이었다. 약속을 지키느라 다른 것은 사소하게 취급했다.

그렇다면 사실은 사랑하지 않는 거잖아, 하고 커러가 물었을 때 나는 곧바로 그렇다 아니다 답하지 않았다. 나는 아빠가 예전에 자주 갔던 오래된 프랑스 식당으로 커러를 데려가서 사랑의 양이 충분하지 않은 시간 속에서도 내가 어떻게 마이클과 잘 지낼 수 있는지 저녁 내내 설명했다.

내 사랑은 상처투성이야. 어떤 사랑이든 흠이 없는 사랑은 없고. 영화나 연극, 소설(심지어 유행가까지) 속 남녀는 우리보다 훨씬 강렬하고 철저해. 절대적이고 완벽하게 사랑하거나 증오하지. 희생 제물이기 때문이야. 사실 이야기라는 것 자체가 인간의 제사거든. 우리는 그런 이야기를 보면서 자라. 진짜 입맞춤과 사랑의 독특한 두근거림을 맛보기 전에 너무 많이 본 나머지 우리는 이야기 속의 강렬한 주고받음이 바로 우리 사랑의 마땅한 형상이라고 착각하는 거야.

이야기 속의 남녀는 현미경 아래의 슬라이드 같은 형

태로 존재해.

그들은 영원한 모델인 데 반해 우리는 용모가 흐릿한 세속의 남녀일 뿐이지.

우리의 사랑과 관계 속에는 악당이나 신의 저주를 받은 운명 같은 것도 존재하지 않아. 우리는 그저 자잘한 일상에 맞설 뿐이야. 내가 제일 좋아하는 닭 날개를 네가 먹는다든가, 나는 쏟아지는 폭우 속에서 택시를 못 잡는데 너는 자동차 경주 게임을 할지언정 차를 몰고 데리러 오지는 않는 식이지…….

그때 나와 커러는 메인 코스 전 입가심용으로 나온 셔벗을 먹고 있었다. 사랑이라는 화제는 정말 씹는 맛이 있었다.

18 사랑의 학교

1

예전에 섣달그믐이나 신년 첫날이 되면 아빠는 나와 엄마를 데리고 이 식당에 왔다. 식당에서는 나와 엄마에게 찻잔만 한 장미를 한 송이씩 주었다. 내가 여덟아홉 살짜리 꼬마애여도 챙겨 주었다. 오래된 점원은 나를 알아보지 못했지만 이번에도 붉은 장미를 주었다. 그들 눈에 커러는 연하의 남자 친구로 보일 게 분명했다.

나는 동생과 사랑에 관해 이야기할 수 있는 누나였다.

사랑을 주제로 우리는 가족, 성장, 관계, 시간, 돈에 관해 이야기했다.

외계인이 홍콩에 내려온다면 아이에게 밑도 끝도 없이 이상한 과목을 쉼 없이 잔뜩 가르치면서 정작 그들 미래와 직결되는 '사랑'은 필수 과목으로 정해 놓지 않은 상황에 깜짝 놀랄 것이다. 우리는 대학에 입학하는 젊은이에게 신용 카드를 주면서 지각과 결석하면 낙제할 수 있다고 말하지만, 돈과 시간 관리는 수업 과정으로 집어넣지 않는다. 여기 사람들은 정말로 공부를 무척 좋아하는 듯 성적이 좋지 않아도 부학사 과정을 몇 개씩 밟으면서 어떻게든 대학에 들어가 명실상부 학사가 되려고 하고 학사가 끝나도 쉬지 않고 석사, 박사까지 공부하려고 한다. 평생 학교에 있고 싶어 하지만 그렇게 많은 학위를 따도 '자아 인식'은 제대로 할 줄 모른다.

나는 커러에게 말했다. 잊지 마. 아무리 달갑지 않아도 우리는 집에서 사랑과 미움을 배울 수밖에 없어. 아빠 엄마와 우리를 교육하는 어른들의 방식을 그대로 복사하게 되지. 그러니까 뼛속 깊이 새겨진 그런 습성을 제거할 수 있는 세제가 발명되지 않는 한, 우리는 그림자의 존재를 경계하는 수밖에 없어. 영화, 애니메이션, 소설은 가장 빛나는 곳에서 갑자기 끝나기 때문에 실제 인생보다 찬란하고 감동적이야. 네가 보는 것들을 네가 나중에 겪을 일이라고 생각하지 말고 간접 경험에 중독되지 마. 그건 네 진짜 경험을 대체할 수 없어. 진실이 지루하고 실망스럽게 보여도 나무나 야수처럼 사실은 유기적이고 예측 불가하며 아주 위험하기도 해. 진실이란 비할 데 없이 소중하지만 반복되거나 복제될 수 없어. 진실은 자유, 이상과 함께 세상에서 가장 소중한 거야.

커러가 물었다. 누군가를 사랑하는 게 그렇게 복잡하고 이해하기 힘든 일이야? 왜? 하하, 너무 성급하게 시작해서구나. 우리는 항상 제대로 준비하지 않아서 무슨 일인지 이해하기 전에 곤두박질치거나 망쳐 버리지. 언제나 그래. 그런데도 인정하지 않고 잘못을 되풀이하면서 남과 자신을 속일 뿐이야. 사랑은 반대로 우리한테 이용당해 가장 완곡하면서 터무니없는 핑계가 되고. 너무 많이 사랑하거나 너무 적게 사랑한다고 말이야.

커러는 계속 이과생 머리로 생각하려 했다. 그래서 마이클을 사랑하는 거야, 아니야? 커러의 물음에 나는 마이클에 대한 사랑이 언제나 똑같은 고도로 유지된다고 장담할 수 없노라 대답했다. 누구도 그런 장담을 할 수는 없어. 그건 어길 수밖에 없는 약속이라고. 하지만 나는 나를 사랑하듯 남도 사랑하려고 노력해. 또 내가 싫은 걸 남에게 강요하지 않으려 하고. 내가 마이클을 사랑하는지 안 하는지 말하는 게 아니라 내가 어떻게 그를 대하고 어떻게 받아들이고 어떻게 주는지가 바로 관계라는 말이야.

살짝 취한 커러가 결론을 내렸다. 그렇다면 마이클을

아주아주 많이 사랑하는 거네.

똑똑한 커러는 사랑의 참뜻을 이해했다.

내가 말했다. 커러, 유치원에서 배운 일들을 잊지 마. 시간 보는 법과 서로 다른 지폐와 동전을 구분하는 법. 그리고 제일 중요한 건 남들과 장난감을 다투지 않고 공유하고 친구한테 "미안해.", "고마워.", "사랑해."라고 기꺼이 말하는 것. 그게 뭐겠어? 그게 시간이고 돈이고 사랑 아니겠어?

아무도 그 속의 지혜를 설명해 주지 않았을 뿐이야. 네가 위로 올라가는 총명함만 얻기를 바라기 때문이지.

그날 저녁 나는 커러를 위해 비솔 제이오 '카르티제'를 한 병 땄다. 샴페인이 아니라 이탈리아산 스파클링 와인이었다. 그리고 열여섯 살 생일 선물로 『사랑의 학교』를 주었다.

2

마이클에게 크리스마스 선물은 필요 없다고 말했다. 이미 다 자랐고 산타클로스가 없다는 사실도 진작 알았으며 크리스천도 아니니까요. 명절에 상업적 술수에 끌려다닐 필요 없어요. 하지만 선물은 주고받을 필요가 있으니 세심하게 골라 줘요. 그걸 보면서 둘이 함께한 한 해가 꽤 괜찮았다고 기억하고 싶거든. 마이클은 1950년대 개명서점에서 발행하고 샤가이쭌(夏丏尊)이 번역한 『사랑의 학교』를 헌책방에서 찾아 선물했다. 나는 만년필과 '신비로운 밤', '로열블루' 색깔의 잉크 두 병을 선물했다.

아빠는 연말연시에 맞춰 홍콩으로 돌아왔지만 나, 커러와 명절을 보낼 뜻은 전혀 없어 보였다. 정신없이 바쁘게 돌아와 겨울옷을 챙겨서는 다시 북쪽으로 갔다. 아빠는 테이블에 놓인 『사랑의 학교』를 보더니, 무심하게 몇 페이지를 넘긴 뒤 흥미롭다는 듯 물었다. 내 옛날 책은 왜 꺼냈어? 드디어 오랫동안 마음에 담고 있던 독한 말을 꺼낼 기회가 찾아왔다. 나는 아빠를 똑바로 바라보면서 답했다. 아빠 책 아니에요. 아빠의 옛날 물건, 그때 시대에 뒤떨어져 쓸모없다고 생각한 물건은 전부 새집으로 이사 올 때 할머니 집에 처박았다가 집과 함께 팔았잖아요. 가구랑 잡동사니 전부 남한테 넘겼잖아요. 아빠는 멍하니 서 있었다. 심지어 짜증 난다는 표정조차 짓지 않고 트렁크를 끌면서 문을 열고 나갔다. 길에서 만난 낯선 중년의 여행자 같았다.

아빠는 무엇을 잃어버렸는지조차 모르는구나.

마이클이 침실에서 나와 뒤에서 나를 꽉 끌어안았다. 그는 나를 잘 알았다. 아빠는 집에 남자가 와서 잤는데도 몰랐다. 나는 아빠를 속일 마음이 전혀 없었고 오히려 마이클을 소개할 생각이었다. 마이클의 정장 상의가 식탁 옆 의자에 걸쳐져 있고 290밀리미터의 검은색 송아지 가죽에 끈이 달린 남성용 더비슈즈가 현관 신발장 옆에 비스듬히 놓여 있었다. 아빠는 아무것도 보지 못했다.

마이클이 말했다. 다음에 아버님이 언제 오시는지 알면 미리 식사 약속을 잡아요. 내가 대접할게.

섣달그믐까지 두 주 넘게 남았건만 우리는 미리 섣달그믐 가족 식사를 하기로 했다. 나는 마이클도 불렀다. 마이클이 놀라며 왜 이렇게 일찍 모이느냐고 물었다. 나는 엄마가 외국 여행을 가려는데 이틀 뒤부터 비행기표 가격이 오르니 미리 먹자고 해서라고 씩씩거리며 알려 주었다.

떨려요? 내가 묻자 마이클이 그렇다고 솔직하게 답했다. 왜요? 앞으로 내 가족이 될 사람들이니까요.

나는 감동하지 않을 수 없었다.

아빠만 오지 않았다. 이유도 생략하고 그냥 바쁘다고만 했다.

엄마가 마이클에게 한 첫마디는 "성격이 이상하고 막무가내이니 조심해요."였다. 내가 어쩔 수 있겠는가? 나는 스킨케어 브랜드에서 언론 홍보용으로 광고 회사에 보내온 고급 나이트 크림을 재빨리 엄마에게 건네며 말했다.

엄마, 역시 저를 제일 잘 아시네요. 사랑해요.

엄마는 내 빈정거림을 알아듣지 못하고 나이트 크림 케이스를 내려다보며 물었다. 얼마니? 매장 판매가가 5400위안이에요. 엄마가 만족하면서 마이클은 통과되었다.

19 동반자가 있어서 다행이야

1

커러가 대입 수험생이 되면서 우리는 만나는 날보다 못 만나는 날이 더 많아졌다. 마이클이 웃으며 근본이 정신 나간 엄마라고 놀리기에 내가 대꾸했다. 커러가 시험 때문에 바쁘지 않았으면 내가 당신이랑 감정 쌓고 관계 맺을 시간이 있었을 것 같아?

나와 마이클의 감정은 집회와 행렬 속에서 자라났다. 제일 처음은 정부 청사 광장에 커러를 찾아갔던 그 밤이었다. 이어서 왜인지는 몰라도 거리로 나서 의사를 표현하지 않으면 안 되는 일이 산더미처럼 많아졌다. 원래 운명의 별자리만 딱 맞으면 나를 위해 불구덩이에 뛰어들 남자는 만날 수도 있겠다고 생각해 왔다. 하지만 항의 집회나 시위에 함께 갈 수 있는 남자라면, 그냥 한마디로 감개무량이었다.

오래가리라고 믿지 않았는데 마이클은 빅토리아 공원에서 애드미럴티, 센트럴까지 나와 함께 걸었고 때로는 사이완 해변까지 걸어가기도 했다. 워낙 터무니없는 시국이다 보니 분노를 일으키는 일이 점점 더 많아졌다. 길에 나선 사람들은 뜨거운 태양이 내리쬐든 억수 같은 폭우가 쏟아지든 언제 항쟁을 끝내고 집으로 돌아갈 수 있을지 감을 잡을 수 없었다. 밤낮으로 걷다 서기를 반복하며 긴 거리를 하염없이 나아갔다. 불평도 하지 않고 도중에 이탈하지도 않았다. 그냥 그렇게 나아갔다.

마이클은 나 탄커이를 위해 거리에 나섰다고 말하지 않았지만 시위자에게 동반자가 있다는 사실은 무척 중요했다. 그가 따라나섰든 내가 따라나섰든 우리는 함께 거리로 나가서 우리가 걱정하는 일에 의견을 표했다.

내 주변에는 평소에 잘 연락하지 않다가 거리에 나가기 전날 밤이면 전화해, 내일 넌 어디에서 출발하고 누구랑 같이 가냐고 묻는 사람들이 있었다. 그들은 숨어 있는 반대자였다. 그들은 함께 일하는 사람들과는 공적인 이야기만 하고 어울려 노는 건 다른 사람들과 했다. 위로가 필요한 날이면 휴대 전화 연락처에서 다른 이름을 찾았으며, 연애 상대는 또 다른 금지 구역에 있었다. 어쩌면 그리운 사람도 따로 있을지 몰랐다.

그들은 자기 인생을 여러 구역으로 나누고 각기 다른 가치관을 적용했다. 그 바람에 구역끼리 서로 대치될 때까지 있었다. 여러 구역을 돌아다니는 게 가정 교육, 학습 체계, 직장 분위기 때문인지 교류하는 집단의 압박 때문인지는 알 수 없었다. 그들은 A구역 사람과 B구역을 비웃고 B구역에서 C구역을 질투하며 C구역에서 A구역을 적대시했다. 그런 상태가 오래 지속되자 그들은 혼자 여러 역할을 하는 것에는 익숙해졌지만 극심한 피로에 시달렸다.

나는 인생이 구멍투성이라는 사실을 일찌감치 깨달았기 때문에 능력이 닿는 한 온전한 한 사람으로서 모든 사람을 성실하게 대하고 싶었다. 어쩌면 단순히 귀찮거나 여러 사람을 상대하는 게 너무 피곤해서일지도 몰랐다. 어쨌든 나는 내가 만나는 사람이 나와 같이 배우고 같이 일하고 서로 믿고 함께 즐겁기를 진심으로 바랐다. 말 그대로 '동반자'이기를 바랐다.

나는 샤오단, 아차오, 마이클이라는 동반자가 있어서 무척 행복했다.

정말로 그렇게 함께 미래로 나아갈 수 있으리라 믿었다.

2

2012년 10월 이후 나는 빅토리아항 기슭에서 불꽃놀이 보는 걸 거부해 왔다.[13] 그런데 엄마는 굳이 정월 초이틀 저녁 식사를 완자이 해변 호텔의 연회장으로 예약했다. 인맥을 많이 동원해 예약한 테이블이라고 여러 차례 강조하기까지 했다. 해변에서 불꽃놀이를 보면서 캐나다에서 돌아온 마이클의 부모님에게 음식을 대접하면 그럴듯해 보일 거라는 이유였다.

그럴듯해 보인다고.

나는 안 가면 안 돼요? 엄마의 반응을 기다릴 새도 없이 마이클이 노려보는 게 보였다. 좋아요, 갈게요. 하지만 나는 전혀 달갑지 않다는 사실만 알아 두세요.

초하루에 커러가 찾아와 물었다. 엄마한테 세배하러 안 와? 나는 시큰둥하게 대답했다. 내일 저녁이면 만날 거잖아? 커러는 더 이상 뭐라고 하지 않았다.

정월 초이튿날 저녁, 나와 마이클은 일찌감치 호텔로 그의 부모님을 모시러 가서 교통 통제로 길이 막히기 전에 완자이 해변의 고급 레스토랑에 도착했다. 엄마와 커러는 이미 기다리고 있었다. 나는 멀리서 엄마 쪽으로 걸

13) 2012년 10월 1일 홍콩전력 직원과 가족들이 빅토리아항의 불꽃놀이를 구경하러 가다가 선박이 충돌해 사망 사고가 발생했다.

어갔다. 눈앞의 여인은 작은 금단추와 가느다란 금실로 장식되고 끝단을 화려하게 마감된 정장을 입고 있었다. 옷깃에는 작은 다이아몬드가 촘촘히 박힌 모란 브로치를 달고 발에는 굽이 낮은 이탈리아산의 검정 에나멜 수제화를 신었다. 내가 남들 눈에 그나마 교양 있고 예의 바르게 보이는 데에는 이 여인의 공이 적지 않았다. 그런데 엄마는 왜 머리카락을 어디는 커피색으로 또 어디는 금색으로 염색했을까?

가벼운 인사를 나누고 자리에 앉았을 때 나는 더 이상 참을 수 없어 커러에게 나직이 물었다. 엄마는 왜 염색했대? 커러가 고개를 돌리더니 나를 흘겨보았다. 뭐 어쨌다고? 왜 마이클과 커러는 갈수록 나를 많이 흘겨보지? 할 말이 있으면 그냥 좋게 하라고……. 속으로 투덜대고 있을 때 커러가 내 귀에 대고 속삭였다. 엄마는 이제 완전 백발이라 염색하지 않으면 안 돼. 나는 너무 놀라서 할 말을 잃었다.

커러가 돼지고기 한 점을 집어 주며 또 나직이 덧붙였다. 작년에 사업이 안 돼서 금전적 손해를 많이 봤어. 이어서 남자가 헤어지자고 했고. 그러는 두 달 사이 검은 머리카락이 눈 깜짝할 사이에 하얗게 세었다고.

나는 멍해지면서 아무 반응도 할 수 없었다. 마이클이

내 접시의 돼지고기를 소스에 찍어 주며 눈짓했다. 아, 마이클도 알고 있었구나. 커러랑 정말 친하네. 그런데 나는 예전부터 이런 상황을 기대하지 않았나? 왜 이렇게 마음이 쓰리지? 나만 차단당해서? 아니야. 그런데 왜 뭔가 중요한 일들을 놓친 것만 같을까?

마이클의 부모님께 예의를 차리느라 얼굴에 쥐가 날 지경이었다.

연회장 조명이 어두워지자 사람들이 알게 모르게 흥분하기 시작했다. 불꽃이 발사되고 통유리창 밖과 우리 머리 위에서 쿵쿵하는 굉음이 울리더니 믿기 힘들 정도로 화려한 장관이 펼쳐졌다. 사람들이 너나없이 일어나 휴대전화로 화려한 번영의 순간을 찍었다. 귓가에서는 강남사죽[14]의 「봄날의 강가에 꽃 피는 달밤」 연주가 서서히 잦아들고 있었다. 아무리 찬란해도 언젠가는 지나가고 아름다운 꽃도 항상 피어 있을 수 없으며 멋진 풍광도 영원할 수는 없는 법이었다. 눈물이 하염없이 흘러내렸다. 마이클이 갑자기 뒤에서 나를 끌어안더니 내 얼굴을 돌렸다. 사람들은 입을 맞추는 줄 알았겠지만 마이클은 조용히 내 눈물을 닦아 주었다. 정말 좋은 사람이었다. 통유리창에 불꽃과

14) 중국 강남 지역의 전통적인 실내 합주로 비파, 이호 같은 현악기와 피리, 통소 같은 관악기가 어우러져 연주된다.

우리의 끌어안은 그림자가 비쳤다. 모르는 사람 눈에는 행복해 보였을 터였다.

연회장에서 나온 뒤 엄마는 커러와 마이클에게 택시를 부르라고 하고 나한테는 차를 가지러 주차장에 가자고 했다. 내가 어떻게 싫다고 하겠는가?

예전에 아빠는 엄마가 매번 주차 위치를 잊어버린다고 놀렸다. 정말 황당하게도 어느 주차장인지를 잊어버렸던 때까지 있었다. 위아래로 여러 차례 찾아다니다가 경찰에 신고하기 직전에 내가 엄마 손에서 주차권을 빼앗아 살펴보니 우리가 항상 이용하는 주차장이 아니었다. 하지만 오늘 엄마는 무척 자신만만했다. 커다란 주차장에서 열쇠의 도난 방지 잠금을 풀고는 '딩' 소리가 나기도 전에 주차한 방향으로 느긋하게 걸어갔다. 엄마는 나한테 타라고 말했고 나는 계단으로 주차장을 나갈 필요가 없어졌다. 엄마가 시동을 걸고 주차장 모퉁이를 부드럽게 돌고 나서 말했다. 마이클 말로 커러가 시위에 툭하면 나서는 학생들이랑 아주 가깝게 지낸다던데? 너한테 동생이라고는 걔 하나잖아. 내가 넘길 테니 잘 좀 보살펴라. 무슨 문제 일으키지 않게 해. 약속해 줄 수 있니?

엄마의 어투는 무척 차분했다. 내가 어떻게 싫다고 하겠는가?

20 잘 돌봐 주겠다고 약속했잖아

1

마이클이 어떤 상황에서 커러의 사회 운동 참여를 엄마에게 알렸는지 나는 알지 못했다. 무슨 이유로 불안한지도 설명할 수 없었다. 그냥 뭔가 잘못되었다는 느낌이 들 뿐이었다. 결국 나는 마이클에게 아무것도 묻지 못했다. 물었다가 마이클의 어떤 부분이 싫어질까 봐 두려워서였다. 나는 그걸 건드리기 싫었다. 알고 보니 그를 사랑하고 있었다.

그냥 예민해졌다. 마이클의 약점이라도 잡으려는 듯 옆에서 말없이 지켜보곤 했다. 마이클이 걱정되냐고, 요즘 너무 조용해졌다고 말했다. 정말 나를 잘 알았다. 맞아, 걱정돼. 이 도시의 미래와 커러가.

엄마는 나한테 "커러를 넘기겠다."라고 말했다. 사실 끔찍한 표현이었다. 엄마라는 이유만으로 열여덟 살이 되는 아이를 사사로이 주고받을 수 있다고 생각하나? 나한테 넘기면 엄마는? 무슨 일이 벌어지면 기다렸다는 듯 추궁하려고? 난 이해할 수 없었다. 하지만 "잘 좀 보살펴라. 무슨 문제 일으키지 않게 해. 약속해 줄 수 있니?"라는 엄마의 부탁을 거절할 수 없었다.

그 약속으로 나는 의기소침해졌다. 예전에 길에서 커러와 친구들을 만나면 무척 기뻐하며 함께 전단을 나눠 주었고 아이들에게 음식을 사다 주며 응원도 해 주었다. 나와 커러의 경험은 엄마가 이해할 수 없는 것이었다. 그랬다. 엄마와 나는 같은 도시에 살지만 관심사가 달랐다. 마치 완전히 다른 두 가지 속성이 평행선을 이루는 홍콩 같았다. 엄마는 헤네시 로드와 퀸즈웨이를 항상 차로 지나갔을 터였다. 그렇다면 우리가 왜 걷는지, 무엇을 느끼는지 이해할 리 없었다. 지쳐서 집으로 돌아갔을 때의 우리는 이미 그날 아침 거리로 나갈 준비를 하던 그 사람이 아니었다. 그런 시공간에 있으니 엄마는 다른 행성에서 온 생물이나 마찬가지였다. 그 외계 괴물은 또 다른 은하계의 시점과 기준에서 우리가 내내 옳다고 생각해 온 일이 자기 눈에는 한없이 위험하고 두려운 일로 보인다고 말했다.

그 외계 괴물은 과거 서로 다른 시간대에 나와 커러에게 자궁을 점유당했지. 우리는 온갖 불편함은 물론 고통까지 안겨 주면서 돌이킬 수 없는 신체 변화를 일으켰고. 호르몬마저 나와 커러 때문에 엉망으로 뒤틀려 이유 없이 분노하고 울부짖었는데. 그런 엄마가 이번에는 느닷없이 백발이 되다니…….

엄마, 엄마는 정말 끔찍하네요. 내가 거절할 수 없다는 걸 알잖아요. 하지만 나는요, 커러가 자기 체력과 시간과 감정을 기꺼이 쏟는 일을 내가 절대 막을 수 없다는 사실도 분명히 알고 있는걸요.

나는 마이클에게 괜찮다고, 나를 꽉 안아 주면 된다고 말했다. 마이클은 나를 아주 꽉 끌어안았다. 정말 걱정스러웠다.

2

시련은 생각보다 빨리 찾아왔다.

7월 1일, 진작부터 공휴일이라 할 수 없게 된 날이었다. 물론 지금도 법정 공휴일이지만 대략 2003년부터 다들 이날이 지나면 쉬지 않았을 때보다 더 피곤해졌다. 그렇다고 안 갈 수도 없었다. 너무 화가 나는데 거리에 나서는 것보다 더 나은 표현 방식을 찾을 수 없어서였다.

행렬이 출발하기도 전에 티셔츠가 땀에 젖어 끈적끈적해졌다. 거리는 시끌시끌했다. 멀리 알루미늄 사다리에 올라 확성기로 거리의 사람들에게 소리치고 있는 커러가 보였다. 평소의 반가움은 어디론가 사라지고 걷잡을 수 없는 근심이 밀려왔다. 나는 마이클을 반대편으로 조용히 끌고 갔다. 이유는 설명할 수 없었다. 마이클이 엄마에게 고자질할까 봐 걱정돼서였을까? 알 수 없었다. 답답하고 짜증스러운 마음으로 내게 익숙한 목적지와 방향을 향해 묵묵히 나아갔다. 나는 현재를 잃어버리고 말았다. 과정을 놓아 버린 채 그저 업무를 처리하듯 끝만 기다리고 있었다.

처음으로 애드미럴티에서 행렬을 이탈했다. 피곤하고 살짝 열이 났다. 차에 오르자마자 잠들어 꿈까지 꾸었다. 꿈에서 나는 일고여덟 살밖에 안 된 커러를 데리고 어딘지 모르겠지만 시끌벅적한 노천 시장으로 갔다. 그러다 왜인지 몰라도 커러를 잃어버려, 사방을 돌아다니며 나를 닮은 사내아이를 못 보았느냐고 물었다. 너무 당황해 엉엉 울고 있을 때 마이클이 찾아왔다. 마이클이 나를 흔들어 깨운 것이었다. 마이클이 옆에 없었다면 정거장을 지나쳤을 터였다.

침대에 눕자마자 죽은 듯 잠들었는데 대략 네다섯 시

간 뒤 화들짝 놀라서 깼다. 심장이 너무 쿵쾅거려 거실로 뛰쳐나가 텔레비전을 켰다. 뉴스 채널에서 차터 로드 상황을 생중계하고 있었다.

화면에 보이지는 않아도 커러가 거기 있음을 알 수 있었다.

차터 로드에 가야겠다고 하자 마이클은 말릴 수 없다는 걸 알고 그냥 따라나섰다.

차터 로드에 도착하자마자 커러를 찾을 수 있었다. 단상 연설에 집중하고 있는 커러를 나는 멀리 행렬 바깥에서 한참 쳐다보았다. 성인 같은 모습을 보니 더는 고등학생이라고 봐주지 않겠구나 싶었다. 슬픔이 밀려들었다. 커러의 친구가 먼저 발견하고 커러에게 내 위치를 가리켰다. 커러가 고개를 돌리고 두리번거리다가 마침내 나를 발견하고는 반갑게 손을 흔들었다. 그때의 찬란하고 진실한 커러의 웃음을 나는 영원히 잊지 못할 것이다.

커러, 너는 더 좋은 곳에서 살 자격이 충분해. 네가 소망하고 기대하는 미래를 가질 자격이 있어.

그러고 나서 단상에 있는 사람이 앞으로 벌어질지 모를 상황에 대해서, 체포될 때 어떻게 대응하고 어떻게 지원받아야 하는지 이야기하기 시작했다.

심장이 덜컥 내려앉았다. 갑자기 도수가 맞는 안경을

낀 듯 모든 게 분명하고 또렷하게 보였다. 사실 다 아는 일이었다. 그렇게 또렷이 본 게 처음일 뿐이었다. 나는 사력을 다해 틈을 비집으며 커러 쪽으로 나아갔고 마이클은 그런 나를 막을 수 없었다.

내가 옆에 앉자 커러는 뭔가 이상하다는 걸 금방 눈치챘다. 나는 커러의 손을 잡고 나직하게 말했다. 여기 있으면 안 돼, 체포될 거야. 커러가 눈을 동그랗게 뜨고 한참 동안 나를 쳐다보다가 손을 뿌리치더니 딱 한마디만 했다. 뜨거워.

커러는 더 이상 나한테 상관하지 않고 일부러 나와 거리를 벌리려 친구들 옆으로 다가갔다.

마이클이 잡았지만 나는 손을 뿌리쳤다. 커러가 마침 그 모습을 보았는데 정말 이상하네, 이해가 안 돼, 두 사람한테 상관하지 않을 거야, 라는 눈빛이었다. 그러고는 얼굴을 돌렸다.

마이클이 커러에게 다가가 엄마가 보냈다고 말했다. 커러는 짜증스럽게 대꾸했다. 이해가 안 되네요. 대체 언제부터 그렇게 엄마 말을 잘 들었대요? 두 사람 모두 나한테 신경 꺼요. 옆에 있는 사람들이 우리를 주시하기 시작하면서 나는 전에 느껴 보지 못했던 난감함을 느꼈다. 커러가 내게 말했다. 무서우면 그냥 가, 남으라고 강요하는 사람 없으니까. 커러, 나는 분명 너랑 같은 편인데 왜 우리가 대립해야 해? 여기 남아 있는 사람만 옳은 거야? 여기를 벗어나면 더는 항쟁을 지지하는 게 아니야? 그런 거야……?

21 너는 무성해지고 나는 시들어 가고

1

나는 떠나지 않았다. 마이클 표현대로 정신 나간 엄마처럼 커러를 지켜보고 있었다. 커러는 더 이상 나한테 신경 쓰지 않았다.

시선을 옆쪽 남자들에게로 돌렸다. 커러보다 나이가 좀 더 들어 보이는 그들은 다들 낯이 익었다. 예전에 홍보 부스에서 봤고 함께 전단을 나눠 준 적도 있는 것 같았다. 그들도 나를 알았기 때문에 우리는 이런저런 이야기를 나누기 시작했다. 알고 보니 대학생인 그들은 오늘 밤에 예행 연습 차원에서 자리를 지킬 작정이라고 했다. 나는 멍하니 동생이 아직 준비가 안 되었다고 말했다. 그들도 고등학생이라면 농성에 참여하기 부적합하다면서 함께 커러를 설득하기 시작했다.

커러는 정말로 화가 나서 혼자 자리를 떴다.

나는 하마터면 남들 앞에서 울음을 터뜨릴 뻔했다. 게다가 돌아보니 마이클까지 어디로 갔는지 보이지 않았다. 그날 밤은 정말 엉망진창이었다. 난생처음 겪는 상황이라 앞으로 어떤 일이 벌어질지 감을 잡을 수가 없었다. 이미 다 자라서 많은 일을 통제할 수 있다고 생각한 순간 뜬금없이 어린 여자애로 돌아간 기분이었다.

갑자기 커러가 씩씩거리며 다가오더니 반응할 틈도 주지 않고 손바닥으로 내 이마를 세게 눌렀다. 커러의 행동에 나는 몸과 마음 모두 불편해졌다. 마이클도 따라서 돌아왔기에 말을 붙이려 할 때 커러가 나를 바닥에서 잡아 일으켰다. 커러가 그토록 거칠게 군 적이 없었기 때문에 나는 어리둥절했다. 커러는 한 글자 한 글자 분노에 찬 음성으로 말했다. 가, 나를 데려가려는 거 아니었어? 지금 가자고! 커러가 농성 중인 사람들 사이에서 세게 잡아끌어 나는 넘어질 듯 비틀거렸다. 마이클이 따라와 내 배낭을 받아 주지 않았으면 길가에 떨어뜨렸을지도 몰랐다. 커러가 빠른 걸음으로 계속 잡아끄는 바람에 나는 페더 스트리트에 이를 때까지 거의 숨도 제대로 쉬지 못했다. 길가에 택시가 두세 대 서 있었다. 커러는 상의도 하지 않고 택시를 부르더니 나를 안으로 밀어 넣고 자기는 조수석에 앉았다. 마이클이 허둥지둥 내 옆으로 올라탔다.

마이클이 나직이 말했다. 당신이 지금 열난다고 말했거든…….

커러는 내가 백미러로 훔쳐보는 걸 알고 일부러 고개를 돌려 못 보게 만들었다. 머리카락이 길었다. 등교할 때는 매달 자르던 머리카락을 등교하지 않게 되자 더는 자르지 않는 모양이었다. 지금 모습은 전혀 고등학생으로 보이지 않았다. 긴 머리카락이 무척 잘 어울렸고 살짝 대학생처럼도 보였다. 얼마 전에 만 열일곱 살이 되었으며 9월이면 대학생이 될 터였다. 생일엔 친구와 캠핑하러 갔기 때문에 나는 다음 주에 고급 레스토랑에서 생일을 축하하고 선물로 노트북을 사 주겠노라 약속했다. 그런데 전부 소용없어졌다. 커러가 정말로 나한테 화가 났다. 그렇게 화난 커러는 십칠 년 동안 본 적이 없었다.

커러의 뒤통수를 바라보았다. 머리카락만 봐도 화가 아주 많이 났다는 걸 알 수 있었다. 어떻게 알았느냐고? 누나니까 그랬다. 세상에는 각양각색의 누나가 있겠지만 나는 동생보다 열두 살이 많고 강보에 싸인 아기 때부터 키가 175센티미터의 사내애로 클 때까지 전부 지켜본 누나였다. 커러의 모든 동작과 표정은 물론 옷의 주름까지 읽을 수 있었다.

그날 밤은 너무 슬퍼서 유난히 길게 느껴졌다. 우리 세 사람은 소파에 옹기종기 앉아 비몽사몽 상태로 텔레비전을 지켜보았다. 깊이 잠들지 않아서 커러가 이불 덮어주는 것을 알았다. 손을 잡고 싶었지만 여전히 화난 걸 알아서 그럴 수 없었다. 나 때문에 현장에 남을 수 없어 결국 방관자가 된 사실에 화가 나 있었다.

날이 밝은 뒤 나와 마이클은 출근하지 못했다. 나는 열이 떨어지지 않았고 마이클은 나를 보살펴야 했다. 해가 중천에 떴을 때 차터 로드에서 총 511명이 체포되었다. 나 때문에 커러는 그 안에 들지 않았다. 내게 고마워하는 사람은 아무도 없을 터였다. 텔레비전 앞에서 소리 없이 통곡하는 커러를 끌어안았다. 커러는 그러거나 말거나 상관하지 않았다. 커러는 물난리 난 강가에 홀로 남은 사람 같았고 나는 멀리 맞은편 기슭에서 바라보는 것 말고는 아무것도 할 수 없는 사람 같았다.

커러, 기다려. 물이 빠지기만 하면 진창을 걸어 네 곁으로 돌아갈 테니까.

2

이 주 뒤 대학 입학시험 결과가 발표되었고 커러는

예상했던 성적을 받아 순조롭게 홍콩 대학교에 들어갔다.

엄마는 정말로 커러에게서 신경을 끊었으니 당연히 걱정도 하지 않았다.

입학 수속할 때 같이 가겠다고 말했다. 커러가 내켜 하지 않아도 거절할 이유 또한 찾을 수 없단 걸 이미 알고 있었다. 정말 기뻤다. 우리는 교내 카페에서 만나기로 약속했다. 내가 학교에 다닐 때 매일 놀러 왔던 곳이니 커러도 오래전부터 잘 아는 장소였다. 커러가 당시의 일들을 떠올려 주었으면 했다. 당연히 커러는 내가 무슨 생각을 하는지 잘 알아서, 그러니까 늙었다는 거야, 라고 짧게 답했다. 좋아, 진짜 내 동생답구나, 네 까칠함은 나한테서 물려받은 거라고. 탁자에 아메리카노 두 잔이 놓였다. 커러가 언제부터 마시멜로가 떠 있는 초콜릿을 안 마시게 되었는지 기억나지 않았다. 처음부터 끝까지 계속 무시하는 커러를 더 이상 참을 수 없어서 나는 큰 소리로 "야!" 하고 소리쳤다. 커러가 깜짝 놀라더니 경계하듯 탁자의 커피잔을 치우길래 나는 조용히 말했다. 네 누나가 착하게 변한 게 언제인데. 이제는 기분 나쁘다고 컵에 든 걸 뿌리지 않아. 커러가 드디어 웃었다.

그러고 보니 보름 넘게 커러의 웃음소리를 듣지 못했구나. 정말 기록이다.

커러의 웃음소리를 다시 들으니 기분이 날아갈 듯 좋아졌다. 나는 커러의 손을 잡고 산길을 따라 사이완 해변까지 걸어가 오랜만에 석양을 보았다. 그러고는 머릿속에 떠오르는 대로 이야기했다. 집에서 나오려면, 연애하고 싶으면, 학생회에 가입하려면, 평생 함께할 친구를 사귀려면, 교환 학생이 되려면, 술에 취하면, 밤을 새울 때면, 네가 할 수 없을 줄 알았던 일을 하려면, 하루를 이틀처럼 쓰려면…….

커러가 나직이 말했다. 누나 정말 대단하다, 석양을 보는데 술에 취한 듯하니…….

랄랄라, 커러의 화가 드디어 풀렸다.

이어서 커러는 비밀을 털어놓았다. 엄마의 바람대로 법대에 지원하지 않고 '사회정치행정과'에 지원했다는 것이었다.

석양에 완전히 취했더라도 정신이 번쩍 들 일이었다. 커러는 내가 뭐라고 할 줄 알았던 모양이지만 나는 아무 말도 하지 않았다.

나는 생각에 잠겼다. 커러, 너는 늘 착해서 아빠 엄마가 화낼 일을 한 번도 하지 않았지. 네가 오늘 반항하겠다고 해도 우리에게는 도망칠 이유가 없어. 그로 인해 우리 사랑을 잃을 리도 없고. 내가 너를 지지하고 말고의 문제도 아니야. 너는 이미 내 생각보다 훨씬 크고 강하니까.

날이 지기도 전에 가로등이 켜지고 공기 속에서 촉촉하고 서늘한 기운이 어렴풋하게 느껴졌다. 모든 것이 더할 나위 없이 영롱했다. 그 시간을 잘라서 좋아하는 책 사이에 간직할 수 있으면 좋을 듯했다. 미래로 가득 찬 커러가 황혼 속에서 반짝반짝 빛났다. 그런 커러를 나는 영원히 거부하지 않을 테고 거부할 수도 없었다.

도시에서 열기가 치솟고 그보다 더 많은 불안이 높아지는 기온을 타고 퍼졌다. 개학도 하기 전에 그들은 수업 중단에 관해 이야기하고 있었다.

22 금요일 저녁

1

커러가 기숙사에 들어가지 않았는데도 엄마는 자세한 사정을 묻지 않고 친구 세 명과 집을 얻도록 허락해 주었다. 케네디타운의 낡고 지저분한 건물이었지만 전혀 싸지 않았다. 커러는 개학하고 나면 야외 마케팅 아르바이트를 시켜 달라고 내게 미리 부탁했다. 엄마는 커러의 새 거처를 보여 달라는 말조차 하지 않았다. 정말 피곤해진 모양이었다. 엄마는 진심으로 커러를 내게 넘길 수 있다고 생각했는지 이후 완전히 신경을 껐다. 정말 아무것도 몰랐다. 자신이 낳은 아이가 어떤 일을 할 수 있는지 상상도 못 했다. 물론 어른에게 간파당할 수 있는 청춘도 한없이 무미건조하겠지만. 나는 소위 세대 차이라는 걸 어렴풋하게 이해하기 시작했다. 그랬다. 커러는 윗 세대가 하지 않은 일을 하려고 했다. 사실 젊은이의 인생이 기성세대가 걸어온 길을 그대로 걷고 기성세대가 했던 일을 반복하는 것에 불과하다면 그 세계는 정말로 절망적일 터였다.

개학한 이후로 커러와 연락이 닿지 않았다. 어렵게 찾아냈더니 커러는 휴대 전화 배터리가 다 떨어졌었노라고 변명했다. 요즘 메시지를 너무 많이 주고받아서 배터리가 금방 소진된다며 보조 배터리를 하나 더 챙겨야만 그럭저럭 버틸 수 있다고 했다. 커러가 내내 정부 청사 바깥의 집회장에 있었다는 사실은 알고 있었다. 다음 주에 야외 이벤트가 있는데 와서 일하고 돈 좀 벌래? 내가 묻자 커러는 그러고 싶지만 안 되겠다고 답했다. 한참을 생각하고 나서 커러가 또 말했다. 10월이 지나고 다시 이야기해도 돼? 10월이 지나면 대충 정리될 거야. 내가 돈은 충분하냐고 묻자 커러는 충분하다고 시원스럽게 답했다. 몇 년 동안 커러가 받은 봉투를 생각하면 유럽에서도 두 달 정도는 거뜬히 살 만했다. 나와 달리 커러는 돈을 잘 쓰지 않았고 기분이 나쁠 때도 혼자 농구장이나 사격장에 갔다. 반면 나는 돈을 펑펑 써야만 마음을 추스를 수 있었다. 그러니 죽어라 일할 수밖에. 커러의 빛나는 웃음을 바라보면서 내가 무슨 말을 할 수 있었겠는가? 젊어서 좋겠다, 꿈이 있어서 정말 좋겠다 하며 부러워했다.

나는 그저 돈이 충분하냐고 묻는 게 전부였다. 8월 말 이후에도 계속 커러의 발목을 잡았다면 내가 어떻게 홍콩인이라 할 수 있겠는가.

생전 뉴스를 보지 않던 엄마가 어떻게 도시의 맥박을 감지했는지는 모르겠다. 이런 시점에 마이클이 고자질했을 리도 없었다. 어쨌든 엄마는 뜬금없이 초조해하며 단도직입적으로 커러가 수업 거부에 동참했는지 물었고 나는 생각도 하지 않고 아니라고 답했다. 어떤 사람들은 진실을 감당하지 못하고 그 상태로 오랜 시간이 지나면 이해력마저 떨어졌다. 말해 봐야 엄마는 이해하지 못할 텐데 왜 굳이 심란하게 만들겠는가?

2

금요일 저녁, 평소와 달리 일찍 퇴근했다. 나는 즉흥적으로 엄마에게 전화했고 약속이 없다는 말에 같이 식사하자고 말했다. 엄마는 거절하지 않았다. 늘 가던 장소가 어떠냐고 했을 때도 엄마는 흔쾌히 좋다고 했다. 식탁에서도 엄마는 무척 조용했고 기분이 좋은 듯 내가 음식을 주문할 때 역시 이견을 내지 않았다. 마이클은 숨 좀 돌리라는 의미에서 데려오지 않았다. 최근 회사는 물론 거리 일까지 하느라 많이 지쳐 있었다. 마이클은 몇몇 사회 운동 단체에 행동 포스터와 표어를 무료로 디자인해 주고 있었다. 나는 포도주를 따면서 엄마에게 드시고 싶으면 드시라고, 모셔다 드릴 테니 걱정하지 말라고, 차는 여기 주차해 두면 내일 아침 마이클더러 가져다 놓으라 하겠다고 말했다.

술을 마시자 엄마는 마음도 느긋해지고 어투도 부드러워져 그런대로 상대할 만했다. 그렇다고 취하지는 않았다. 사실 엄마는 술을 잘 마셨고 최소한 아빠보다 주량이 세서 예전에 아빠의 흑장미가 되어 주기까지 했다. 이제는 아빠도 술을 잘 마시려나? 눈앞에서 포도주를 든 여인이 얼마 전에 배운 한국어로 종업원과 농담을 주고받았다. 생전 처음 보는 모습에 엄마를 사랑하는 것도 그다지 어렵지 않을 듯 느껴졌다. 나와 엄마는 커러와 마이클, 아빠, 외삼촌에 대해 이런저런 이야기를 나누었다. 떠오르는 대로 예전 일을 입에 올렸는데 불만이나 집착 같은 건 전혀 들어가지 않았다. 기억 속에 흐릿하게 남아 있는 색깔과 따뜻한 온기 그대로 꺼내 놓았다.

이런 저녁이라면 최초의 순수함과 아름다움을 회복할 수 있을 것 같아.

그런데 마이클이 계속 전화를 걸어 왔다. 나는 방해받

고 싶지 않아서 받지 않았다. 아주 오랜만에 엄마와 친밀한 교류를 하고 있었다. 사실은 그런 교류를 바랐던 모양이었다. 아직 디저트가 남았을 때 "커러 사고"라고 딱 네 글자만 적힌 메시지가 왔다. 나는 침착하게 프런트로 가서 마이클에게 전화했다. 수화기 건너편이 너무 시끄러워서 마이클이 뭐라고 하는지 전혀 들리지 않았다.

듣지 못했지만 어느 정도 짐작할 수 있었다. 심장이 타들어 가는 듯했다.

억지로 아무 일도 없는 척하며 탁자로 돌아가자 엄마가 취했냐고 물었다. 당연히 취하지 않았다. 너무 걱정스러워 발걸음이 휘청거릴 뿐이었다.

서둘러 계산하고 정말로 취한 척했더니 엄마를 집까지 데려다줄 필요가 없어졌다. 사실 음식점이 애드미럴티 부근에 있어서 거리로 나서자 왁자지껄한 목소리와 고함이 들리는 듯했다. 엄마가 택시에 오르자마자 나는 몸을 돌려 정부 청사 쪽으로 미친 듯 달려갔다. 내 옷차림과 9센티미터의 하이힐, 달리는 모양새 모두 사람들 시선을 끌었고 그건 내 목적지와 어울리지도 않았다.

멀리 시민광장 바깥에 사람들이 몰려 있는 게 보였다. 수가 아주 많지는 않았지만, 뭔가 일이 터졌는지 불안과 초조함이 만연했다. 바깥쪽 사람들에게서 누군가 울타리를 넘어 광장으로 들어갔다는 이야기를 들었다. 나는 커러가 안에 있다는 걸 그냥 알 수 있었다. 사력을 다해 울타리 쪽으로 나아갔지만 계속 누군가에게 밀렸고 그보다는 인파에 막혀서 제대로 서 있기조차 힘들었다. 내가 휘청할 때 다행히 뒤쪽의 남자 둘이 잡아 주었다. 그들은 나를 훑어보더니 물러나 있는 게 낫겠다고 말했다. 그러고는 내가 동의하지 않았는데도 바깥으로 데려갔다. 나는 큰소리로 동생을 찾아야 한다고 외쳤다. 그들은 내 말을 무시하지 않았다. 동생 이름이 뭐예요? 내가 알려 주자 그들은 나를 도로 중앙 분리석에 앉힌 뒤 울타리 쪽으로 비집고 들어갔다.

중앙분리석에서 나는 사람들이 공격할 뜻이 전혀 없으며 무고하다는 것을 드러내기 위해 손을 드는 모습을 보았다. 그리고 펼쳐진 우산이 노르스름한 가로등 불빛을 받으며 기이한 꽃송이처럼 육교에서 줄줄이 떨어지는 광경도 보았다. 사람들은 우산을 받아 최루탄을 막았다. 그 메케한 냄새와 '피융, 피융' 터지는 소리를 나는 영원히 잊지 못할 것이다. 꼭 독사 같았다. 시간이 멈추고 일이 꼬였다. 옆에 있던 여자가 휴지를 건네주었을 때야 나는 내가 울고 있는 걸 알았다. 또 누군가 물병을 건네주었을 때야 목이 마른 걸 알았다.

후덥지근했다. 공기가 땀 냄새로 가득했다. 그날 밤의 모든 일이 생전 처음 겪는 것들이었다.

그러고 나서 세 사람이 다가오는 게 보였다. 정말 다행이었다. 두 남자는 나를 내버려두지 않고 정말로 되돌아온 데다 마이클까지 데려왔다. 어떻게 만났는지는 몰라도 어쨌든 그들은 커러가 정말 안에 있다고 확인해 주었다. 나는 머릿속이 새하얘져 쪼그리고 앉았다.

체포하지도 않고 풀어 주지도 않으면서 대체 왜 아이를 붙들고 있지?

날이 밝기 두 시간 전 그들은 울타리를 살짝 벌려 일부 사람들을 광장에서 내보냈다. 그 속에 커러가 있었다.

23 둘로 나뉜 세상

1

날이 밝기 전에 커러가 부축을 받으며 살짝 열린 울타리 틈새로 걸어 나왔다. 사람들은 각기 자기만의 이유로 남거나 떠났다. 커러는 지난밤에 울타리를 넘다가 접질려서 발목이 퉁퉁 부어 있었다.

광장에서 밤을 새운 커러가 절뚝거리며 내 앞까지 걸어왔다. 나는 이미 하이힐을 벗어 던지고 중앙 분리석에 기댄 채 바닥에 반쯤 누워 있었다. 자리에서 일어났지만 뭐라 말해야 할지 몰라 그냥 꽉 끌어안았다. 하룻밤 사이에 커러가 훌쩍 커 버린 느낌이었다. 얼굴을 커러 가슴에 묻었을 때 퀴퀴한 땀 냄새가 코를 찔렀지만 나는 얼굴을 돌리지 않았고 흐르는 눈물도 그대로 내버려두었다. 우리는 어렵게 상봉한 피난민 가족 같았다. 나는 그날 밤의 소리와 습도와 냄새를 절대 잊지 못할 것이다.

커러는 떠나려 하지 않고 잔뜩 부어 오른 발목만 멍하니 쳐다보았다.

아는 사람 모르는 사람 모두 대신 지키고 있을 테니 병원에 가라고 권했다.

커러는 원래 통증은 잘 참아도 덥고 습한 건 질색했다. 커러가 나와 마이클을 따라나선 이유는 집에 돌아가 씻고 싶어서였다. 샤워를 마친 뒤에야 얌전히 한의원[15]에 갔다. 마침 텔레비전에서 실황 뉴스가 나오자 의사는 건강한 남자의 종아리를 문지르면서 정부 청사 앞의 사건에 대해 왈가왈부했다. 그나저나 젊은이는 아침에 몸도 안 풀고 축구장에 들어갔다가 다쳤나 보군. 커러는 두말없이 벌떡 일어나더니 절뚝거리며 밖으로 향했다. 의사가 커러를 불렀다. 이봐, 자네, 왜 그냥 가지? 발목은 어떻게 다쳤고? 커러가 고개를 돌리고 텔레비전 화면을 가리키며 말했다. 저기 울타리에서 뛰어내리다가 다쳤거든요. 그러고는 미련 없이 돌아서 나갔다. 나와 마이클은 얼른 좇아가 커러를 부축했다.

15) 원문은 跌打醫館. 주로 골절, 염좌, 타박상 등을 치료하는 중의학 의원.

침대 두 개를 지났을 때 의사가 커러한테 상스러운 욕을 퍼붓는 소리가 들렸다.

결국 나와 마이클은 커러를 응급실로 데려갔다. 다섯 시간 넘게 기다리는 동안 커러는 잠을 보충했다. 마이클은 지루하다면서 담배를 피우는지 커피를 마시는지 나갔다가 돌아와서는 멀리서 휴대 전화로 찍은 나와 커러 사진을 보여 주었다. 커러는 내게 기댄 채 곤하게 잠들었고 나는 카메라를 보고 있지만 아무 생각이 없어서 눈빛이 피곤하고 멍해 보였다. 사진이 마음에 들어 휴대 전화 배경 화면으로 설정했다. 뜻밖에도 마이클이 살짝 질투했다.

엄마가 전화해 커러를 찾았을 때 나는 뻔뻔하게도 커러가 애드미럴티에 있었던 게 아니라 농구하다 발목을 삐어서 병원에 왔다고 거짓말했다. 그러자 엄마가 안심했다.

엄마는 내일 물건을 구매하러 홍콩을 떠나 닷새 뒤에 돌아온다고 말했다.

문득 중학교에 올라간 뒤 외지로 전학 간 친구가 생각났다. 친구는 6월에 카이탁 공항을 출발해 12월에 홍콩으로 돌아왔는데 비행기가 예전처럼 낮은 단층집을 향해 급강하하지 않고 첵랍콕이라는 탁 트인 곳에 착륙한 게 도저히 받아들여지지 않는다고 말했다. 신공항은 멋지고 밝았지만, 그는 한 부분이 무너져 순환이 완성되지 못한 느낌이 들었고 시간이 갈수록 뭐라 설명할 수 없는 상실감이 커졌다고 했다.

엄마는 닷새 뒤에 돌아왔다. 닷새, 120시간에 불과했지만 홍콩은 이미 예전의 홍콩이 아니었다. 엄마는 놓친 부분을 영원히 만회하지 못할 것이었다. 사실 엄마뿐만 아니라 많은 사람이 그 조각을 잃어버렸다. 그걸 놓친 사람들은 군중이 직접 체험한 흥분과 경이를 평생 상상하지 못할 게 분명했다. 이 작은 섬에서 150년 동안 한 번도 없었던 일이니까. 그 닷새로 사람들은 각기 다른 홍콩에 사는 것처럼 갈렸다.

2

작년부터 계속 벼르고 있던 점거 시위가 마침내 시작된다는 메시지를 한밤중에 받았다. 모두가 오랫동안 기다려 온 일이었다. 우리의 요구가 협상 테이블에 오르지조차 못했으니 그렇게 터뜨릴 수밖에 없었다. 커러를 깨우려 했지만 진통제 때문인지 완전히 곯아떨어져 있었다. 내가 준비하는 동안 마이클이 또 깨웠을 때도 커러는 웅얼대기만 할 뿐 정신을 차리지 못했다.

어쩔 수 없이 애드미럴티에 간다는 쪽지만 남겨 두었다. 나와 마이클은 새벽에 배낭을 짊어지고 출발했다.

우리가 도착했을 때 공원에는 사람이 많지 않았다. 8시가 훌쩍 넘은 아침, 햇살은 따사로웠고 공기 중에 걱정이나 불안의 기운도 없어 한가로운 휴일 같다는 착각마저 일었다.

사람들은 오후가 되어서야 모이기 시작했다. 공원이 점점 시끄러워졌다. 인원수가 많아지면서 인도 바깥으로 밀려나는 사람들이 생겼다. 늦게 온 사람들은 갓길에 설 수밖에 없었는데 계속 사람이 늘어나다 보니 결국 차도로 내려가 고함을 질렀고 이후에는 차도까지 붐비게 되었다. 그렇게 되었다.

그냥 그렇게 되었다.

누가 시킨 게 아니라 다들 알아서 거리로 나섰다. 그렇게 되었다. 나와 마이클 역시 그 속에 있었고 특별히 불안하거나 무섭지 않았다. 누구한테 시비를 걸려는 뜻도 없었다. 그저 사람이 정말 많으니 머물 수 있는 공간을 원했을 뿐이었다.

정말 떠들썩했다. 아차오를 만났고 여러 동료, 동창, 오랫동안 못 봤던 친구들을 만났다. 우리는 모두 거기에 있었다.

해가 지기 시작했을 때 휴대 전화 배터리가 다 떨어졌다. 메시지가 너무 많았다. 어떻게 보조 배터리를 챙기지 않았는지. 사람들은 여전히 뚜렷한 방향을 잡지 못했지만 어쨌든 집으로 돌려보내지 말라는 뜻은 분명하게 드러냈다. 계속 땀을 훔치던 내가 문득 마이클을 돌아보고, 해가 지면 좀 시원해지겠지…… 라고 말할 때였다. 돌연 앞쪽에서 뭔가 무서운 일을 목격한 듯 소란이 일더니 곧이어 옆에서 초연 같은 것이 피어올랐다…….

마이클이 나를 잡고 미친 듯 뛰었고 주변 사람들도 혼비백산했다. 정신을 차릴 새도 없이 귓가에서 총성 비슷한 소리와 사람들 비명이 연속적으로 울렸다.

나중에야 최루탄인 걸 알았다.

대체 무슨 일이 벌어진 거지?

다친 사람은 없나? 체포된 사람은? 모르겠다.

커러도 왔을까? 모르겠다.

소동이 조금 가라앉자 사람들은 길에 앉아 물건을 전달하며 서로의 안부를 물었다. 우리는 아무개와 아무개 하는 한 사람씩이 아니라 모두 다 함께 전례 없는 충격을 경험했다. 그건 우리가 상상도 못 했던 타격이자 굴욕이자 상처였다. 우리는 운명이 연결된 이름 없는 공동체였다. 우리는 다 같이 남았다가 다 같이 떠났다. 그때부터 누구도 우리를 갈라놓을 수 없었다.

자정 전에 모르는 사람의 전화를 빌려 전화했지만 커

러는 받지 않았다.

마이클이 차도에 드러누워 눈살을 잔뜩 찌푸린 채 잠들었다. 나는 그 일요일 오후에 발생한 일을 기록하지 않을 수 없어서 펜과 수첩을 꺼냈다. 하지만 빈 페이지에 "9월 28일 맑음"이라고 적은 뒤 더는 써 내려갈 수 없었다.

24 9월 28일 맑음

1

평소에 일기를 잘 쓰는 사람이 아니지만 그날 오후에 있었던 일은 기록하지 않으면 안 된다는 생각이 들었다. 내가 원하는 건 페이스북에 사진을 올려 내가 거기 있었음을 남들에게 알리려는 기록이 아니었다. 그건 사적인 기록, 오로지 나 자신의 마음과 영혼을 진정시키기 위한 기록이었다.

하지만 글을 쓰기 시작했을 때 나는 망연자실 멍해지고 말았다. 눈앞에 드러누운 수많은 낯선 사람들을 보면서 오후의 일을 떠올리자 손을 놀릴 수 없었다. 엄청난 기세로 닥쳐 온 그 일은 예상 밖으로 거대하고 복잡한 데다 인과 관계마저 없으며 덜덜 떨릴 만큼 충격적이었다. 나는 도저히 정리할 수가 없었다. 나 자신을 설득해 어떻게 써 내려간다 해도 연관성 없이 "우리는 그렇게 분기했다." 나 "나는 여기에서 죽을 줄 알았다." 같은 단편적인 구절만 적을 판이었다. 그러고 나자 내가 냉정하게 그 황혼을 진술할 수 없다면 내 가슴에 제대로 간직될 수 없음을 알았다. 그건 가장 원시적인 모습으로만 기록될 수 있었다. 그래야 나중에 그 일요일을 떠올릴 때마다 사건이 벌어진 순간의 모든 것이 현재 진행형으로 펼쳐질 터였다. 우리의 소란과 분노, 최루탄 터지는 소리, 바닥에 퍼지던 메케한 연기, 미친 듯 떨 때의 공포와 비명, 줄줄 흘러나오던 콧물과 눈물, 황혼 속에서 죽을 것이라는 두려움, 이 도시와 함께 죽는다는 비장함……. 떠올릴 때마다 당시의 소리와 감정, 냄새, 동작, 장면은 영원히 생생하고 반복적으로 나를 자극할 터였다. 마치 습격과도 같이. 그 황혼은 그렇게 덩어리가 되어 내 가슴 가장 깊은 곳에 가라앉았다.

그것은, 영원히, 지나가지, 않을, 것이다.

자정이 넘어가자 떠나는 사람들이 생겼다. 몇몇은 소문이 진짜일까 두려워서 떠나고 상당수는 가족의 재촉 때문에 떠났다. 며칠 연속 거리에 있었더니 너무 피곤해서 떠나는 사람도 있고 바다를 건너 몽콕으로 가야 한다는 사람도 많았다. 남는 사람과 떠나는 사람 모두 각자의 이유가 있었다. 지향점이 같으면 그것으로 충분했다.

만 명 넘는 사람들이 모인 거리가 밤이 깊어지자 의외로 조용해졌다. 나는 계속 잠을 자지 않았다. 트렌치코트를 마이클에게 덮어 주는데 멀리 깨어 있는 사람들이 보였다. 가까이 다가가서야 기도하고 있다는 걸 알았다. 나는 그들 사이로 들어갔다. 평소에는 기도하는 습관이 없었지만 그 순간은 거부할 이유를 찾을 수가 없었다. 나는 평온의 힘이 필요했다. 날이 밝기 전 문득 멀지 않은 골목에 성당이 있고 새벽 미사가 열린다는 게 생각났다. 길 잃은 사람에게 방향이라도 알려 주듯 거리 이름에 '별'이 들어 있었다. 내가 스타 스트리트로 가기 위해 조용히 일어나 걸음을 옮길 때 누군가 나직하게 돌아가느냐고 물었다. 나는 미사를 보러 간다고 답했다. 그러자 뜻밖에도 꽤 많은 사람이 일어나 따라왔다. 평소에는 성당에 가지 않는 사람들 같았다.

어렸을 때는 가톨릭계 초등학교에 다녀 종종 미사에 참석했지만, 나중에는 성당에 가지 않았고 성당에서 열리는 결혼식에도 가 본 적이 없었다. 그런데 놀랍게도 여전히 미사 응답송을 부를 수 있었다. 기억에 내려앉은 먼지가 그 새벽에 털어졌다. 한번 받아들인 일은 사라지지 않는다고 했던가? 이후에 발생한 더 중요한 일에 묻힐 뿐 대뇌의 복잡한 주름 사이에 계속 간직되어 있다고. 그렇다면 지금 이 도시의 수많은 사람은 예전에 겪고 받아들였던 아름다움을 왜 그렇게 쉽게 망각하는 것일까?

"제 안에 모시기에 합당치 않사오나 한 말씀만 하소서, 제 영혼이 곧 나으리이다." 여전히 응답할 수 있었지만 초등학생 때보다 더 이해한다고는 할 수 없었다. 그럼에도 내 영혼 속 깊은 부분이 다쳤다는 사실은 어렴풋하게 알 수 있었다.

7시 30분에 미사가 끝났을 때 애드미럴티에서 함께 온 사람 중 일부가 출근하러 떠나면서 무슨 일이 생기면 곧장 오겠다고 말했다. 나머지 사람들과 나는 집으로 돌아가듯 자연스럽게 하코트 로드로 향했다.

우리는 아무 말 없이 조용히 걸었다. 그때 갑자기 똑같은 장소에 멍하니 있을 게 아니라 다른 집회 장소는 어떤지 보자는 생각이 들어서 나는 하코트 로드에서 원래는 차량이 다니는 고가 도로를 이용해 코노트 로드로 향했다.

하코트 로드의 위쪽으로 올라갈 때 보니 차가 다니지 않는 앞쪽 코노트 로드에도 사람들이 많이 모여 있었다. 갑자기 아침 햇살 속에서 커러가 고가 도로의 가장 높은 곳에서 천천히 내 쪽으로 내려오는 게 보였다.

나는 더 바랄 것이 없었다.

2

그날 나는 출근하지 않았다. 행동이 시작됐음을 알았을 때 사장에게 일주일 휴가를 냈다. 반면 마이클은 자고 일어나서 사무실로 돌아가야 했다. 예전에 디자인을 제출하고 회의하기로 약속한 날이라면서 날짜를 바꿀 수 없다고 했다. 거기 사람들은 정말로 평소처럼 회의할 수 있다고? 내 머리로는 이해가 안 됐지만 그렇다고 마이클이 틀렸다고도 할 수 없었다. 마이클은 금세 애드미럴티로 돌아와 배터리를 가득 충전한 휴대 전화를 건네주며 말했다. 어머님이 당신이랑 커러를 찾으셔. 비행기표를 바꿔서 당장 돌아오시겠대.

전화를 받자마자 엄마는 단도직입적으로 나와 커러가 애드미럴티에 있냐고 물었다. 그렇다고 대답하자 엄마는 펄쩍 뛰면서 당장 나오라고 했다. 좋아요, 그럼 엄마가 하코트 로드로 찾아오세요. 엄마는 당황해 말을 잇지 못했고 나는 대답을 기다리지 않고 전화를 끊어 버렸다. 이미 분명하게 말했으니 더 보충할 게 없었다.

커러는 내 옆에 있었다. 커러가 깨면 내가 자고 내가 깨면 커러가 잤다. 우리는 배고파? 뭐 먹을래? 하는 말 외에는 아무 말도 하지 않았다.

다들 집으로 돌아가려 하지 않았다. 돌아간 사이에 상

황이 변할까 봐 걱정되어서였다.

앞으로 어떻게 해야 할지 아무도 몰랐다. 따를 만한 선례가 없었다.

많이 힘들었다.

금요일 저녁에 함께 울타리를 넘었던 동료들이 속속 보석으로 풀려나오자 커러는 그들을 만나러 갔다. 나는 분명 군중과 함께 있었지만 혼자 남은 기분이 들었다. 결국 마이클을 따라 집으로 돌아갔다.

집으로 간 뒤 인사불성으로 완전히 곯아떨어졌다.

잠에서 깼을 때 머리가 쪼개질 듯 아파서 아직 거리에 있는 줄 알았다. 몇 월 며칠, 무슨 요일인지 헷갈렸다. 마이클이 휴일이라고 알려 주어도 혼란스럽기만 했다. 여전히 무더운 날씨에 하늘이 흐리다 해가 질 무렵부터 비가 억수같이 쏟아졌다.

내가 산악 스포츠용 고기능성 우비를 챙겨 커러에게 가려고 하자 마이클은 탐탁지 않아 했다. 하지만 붙잡을 이유를 대지도 못했다. 결국 마이클은 조금 화난 목소리로, 병이 나도 상관하지 않겠다고 말했다. 나는 못 들은 척하며 장화를 신고 문을 나섰다.

그날 밤 고된 시련처럼 폭우가 내렸지만 다들 거리를 떠나지 않았다. 그러고 나자 떠날 이유가 더 없어졌다.

엄마는 역시 말뿐이었다. 비행기표를 바꾸지 않고 출발한 지 닷새 뒤에야 팔 물건을 가지고 돌아왔다. 엄마가 돌아왔을 때 하코트 로드에는 이미 텐트가 잔뜩 쳐져 있었다.

커러는 어디 있느냐는 엄마의 물음에 내가 대답했다. 하코트 로드요. 애드미럴티에서 센트럴 방향으로 왼쪽에서 열두 번째 파란색 텐트에 있어요.

25 환승 라운지에 갇힌 듯

일주일의 휴가가 눈 깜짝할 사이에 지나갔건만 사태는 교착 상태에 빠져 며칠 안에 진정될 기미가 전혀 보이지 않았다. 살짝 고민이 되었다. 마이클은 매일 출근했다가 퇴근하자마자 애드미럴티로 갔고 때로는 몽콕이나 코즈웨이 베이까지 갔다. 휴가가 끝나고 정식으로 출근하게 된 날, 나는 평소보다 한 시간 반 일찍 일어나 아침을 사서 애드미럴티의 커리와 친구들에게 가져갔다. 그런 다음 애드미럴티에서 셩완의 사무실까지 걸어갔다. 사무실에서 나는 온종일 안절부절못하다가 퇴근하자마자 애드미럴티로 달려갔다. 어두워지기 전에 도착했는데 거리의 풍경이 아침과 많이 달랐다. 텐트가 많아졌고 장비와 설비도 늘어났다. 심지어 학생들이 숙제하고 공부하는 공간까지 마련

되었다. 이미 타운이 형성된 데다 점점 커지고 있었다.

내 일상에 '규칙적인 리듬'이 생겼다. 아침에 일어나면 일단 애드미럴티로 가서 커러에게 필요한 게 있는지 보고 나중에 챙겨다 주었다. 사무실에 가서는 최대한 빨리 일을 끝내고 야근은 강력히 거부했다. 평소라면 이틀 동안 잡고서 꾸물거렸을 일을 이제는 반나절 오후 동안 끝내 버렸다. 정말로 세상에 '열정'이라는 게 있었다. 퇴근한 뒤에는 빠르고 간단하게 식사하고 간식거리를 챙겨 애드미럴티로 갔다. 너무 피곤한 날은 커러의 텐트에서 잠을 청했다. 시원한 저녁에 곤하게 잠들면 커러와 마이클도 차마 깨우지 못했다. 그러다 보니 내 가방에는 갈아입을 옷과 세면도구가 더해졌다.

커러의 텐트는 내 중심이자 방향이 되었다. 내게 목적지가 생겼다. 매일 집과 사무실과 애드미럴티를 오가다 보니 하루가 서른여섯 시간 내지는 마흔여덟 시간으로 아주 길어진 느낌이 들었다. 나뿐만 아니라 많은 사람이 비슷한 감정을 느끼는 것도 알 수 있었다. 그곳에 오는 사람은 누구든 예전보다 더 많은 일을 했다. 실망과 희망이 동시에 가득 찬 정말 기이한 시간이었다.

어느 밤, 나와 커러가 텐트 바깥의 접의자에 앉아 있을 때 어떤 사람이 따뜻한 팥죽을 가져다주었다. 접의자는 커러 게 아니었다. 언제부터인지 몰라도 그 자리에 있었고 내가 앉는다고 따지는 사람도 없었다. 가끔 다른 사람들도 의자가 비어 있으면 가져갔다가 나중에 되돌려 놓았다. 팥죽을 가져온 사람은 모르는 사람이었다. 텐트를 지나갈 때 내가 웃음을 짓자 그 여자도 웃어 보였고 이후 우리에게 팥죽을 가져다주었다. 다음에 나도 간식거리를 가져갔을 때 여자에게 나눠 주었다.

팥죽을 다 먹은 커러가 내게 기대 졸았다. 어느 해 여름 한밤중에 두바이 공항에서 런던행 비행기를 기다리던 때로 돌아간 듯한 착각이 문득 들었다. 직장에 들어간 지 일이 년 되었을 때였다. 커러를 유럽에 데려가겠다고 약속했는데 돈을 아끼느라 곧바로 환승하지 못하고 공항에서 하룻밤을 보내야 했다. 자다가 비행기를 놓칠까 봐 나는 눈을 붙이지 못했지만 커러는 쿨쿨 잠들었다. 잠에서 깬 커러가 무슨 생각을 하느냐고 물었다. 내가 그날 밤 비행기를 갈아타려고 기다리던 일을 생각한다고 하자 커러는 기억나지 않는다고 한 뒤 말했다. 오늘 이렇게 많은 사람이 다 같이 여기에서 기다릴 줄은 몰랐네. 나는 커러가 이곳을 환승 라운지 같다고 생각하는 줄 알고 의아해하며 아니라고 말하려 했지만 잠들고 말았다.

이튿날 집에 가져가 세탁하려고 커러의 빨랫감을 챙

겨서 지하철에 올랐을 때 나는 커러의 말에서 다 같이 기다리는 게 비행기가 아니라 '전기'임을 깨달았다. 우리는 진심으로 전환점이 만들어지기를 기다리고 있었다. 커러의 빨랫감을 안은 채 나는 속으로 전기가 마련되기를 기도했다.

모두가 하코트 마을이라 부르는 이곳은 자체적으로 자랄 뿐만 아니라 마력까지 지니고 있었다. 커러는 엄마가 찾아왔길래 같이 마을을 한 바퀴 돌았다고 했다. 처음에는 쉴 새 없이 중얼거리며 걷던 엄마가 어느 순간 조용해졌고, 이튿날 곰탕을 한 솥 끓인 뒤 자기를 불러 애드미럴티에서 친구들과 먹으라 했다고…….

반면 아빠는 애드미럴티로 데려갈 수 없었다. 많은 사람이 직접 본 적도 없으면서 거리의 사람들에게 엄청난 적의와 편견을 품고 있었다.

아빠는 10월 중순에 홍콩으로 돌아와 나와 커러를 '소환'했다. '소환'은 엄마의 표현으로 아빠가 화났다는 의미였다. 나와 커러의 애드미럴티 체류 때문일 거라고 짐작할 수 있었다. 커러는 학교 수업에는 나가도 아침이고 밤이고 텐트에 붙어 있었다. 아빠는 평소 고객을 접대하는 센트럴의 고급 중식당으로 우리를 불렀다. 나는 마이클도 불렀다. 아직 만난 적이 없으니 아빠가 처음 보는 사람 앞에서 심하게 화내지 못할 거라고 생각해서였다.

알고 보니 나는 아빠를 제대로 몰랐다. 아빠가 자신의 아들딸을 전혀 모르는 것처럼.

우리가 당황할 새도 없이 아빠는 마이클에게 먼저 가라고 말했다. 아주 정중하지만 아주 차갑게, 아주아주 오만하게 말했다. 이건 우리 집안일이네. 집안일? 아, 아빠는 가장이었다. 마이클은 나보다 처세를 잘해서 예의 바르게 인사하고 나갔다. 독실 문이 닫히자마자 아빠는 돌아서서 커러의 따귀를 때렸다. 커러는 아무 반응도 못 하고 완전히 얼어붙었다. 우리는 기겁했고 엄마가 다급하게 나서서 아빠를 말렸다.

아빠는 내가 생각지도 못한 말로 나와 커러를 욕하며 우리가 무엇을 하는지 모른다고 했다. 그럼 아빠는 우리가 무엇을 하는지 아세요? 내가 묻자 아빠는 도자기 숟가락을 내 쪽으로 던졌다. 숟가락은 두꺼운 카펫 위로 떨어져 아무 소리도 나지 않았다. 나는 그 중년 남자를 몰랐다. 그는 나와 커러한테 '반항'한다고 말했다. 우리가 무엇에 반항하는지 알기나 할까? 설마 우리가 우리 이익을 위해 남의 것을 갈취한다는 뜻인가? 우리가 원하는 게 무엇인지 알기나 할까?

우리가 원하는 것은 어렸을 때부터 아빠한테 배운 것

들 아니겠는가?

아빠가 반복적으로 말했다. 내가 뼈 빠지게 일하지 않았으면 너희가 이렇게 편안하게 살 수 있었을 것 같아? 근본은 잊지 말아야지……. 그렇게 말할 때 아빠는 우리보다 더 상처받은 모양새였다.

아빠의 진심은 의심할 여지가 없었다. 아빠는 상황을 제대로 모르는 쪽이 본인이 아니라 우리이며 우리가 사고를 쳤다고 철석같이 믿었다. 그런데 더 심각한 점은 아빠가 이 도시를 사랑하는 마음이 나보다 작지 않다고 여긴다는 데 있었다. 그게 바로 문제였다. 나는 화가 났다기보다 충격을 받았다. 가치관이라는 게 이렇게 완전히 바뀔 수도 있었다. 우리의 기준이 더는 같지 않았다. 나는 침묵에 빠졌다.

나와 커러를 다 야단치고 나서 아빠는 닭날개 조림을 먹으며 역시 홍콩 음식이 대륙보다 맛있다고 말했다. 그런 다음 짐을 챙겨 상하이로 돌아가기 위해 공항 철도를 타러 갔다.

그날 밤 나는 밤을 꼴딱 새웠다. 마이클은 코까지 골며 깊은 잠에 빠져 있었다. 사실 나는 한 번도 잠을 설쳐 본 적이 없었다. 새벽이 되었을 때 나는 결심을 내렸다. 세수하고 아침을 챙겨 애드미럴티로 가 텐트 앞에서 먹으며 커러에게 말했다. 나는 꼭 네 옆에 있을게.

우리 같이 전기를 기다리자.

그런 다음 사무실로 돌아가 사직서를 냈다.

26 땅에서 나온 건 꽃이 아니라 돈

1

이미 말했다시피 내가 감정을 정리하는 방식은 돈을 왕창 쓰는 것이었다. 아빠에게 욕을 먹고 잠을 이루지 못한 그 밤에 나는 일생에서 가장 비싼 결정을 내렸다.

아차오, 마이클과 회사를 차려 우리에게 의미 있는 일을 하리라 마음먹었다. 도시가 어떻게 변하든, 좋아져도 당연히 필요하겠지만 더 나빠질 경우를 대비해 어떻게든 우리만의 공간을 확보할 필요가 있었다. 작은 공간이라도. 꼭 무언가를 바꾸지는 못할지라도 그렇게 작은 위치를 차지함으로써 주류 외에 다른 선택도 가능하단 것을 모두에게 알리고 싶었다. 어쩌면 거리의 포스터 한 장이나 벽 반쪽짜리 그라피티, 허공을 떠다니는 노랫말 몇 마디에 불과

할지도 모르고 설령 순식간에 사라질지라도 다른 생각과 방법을 보여 주어야 했다. 다만 금전적 손해가 불 보듯 뻔하니 두둑한 밑천이 필요했다.

아침에 사무실에 가서 사직서를 제출한 뒤 변호사를 찾아갔다. 일이 생각보다 술술 풀렸다. 오후에 내키는 대로 한 부동산 중개소에 들어갔는데 저녁이 되자 벌써 여러 명이 집에 관심을 보였다. 집을 거래하는 게 그렇게 쉽고 간단한 일이었다.

아빠가 우리더러 반항한다고 말하지 않았던가? 아빠는 자신이 무슨 말을 하는지 정말 몰랐다. 모든 것이 우리의 선택이었다. 아빠는 이혼한 뒤 엄마에게 빼앗길까 봐 집을 내 명의로 바꾸었다. 내가 어느 날 집을 팔아 버릴 줄은 생각도 못 했을 것이다. 사실 나도 생각해 본 적이 없었다. 정말로 그건 평소의 내 행동 방식이 아니었다. 어쩌면 완전히 실망해서 더는 해명하고 싶지 않았기 때문에 결국은 반항아가 되었을지도 몰랐다.

그런데 950만 위안이라고?

아빠와 엄마가 200만 위안도 안 주고 샀던 집이 십 년 만에 거의 다섯 배로 뛰었다. 심지어 시국이 너무 안 좋아서 시세가 엉망이라고까지 했다. 그들이 젊은이들 때문에 망가졌다고 말하는 도시에서 알고 보니 700만 위안을 아주 쉽게 벌 수 있었다. 아빠는 지난밤에 내가 아직 모르는 게 너무 많다고 말했다. 그때 나는 가슴 밑에서부터 혐오감이 일었다. 이해하지 못하거나 모르는 게 아니라 받아들이기를 거부하는 것이었다. 나는 200만 위안이 십 년 만에 뜬금없이 900만 위안으로 불어나는 상황을 받아들일 수 없었다. 사람의 기본적인 필요를 조작 가능한 돈벌이 도구로 바꾸는 걸 용납할 수 없었다.

수표를 받아 들었을 때 나는 통쾌하기도 하고 슬프기도 했다. 그건 정말 사람을 홀릴 수 있는 물건이었다. 차가운 대리석 카운터에 기대 수표를 핸드백에 넣을 때, 갑자기 챙 넓은 밀짚모자를 쓰고 햇빛 아래에서 식물을 돌보던 아빠의 모습이 떠올랐다. 예전에 아빠는 식물을 좋아해서 어렸을 때 살았던 집 베란다에는 화분이 가득했다. 꽃이 피거나 열매가 맺힌 화초들로 아주 푸릇푸릇했다. 믿기 어렵겠지만 아빠는 본가와 처가 옥상에 매년 새콤한 레몬이 열리는 레몬나무까지 심었다. 아빠는 언제부터 흙을 만지지 않았을까? 금을 키워 낼 수 있다고 생각했던 때부터가 아닐까 싶었다.

나는 코노트 로드를 따라 애드미럴티로 향했다. 고가도로에 올랐을 때 도로 중간에 심어진 작은 꽃나무가 보였다. 석양 속에서 위풍당당해 보였다. 정말 그랬다.

2

마이클, 아차오, 커러는 내가 사직했다고 하자 진심으로 잘했다고 말했다. 심지어 안도하는 듯 보이기까지 했다. 지난 삼 년 동안 내가 회사에서 받은 스트레스가 그들에게도 꽤 영향을 미친 게 분명했다.

그런데 내가 앞으로 무슨 일을 하려는지 말했을 때 세 사람의 반응은 각기 달랐다.

커러는 아주 직접적으로 힘껏 내 손을 잡으며 축하한다고 크게 소리쳤다. 회사를 차리려는 돈이 아빠의 집을 판 돈이라는 사실을 알았을 때는 브라보라고 외치기까지 했다. 이제 내가 단순한 누나를 넘어 동료가 되었음을 알 수 있었다.

커러는 내게 힘을 불어넣어 주었다.

아차오는 간단명료하게 기쁘다고 말했다. 펄쩍 뛰고 싶어 하는 게 보였지만 아차오는 어떤 상황에서든 이성적인 사람이 되려고 노력했기 때문에 우선 냉정하게 찬물을 끼얹었다. 나는 아차오가 감정을 가라앉힐 때까지 가만히 기다렸다가 더는 참을 수 없을 때 직접적으로 물었다. 그러니까 같이 할 거야, 말 거야? 아차오는 시원하게 한다고 대답했다.

아차오는 내게 힘을 불어넣어 주었다.

마이클은……. 뭐라고 해야 할까? 마이클이 그럴 줄은 상상도 못 했다. 내가 무슨 일을 벌였고 왜 그래야 했는지 말했을 때 마이클은 아무 말도 하지 않았다. 그 심드렁한 반응에 내가 머뭇거리자 마이클은 계속 말하라는 신호를 보냈다. 그러고 나서는 하던 일을 멈추고 나를 한참 동안 쳐다보았다. 그때 마이클은 스파게티 면을 삶고 있었다. 정말로 말을 꺼내서는 안 되는 타이밍이었다. 나는 푹 퍼진 스파게티를 먹으면서 묵묵히 마이클의 잔소리를 들었다.

마이클은 내게 충동적이고 유치하다고 말했다. 언제까지 사고를 칠 거야? 정말 이해가 안 된다.

마이클이 점점 크게 화를 냈지만 나는 반감이 들지 않았다. 이 사람이 나를 사랑한다는 걸 알아서였다. 우리는 서로 사랑했지만 이해하지는 못했다.

내가 반박하지 않자 마이클이 드디어 입을 다물고 포크를 들어 스파게티를 먹기 시작했다. 놀랍게도 나는 한 접시를 다 비웠다. 당신을 사랑하니까. 내 말에 마이클이 얼른 제안했다. 밖에 나가서 다른 걸 사 먹자.

나는 먹을 수 없었기 때문에 거절했다. 푹 퍼진 스파게티로 배가 꽉 차서가 아니었다. 맛없는 음식은 안 먹은 셈 칠 수 있을 만큼 내 위장은 엄청나게 용량이 컸다. 내가 먹을 수 없었던 이유는 슬퍼서였다.

마이클 때문에 슬펐다. 일생에서 가장 중요한 일을 준비할 때 나는 마이클의 반응에 심장이 부서지는 듯했다. 내 능력을 의심하거나 나를 지지하지 않을 수는 있지만 내 결심을 이해하지 못하면 안 됐다. 내가 하고 싶은 일이 무엇인지 이해하지 못한다면 우리가 과거에 아무리 공감하며 같은 편이었어도 무슨 소용이란 말인가?

일단 당신 물건을 챙겨서 돌아가. 내 말을 마이클은 헤어지자는 뜻으로 받아들였다. 나는 집을 넘기기 위해 물건을 정리하기 시작했다. 가구와 잡동사니 대부분은 미니 창고에 보관할 생각이었다. 창고는 세상에서 잊힌 물건들이 놓이는 장소여서인지 그 어떤 곳보다 우울해 보였다. 물건들이 창고로 옮겨져 쌓이는 광경을 보자 도저히 참을 수 없어 마이클에게 전화했다. 나를 이해하지 못하고 지지하지 않더라도 나랑 함께해 줄 수 있어?

마이클이 한숨을 쉬고 나서 말했다. 또 다른 방법이라도 있어?

나는 언제까지나 초심을 잊지 않고 끊임없이 노력하리라 마음먹었다. 마이클이 단순히 나를 사랑해서가 아니라 언젠가는 나를 이해하고 자기가 하는 일의 의미를 깨닫기를 바랐다.

27 마이차오커러

1

마이클은 동참하겠다고 했지만, 수입과 이익에 상관없이 300만 위안을 아빠한테 송금해야 한다는 조건을 내걸었다. 아버님이 마땅히 받으셔야 하는 몫이야, 라고 주장했다. 나는 150만 위안만 보내고 나머지 150만 위안은 엄마 몫으로 두겠다고 말했다. 마이클은 이의를 제기하지 않았다.

쿤통의 산업용 건물에서 22평 남짓한 공간을 빌렸다. 낡고 허름하건만 임대료는 조금도 싸지 않았다. 소유자는 법에 걸리니 숙박하면 안 된다고 단단히 못을 박다가 아니면 3000위안을 더 내라고 했다. 결국 그는 원래 말했던 임대료에 3000위안을 더 받았다. 나는 이해할 수 없었다. 법에 걸릴까 봐 걱정된다면 왜 우리를 돌려보내지 않고 임대료를 올린단 말인가? 마이클은 원래 그렇다고 했지만 나는 이해가 안 되었다.

우리는 일주일 동안 낡은 사무실을 청소하고 시멘트 벽에 가장 싸고 습기에 강하면서 청소하기 쉬운 페인트를 칠했다. 커러와 대학에서 새로 사귄 커러의 친구들이 와서 도와주었다. 이어서 책상과 의자를 사러 가구점에 갔는데 가격이 너무 비싸다며 커러의 친구가 직접 만들자고 제안했다. 다들 애드미럴티에서 간단한 목공을 배우고 있었다. 마이클과 남학생들은 신이 나서 팔을 걷어붙였지만 아차오는 마뜩잖게 쳐다보았다. 아차오가 그들의 솜씨나 가구의 품질을 못마땅해하는 게 아님은 눈에 보였다. 이튿날 아차오는 어렵사리 찾아낸 전문가를 사무실로 모셔왔다. 쉬씨 성의 나이 든 선생이 도구까지 전부 가지고 오자 그때부터 남자들은 시키는 대로 움직였다. 아차오가 종이에 쉬 선생의 일당을 적어서 내게 건넸다. 나는 힐끗 쳐다본 뒤 고개를 끄덕였다. 마이클이 다가와 종이에 적힌 액수를 보더니 두 눈을 동그랗게 뜨고 속삭였다. 가구점에서 사는 것보다 훨씬 비싸잖아, 이해가 안 되네.

앞서 나도 이해가 안 된다고 말했던 게 떠올랐다. 나는 마이클을 구석으로 끌고 가 커피를 타 주면서 잘 들으라고 말했다. 맞아, 내가 하려는 게 바로 이런 일이야. 마이클을 붙들고 계속 이어 갔다. 흥분하지 말고 일단 끝까지 들어 줘. 나만의 사무실을 원한다고 했잖아. 그 말을 좀 더 진실하게 표현하자면 작은 공간을 지키고 싶다는 뜻이야. 이 공간에서는 돈벌이가 일을 진행하기 위한 전제 조건이나 기준이 되지 않아. 우리는 상업적인 가치관이나 기준을 맹목적으로 따르지 않을 거라고. 물론 그렇다고 멋대로 하겠다는 말은 아니야. 오히려 끊임없이 생각하고 반복적으로 질문해서 모든 일의 이유와 초심을 명확히 이해하려 해. 그러고 나서 가장 좋은 방법으로 완성하고. 최선은 보기에 괜찮은 게 아니라 눈에 띄지 않을 만큼 아주 작더라도 주변 상황을 개선할 수 있는 걸음을 내딛는 거야. 그래. 우리는 무척 힘들 거야. 우리가 하는 일이 끝내 바보같이 보일지도 몰라. 하지만 우리는 우리가 이루고 싶은 일이 진심으로 지키고 싶은 일임을 알잖아. 그 모든 게 남들 눈에는 무용지물로 보일지라도. 예전에는 내 눈에 거슬리고 내 가치관에 어긋나는 일을 볼 때마다 이해가 안 된다고만 말했어. 약속할게. 앞으로는 내가 이해할 수 없는 것들을 이해하려고 노력할게. 그러니 당신 역시 당신으로서는 이해가 안 되는 일을 이해하려고 노력해 줘.

마이클이 내 손에 있는 커피잔을 가만히 쳐다보며 말

했다. 나를 붙들어 두려면 커피 타는 법을 정말 열심히 배워야겠다.

쉬 선생은 우리가 원했던 책상, 의자, 선반을 이레 만에 완성했다. 그가 도구를 챙겨 떠날 때 마이클을 포함한 남자들 모두 아쉬워했다. 앞으로도 계속 목공을 가르쳐 주실 수 있으세요? 저는 벤치를 만들고 싶거든요. 마이클이 먼저 말하자 다른 남자들도 줄줄이 나서 누구는 책꽂이, 누구는 필통을 원한다고 말했다.

그래서 회사가 정식으로 문을 열기도 전에 첫 번째 프로젝트가 시작되었다. 쉬 선생의 목공 작업소였다.

2

내 기억으로 정리를 다 끝내고 바닥까지 깨끗하게 닦았던 날이었다. 지쳐서 바닥에 드러누워 있던 나와 아차오, 마이클은 약속이라도 한 듯 사무실 입구의 벽을 바라보았다. 이제 부족한 건 간판뿐이었다.

옆쪽의 작은 칠판을 힐끗 쳐다보니 커러가 음식을 배달시킬 때 적어 놓은 기록이 남아 있었다. 나는 우리 이름을 약자로 적어 놓은 그 '마이차오커러'를 중얼중얼 읽어 보았다. 회사 이름이 그렇게 결정되었다.

본격적으로 일을 시작하고 며칠 지나지 않았을 때 낮

선 사람이 문을 열고 고개를 들이밀더니 커피 마시는 곳이냐고 물었다. 아차오와 나는 서로 쳐다보다가 어깨를 으쓱했다. 안 될 게 뭐겠는가? 그가 계산하려 할 때 나는 빈 쿠키 통을 꺼낸 뒤 적당하다고 생각하는 커피값을 넣어 달라고 부탁했다.

그러고 나자 다들 '마이차오커러' 하면 괜찮은 휴식처라고 말하게 되었다.

우리는 명함을 건넬 때마다 회사 이름에 관해 설명해야 했다. 아니요, 음료 회사가 아니라 네 명의 주주 이름을 딴 겁니다. 그러자 명함을 받은 사람들은 나와 아차오, 마이클, 회사 이름을 기억하게 되었다.

3

나는 엄마를 '마이차오커러'로 초대했다. 건물 로비에 들어설 때 반신반의하는 엄마의 모습을 보고 내가 말했다. 엄마 생각이 맞아요. 아빠 공장이 예전에 4층에 있었고 저는 8층이에요. 아빠가 포기한 걸 제가 이어받았지요. 아차오가 장미차를 건넸더니 엄마가 사방을 둘러보며 물었다. 카페를 연 거야? 나는 엄마에게 수표를 건넨 뒤 어떻게 집을 팔았고 어떻게 아차오, 마이클과 회사를 차렸는지 이야기했다. 웬일인지 엄마는 끼어들지 않고 가만히 눈을 감은 채 듣기만 했다. 주무시나 생각하고 있을 때 엄마가 일어나더니 기운차게 말했다. 그래, 우리 애드미럴티로 커러를 보러 가자.

나와 엄마는 길가에 나란히 앉아 커러가 친구들과 이후의 행동에 대해 논쟁하는 모습을 멀리서 지켜보았다. 엄마가 이해하느냐고 물었고 나는 고개를 저었다. 엄마가 한숨을 쉬고 말했다. 하지만 우리는 저들을 믿어야 하는 거지? 이미 많은 일을 했으니까. 나는 고개를 끄덕였다. 조마조마했던 마음이 마침내 안정되었다. 엄마가 내 결정을 지지한다는 뜻이었다. 해가 지고 기온이 떨어지자 엄마는 같이 양고기 훠궈를 먹자고 했다. 엄마가 더는 커러를 걱정하지 않는 게 기뻤다. 그날 엄마는 황주 석 잔을 마신 뒤 취기가 오르자 아빠의 150만 위안을 커러 몫으로 저축하라고 했다. 나는 그러겠다고 약속했다.

자정이 지났을 때 커러가 다쳤다는 연락이 왔다.

마이클은 자기가 먼저 가 보겠다고 고집했다. 나는 집에 혼자 남아 기다리다가 나중에는 텔레비전과 불을 전부 꺼 버렸다. 그러고는 어둠 속에서 옷을 입은 채 침대에 누워 천장에 비치는 창밖 거리의 질주하는 자동차 불빛을 바라보았다. 최악의 상황을 이미 상상해 보아서인지 두렵지 않았다.

28 각자의 길로

1

옷을 입은 채 어둠 속에 누워서 천장에 비치는 창밖 거리의 자동차 불빛을 바라보고 있으니 마음이 평온해졌다. 커러가 걱정되었지만 두렵지는 않았다. 커러의 사랑이 나를 강하게 만들었다.

뜬눈으로 새우는 밤, 애드미럴티, 북적거리는 인파, 시끄러운 함성, 시위장 철거에 관한 무수한 소문과 잘못된 정보……. 나는 커러에게 그만 떠나라고 강력히 제안했다. 커러는 나를 길가로 데려가 앉힌 뒤 내가 대답할 수 없는 질문을 던졌다. 내가 여기 있으면 안 된다고 생각하는 구체적인 이유나 근거가 있어? 사실은 내가 다칠까 봐 걱정하는 게 아니고?

나는 커러를 떠나라고 설득할 명분이 없음을 잘 알고 있었다. 커러가 쟁취하고자 하는 것은 전혀 실마리가 보이지 않았고 커러 앞에는 억압과 멸시만이 놓여 있었다. 내 설득은 이성적인 분석이 아니라 감정적인 부탁에 불과했다. 내가 두려워하고 견딜 수 없는 것은 커러가 받게 될 상상 속의 폭력이었다.

커러가 말했다. 그러면 내 발목을 잡아 나를 도망자로 만들지 말고 가해자를 압박해 줘.

사랑하는 동생 덕분에 나는 평생 처음으로 사랑의 진실을 마주해야 했다. 나를 사랑하면 나와 함께하며 내 운명을 끌어안아 달라는.

예전에 읽었던 예수의 제자 요한의 "사랑에는 두려움이 없습니다. 완전한 사랑은 두려움을 쫓아냅니다."라는 말이 떠올랐다.

그래서 나는 커러의 상황을 더는 피하지 않기로 했다. 어떻게든 모든 오해와 소통의 장벽을 해소하고 문제의 핵심과 원인을 직시하기로 했다. 폭력이 커러에게 가해지면 분명 슬퍼질 터였다. 알 수 없는 무언가에 찢기고 먹히는 것처럼 아프겠지만 나는 두려움 때문에 현실을 피하거나 왜곡하지 않을 작정이었다. 진상을 지키는 것이야말로 사랑하는 사람을 보호하는 가장 효과적인 방법이었다.

커러의 선택이라면 나는 커러에게 발생하는 모든 일을 받아들일 수 있었다. 하지만 커러의 행방을 알지 못한 채 천장만 뚫어져라 쳐다보려니 일각이 여삼추 같았다.

여명이 밝아 올 때 마이클이 완전히 지쳐서 돌아왔다. 그는 침대에서 나를 안으며 귓가에 속삭였다. 머리를 다쳐서 피를 좀 흘렸어. 이미 병원으로 옮겨졌고 괜찮아. 내가 몸을 돌리자 마이클은 어느새 눈을 감고 곯아떨어져 있었다.

2

이튿날 아침 알람이 울리기도 전에 일어났다. 신문을 보기 싫어서 나는 커피를 끓이고 토스트를 구우며 마이클이 깨기를 기다렸다.

날씨가 무척 나빴다. 춥고 습했다.

마이클은 정오가 되어서야 일어나 다 식은 커피를 마시며 어떤 여학생이었다고 말했다. 일이 터지자마자 동료를 불러 커러를 현장에서 옮기고 마이클 전화번호를 달라고 한 여학생은 새벽에 마이클에게 커러가 약을 바른 뒤 별다른 문제가 없어 집으로 가고 있다는 문자를 보내 주었다고 했다.

나는 여학생이 커러의 새 여자 친구임을 직감했다.

그런데 커러가 얌전히 떠났다고? 머리를 다쳤을 때 어지러웠던 모양이라고 마이클이 덧붙였다. 내가 커피를 새로 끓여 주겠다고 했지만, 마이클은 식은 커피로 내가 이해할 수 없는 벌을 자기 자신에게 내리는 듯 한사코 됐다고 거절했다.

마이클이 중얼거렸다. 현장에서 꽤 많은 남학생이 얼굴이 피투성이가 되었는데도 계속 룽워 로드 쪽으로 돌진하더라……. 러닝셔츠를 입은 마이클의 팔과 어깨에 멍이 가득한 게 보였다. 심하지는 않아도 눈에 띄었다. 멍을 가라앉힐 연고를 주냐고 묻자 마이클은 필요 없다고 하고는 멍울에 닿은 내 손을 살며시 밀어냈다.

사회 운동이 갈수록 고조되고 무르익으면서 우산과 노란 리본 같은 상징물이 등장하더니 사람들에게 용기와 신념, 나아가 공동의 비전을 가져다주었다. 그러고는 거의 신앙이 되었다. 그들은 남들이 상상할 수 없는 강렬함을 경험했다. 그것은 종교 의식, 세례와 비슷했다. 나는 마이클 몸의 멍울을 조용히 바라보았다. 그건 내가 넘을 수 없는 거리, 말로 설명할 수 없는 분노이자 상처였으며 그가 그날 밤에 받은 세례의 흔적이었다. 수많은 청년의 몸과 영혼에 영원히 지워지지 않을 세례의 흔적이 새겨졌다.

나는 망연한 심정으로 시계를 힐끗 쳐다보았다. 하루

의 리듬이 깨져 버린 듯해 이제 무엇을 해야 할지 알 수가 없었다.

마이클은 옷을 입은 뒤 고개를 돌리지 않고 말했다. 갈게, 출근해서 일해야지. 이전보다 더 잘해야 해.

그렇게 화난 마이클은 처음 보았다. 마이클로서는 평소처럼 사는 것이 자신이 무너지지 않았음을 증명하는 방법이었다.

3

시위장이 철거될 때 커러는 엄청난 좌절을 맛보았다.

카운트다운 파티를 벌였던 듯한 밤사이의 떠들썩함이 지나간 뒤 철거가 더할 나위 없이 우악스럽고 거칠고 느리고 시시하게 집행되었다. 나는 경찰에게 신분증 번호를 제시하고 나서 통제선에서 멀지 않은 패스트푸드점으로 들어가 사람들과 함께 텔레비전 뉴스 생방송을 지켜보았다. 예전에도 텔레비전 화면에서 커러를 본 적이 있었다. 정말로 커러는 장내에 있었지만 멀리 구석에 떨어져 있었다.

커러 옆에 동료가 없었다.

7월 1일 밤에는 내가 열이 났고 울타리가 쳐졌을 때는 커러가 발목을 삐었다. 시위가 격해졌을 때는 찰과상을 입자마자 여자 친구에 의해 밖으로 내보내졌다. 커러는 늘 중요한 순간에 자리에 없었다. 동료들이 겁쟁이로 취급하거나 혹은 커러 스스로 동료들 눈에 겁쟁이로 보이리라 생각하는 듯한데 어느 쪽이든 좋지 않았다. 큰 분열이 아니라 미세한 갈등이었다. 하지만 도시의 권력자부터 반체제 인사들의 목소리에 쉽게 귀 기울이지 않는 상황에서 우리가 어떻게 젊은이들에게 포용을 배우라고 요구할 수 있겠는가? 나는 커러가 왜 고립되었는지 알았고 커러에게 필요한 게 내 분노가 아니라는 사실도 알았다. 나는 가능한 한 빨리 보석으로 꺼내 줄 거라고 알려 주기만 하면 되었다.

해가 질 무렵 낯선 전화번호로 커러가 이미 경찰차에 실렸다는 메시지가 왔다. 나는 번호를 '커러 여자 친구'로 저장했다. 나와 마이클은 경찰서 몇 곳을 뛰어다닌 끝에 자정쯤에야 기진맥진 상태의 커러를 찾아낼 수 있었다.

커러의 여자 친구가 경찰서 밖에서 기다리고 있었지만 커러는 무시하듯 손을 한 번 내젓고는 나와 마이클을 따라나섰다.

나는 커러의 여자 친구에게 "결승점 이후의 상황을 생각하지 않아서 조금 가라앉았으니 잠깐 쉬면 괜찮아질 거예요."라고 문자를 보냈다.

커러의 여자 친구는 "초심을 잊지 말아야지요."라고 답장을 보내왔다.

선달그믐 전 '커러 여자 친구'가 전화해 나와 커피를 마시고 싶다고 했다. 나는 '마이차오커러'로 오라고 했다. 커러의 여자 친구 예팡은 상큼한 단발머리 학생으로, 막 데뷔했을 때의 리신제(李心潔)[16] 같았다. 내내 눈물을 흘리지 않는 것으로 보아 의지가 강한 여성이었다. 예전에 철거가 끝나면 나와 밥을 먹자고 커러와 여러 차례 약속했기 때문에 한번 만나 보고 싶었다고 했다. 그런데 경찰서 밖에서 황망하게 헤어진 뒤 커러를 못 만났다고, 다시 만날 것 같지도 않다고 말했다. 예팡은 헤어지기 아쉽다고 하면서도 눈물은 흘리지 않았다. 애드미럴티를 지나다 커러와 지난 몇 달 동안 겪었던 일들을 떠올리니 흐릿한 꿈만 같더라고 했다.

16) 타이완에서 활동하는 말레이시아 출신의 가수 겸 배우.

29 다시 만날 때까지 안녕

1

나는 예팡이 좋았지만 무슨 말을 해야 할지 갈피를 잡을 수 없었다. 워낙 총망하게 왔다 가서 그녀가 머물렀던 건 블랙커피 한 잔을 마실 시간 정도밖에 안 되었다. 이제 예팡은 커러와 다른 길을 갈 터였다. "흐릿한 꿈만 같아요……."라고 했던 예팡의 말이 계속 떠오르면서 마음이 진정되지 않았다.

결국 하고 있던 일을 내려놓고 거리로 뛰쳐나갔다. 거리에 사람들이 가득했다. 예팡을 어떻게 찾지? 우리는 늘 상실에 관해 이야기하지만 언제나 잃어버리고 난 뒤에야 느닷없이 깨달을 뿐이었다. 수많은 상실 중에서도 우리는 사람에 대해 특히 경각심을 갖지 않았고 아무 힘도 쓰지 않았다. 예팡이 더 이상 내 전화를 받지 않으면 나는 그녀를 잃어버릴 것이었다.

다행히 예팡은 내 전화를 받았고 멀리 가지도 않았다. 나간 뒤에도 '마이차오커러' 건물 밑에서 한참을 서 있었던 모양이었다. 얼마나 심산했을지 짐작할 수 있었다. 다시 만났을 때 예팡은 더 이상 눈물을 숨기지 못했다. 하지만 나는 커러를 안아 주듯 예팡을 위로할 수 없었다. 그저 흐릿한 꿈이 아니었다고만 말해 줄 수 있었다.

그건 꿈이 아니라 수많은 사람과 함께 그녀가 직접 경험한 일이라고 말했다. 땀과 눈물과 피 모두 진실이었다. 피로와 좌절은 절대 그 순간에만 존재하고 사라지는 게 아니었다. 그런 친밀감과 서로를 향한 격려와 의지도 확실하게 존재했다. 다툼과 오해, 심지어 최후의 상심과 슬픔, 서로에 대한 적대감까지도 없었던 일로 꾸밀 수 없었다. 내가 말했다. 그런 것들을 무의미한 무기체처럼, 예팡 씨 표현으로는 한바탕 흐릿한 꿈처럼 아무것도 아니라고 잊어버릴 수도 있겠지요. 오늘은 무척 괴로울 거예요. 이 모든 것을 받아들일 수 없을 정도로 괴로워서 시간이 빨리 흘러가 무관해지기를 간절히 원하겠지요. 하지만 언젠가는 별로 괴롭지 않게 되어서 이게 대체 무엇이었는지 가만히 들여다볼 수 있을 거예요. 그러면 모든 경험이 물이나 흙처럼 미래를 심을 수 있는 유기체로 바뀌고, 그걸 통해 원래는 없던 것들을 싹틔울 수 있을 거예요. 다만 예팡 씨의 선택이 기반이 되어야 해요. 가장 중요한 사실은 예팡 씨의 경험이 꿈이 아니라는 것이지요.

그 모든 일을 찬란한 불꽃이나 흐릿한 꿈으로 대할 수도 있어요. 그러면 그동안 겪은 일들을 얕잡아 보고 과거를 끊어 내려 하겠지요. 혹은 실망과 좌절과 고통 등 일어났던 모든 일을 생명 속에 녹여 낼 수도 있어요. 그러면 뼈와 피가 되어 일상생활 속에서 그림자처럼 따라다니게 될 거예요. 또 어쩌면 차분하게 마음을 가라앉히고 묵묵히 감내하면서 정성껏 갈고 닦을 수도 있겠지요. 어쨌든 모든 것의 전제는 누군가의 위협이나 강요가 아니라 본인의 선택이었음을 분명히 인식하는 것이에요.

그건 예팡에게만이 아니라 나 자신에게도 하는 말이었다.

내가 다시 작별 인사를 건네자 예팡은 손수건으로 눈물을 닦았다. 나는 손수건을 가지고 다니는 여자가 좋았다. 예팡이 다시 만나자고 말했다. 나는 몸조심하라고 대답했다.

멀어지는 예팡을 바라보고 있자니 예전에 겪었던 수많은 이별의 순간이 나도 모르게 떠올랐다. 소중하다는 건 무엇일까? 애틋함은 무엇일까? 축복이란 무엇일까? 그리움은 무엇일까? 내가 정말 이해하고 있을까? 내가 할 수 있을까? 늦지 않았을까? 하루 스물네 시간이 쏜살같이 흘러갈 때 소실은 늘 무색에 무미, 무형인데. 내가 시간의 중량을 잴 수 있을까? 내가 사물의 진실한 힘을 되살릴 수 있을까……?

나는 갑자기 밀려드는 슬픔에 젖어 오랫동안 길가에서 있었다.

어느 틈엔지 마이클이 내 옆으로 와서 담배를 피우고 있었다. 언제부터 담배를 피우기 시작했지? 마이클이 고개를 갸웃하고 생각하다가 답했다. 반년 전에 길가에서 어떤 사람이 건네주었는데 정말로 담배를 한 대 피워야 할 것 같은 때라서 피웠지. 내가 말했다. 왜 나는 몰랐지?

마이클이 나를 힐끗 쳐다보고 조용히 말했다. 당신은 나한테 관심 없으니까.

내가 흘겨보며 말했다. 마이클, 그런 소리 좀 하지 마. 방금 깨달았는데 실물을 있는 그대로 봐야 해. 있는 그대로 말이야. 알겠어? 쓸데없는 감정 키우지 말고 올라가서 일하자고. '마이차오커러' 직원은 담배를 핑계로 자리에서 벗어나면 안 돼.

2

커러의 첫 학기 성적표가 나왔다. 두 과목이 낙제였지만 재수강할 수 있었다. 내 예상보다 양호했다. 시위장이 철거된 뒤 커러는 무척 가라앉아서 나와 마이클에게도 데면데면하게 굴었다. 예전에 시위에 몰입할 때는 조급증이 있나 걱정스러웠는데 이제는 우울증에 걸렸나 걱정되었다.

한 달쯤 뒤 설이 되면 온 가족이 모일 텐데 나는 커러와 아빠가 부딪치는 상황이 생길까 봐 걱정스러웠다. 엄마는 무척 낙관적으로 설이 아니냐고 했다. 설을 쇨 때는 누구나 웃으며 화해한다고. 설마 그래서 우리가 설을 쇠는 건가?

정말로 다시 시작할 수 있다면…….

커러가 착하고 철들었다는 말 외에는 달리 할 말이 없었다. 탄씨 집안의 가정 교육은 정말 훌륭했다. 커러는 아주 예의 바르게 아빠에게 안녕하셨느냐고 인사하고 차를 따라 드렸다. 무척 공손했다. 아빠는? 저녁 내내 "내가 예전에 말했잖아……."라고 수도 없이 되풀이했다. 예전에 뭐라고 했더라? 나는 알지 못했다. 그게 아니면 전부 부정하는 "그런 게 무슨 소용이냐?"라는 말을 했다. 그런 모습을 보면서 나는 아빠의 집을 팔기까지 결심부터 실행에 이르는 모든 과정을 속으로 되짚어 보았다. 아빠는 아직도 모르고 있었다. 그러자 그럭저럭 미소를 유지할 수 있었다.

아빠의 말이 커러에게 미칠 상처와 혐오감은 과소평가했다.

생선찜이 식탁에 올라왔는데도 아빠는 여전히 학생들이 고집스럽다고 비꼬고 있었다. 그때 갑자기 커러가 벌떡 일어나는 바람에 나와 엄마는 화들짝 놀랐고 마이클은 언제라도 커러를 눌러앉힐 준비를 했다. 그런데 커러는 종업원에게 찻잔을 달라고 했다. 이어서 잔을 새로 채우더니 어렸을 때 정월 초하루에 집에서 했던 대로 아빠 앞에서 무릎을 꿇고 차를 올렸다. 다들 어안이 벙벙해졌다. 커러는 아무렇지도 않게 비행기를 타러 가야 한다고 말했다. 예전에 영국에 갈 계획이라고 말하기는 했는데 깜빡하고 확정된 걸 알리지 않았다며 어쨌든 홍콩에서 설을 쇠지 않는다고 했다. 아빠는 바보처럼 세뱃돈 봉투를 꺼내 커러에게 주었다.

내가 쫓아 나갔지만 커러는 그림자도 보이지 않고 잔뜩 구겨진 붉은 봉투만 길가 도랑에 떠 있었다.

아빠가 결국 커러를 잃어버렸음을 나는 알았다. 하지만 아빠는 전혀 몰랐다.

설 연휴 동안 커러가 영국에 갔는지 아닌지는 나도 몰랐다. 갈수록 커러에 대해 무지해졌다. 매주 두 차례 대학 카페에서 만나는게 전부였다. 이미 반년이나 머리카락을 자르지 않아 커러는 슬픔에 젖은 물고기처럼 우울한 기운을 발산했다. 마이클은 캠퍼스에서 인기 있는 이미지라고 농담했지만 나는 웃을 수 없었다. 매주 고정된 만남만 기다릴 뿐이었다. 나는 어떻게든 커러의 소식을 모으려 사방을 둘러보고 팔방으로 귀를 기울였다.

마이클이 나더러 감옥에 있는 애인을 면회 가는 것 같다고 말했다. 나는 정말로 화가 나서 거의 죽일 듯 쫓아다녔다. 그때부터 어떤 일은 농담거리로 삼을 수 없게 되었다.

30 차갑고 딱딱하게 굳은 마음

1

매주 두 차례 대학 카페에서의 만남은 내가 한쪽 끝을 잡고 다른 쪽 끝은 커러의 손목에 감아 놓은 무형의 끈 같았다. 나는 그 가느다란 끈으로 커러를 안개 속에서 끌어낼 수 있기를 바랐다.

하루는 카페에 일찍 도착했다가 커러가 단발머리 여학생과 들어오는 것을 보았다. 커러는 늘 깔끔한 단발머리의 여학생을 좋아했다. 여학생은 우리와 함께 앉지 않았다. 호쾌한 성격인지 자신을 계속 쳐다보는 나를 발견하고는 웃음을 지어 보였다. 커러도 나를 발견하고 손가락으로 가리키며 여학생에게 말했다. 소개할게, 내 전 여자 친구야…….

내가 웃을 새도 없이 여학생의 안색이 순식간에 나빠졌다. 이 아가씨야, 이렇게 유머 감각이 부족해서 커러를 어떻게 감당하겠다는 거야? 나는 문득 홀가분해졌다. 아, 정말 말로 표현할 수 없었다. 너무 오랜만이라, 뭐라고 해야 할까? 탄씨 집안만의 짓궂은 장난? 그게 바로 나의 탄커러였다. 커러가 손을 뻗어 내 얼굴의 눈물을 닦아 주자 여학생이 화가 나 의자를 획 젖히며 나가 버렸다. 나는 울면서 웃었다. 커러가 왜 그러냐고 물었다. 너를 잃어버린 줄 알았어. 내 대답에 커러는 정신이 나갔냐고, 자기는 계속 있었다고 말했다. 나는 눈물을 닦아 주는 커러의 손가락을 꽉 잡으며 말했다. 분명 사람들과 수천 리는 떨어져 있었다고. 커러가 잠시 생각한 뒤 답했다. 맞아, 왜인지 몰라도 요즘은 사람들과 어울리기 싫어. 그 말에 나는 가슴이 철렁했다. 여전히 예민한 커러는 내 손을 잡고 놓지 않았다. 변함없이 온화한 표정이었지만 남의 일을 전해 주는 듯 심드렁한 어투였다.

너는 계속 여기 있었고 평소처럼 친밀하게 굴었을지 몰라도 소리 없이 봉인되었지. 아무리 힘을 줘도 열리지 않는 유리병처럼…….

커러의 팔짱을 끼며 여학생이 누구냐고 묻자 커러가 답했다. 나를 사랑하는데 나는 사랑하지 않는 사람. 음, 그런 식의 드라마야. 원래 나는 나중에 넋을 놓게 될 사람을 만날 수도 있으니 조심하라고 말하려 했는데 "그때는 상대가 너를 무시할지도 몰라."라는 말을 끝맺기 전에 커러가 끼어들었다. 언젠가는 뒤집힐 수도 있겠지. 나도 알아. 기다리고 있어.

커러의 마음이 얇은 스테인리스 조각처럼 차갑고 딱딱하게 굳은 게 느껴졌다.

2

여름 방학 때 커러가 아르바이트를 하러 '마이차오커러'에 올 줄 알았는데 오지 않았다.

하루는 마이클과 회의에 참석하러 사이완에 갔다. 예상보다 일찍 끝났길래 나는 마이클에게 해변 부두 쪽으로 가자고 해서는 일몰을 보았다. 이런저런 이야기를 나누다 보니 또 커러에 대한 이야기가 나왔다. 왜 점점 멀어지게 된 걸까? 내 물음에 마이클은 자동차를 커러가 사는 건물로 몰았고 전화해서 같이 밥 먹게 내려오라고 말하라 시켰다. 전화를 걸자 커러는 거기에서 나온 지 한참 되었다고 말했다. 나는 뭐라 반응할 수가 없었다. 해가 졌고 에어컨을 켜 차 안에 냉기가 가득한데도 이마에 땀방울이 맺혔다. 커러는 아무렇지도 않게 별일 아니라 집주인이 월세를 올려서 나온 거라고, 다음에 새 주소를 알려 주겠다고 말했다.

커러가 다음에 새 주소를 알려 주겠다고 말했다.

당신이 언제나 함께 있을 수는 없어, 라고 마이클이 말했다. 나는 할 말이 없었다.

3

9월 개강한 뒤 나는 예전처럼 매주 두 차례씩 카페에서 만나자고 했다. 커러가 전화기 너머에서 침묵했고 나는 영상 통화가 아닌데도 난감해하는 커러의 얼굴을 볼 수 있었다. 나는 고집을 꺾지 않았다. 결국 커러는 간단하게 알았다고만 답했다.

알았다는 말 뒤에 숨은 뜻은 분명했다. 매주 두 번씩 같이 커피를 마신들 어쩔 수 있겠느냐는 뜻이었다.

아무 일도 일어나지 않았지만 나는 속수무책으로 동동거리는 기분이 들었다. 그랬다. 갈피를 잡을 수 없는 이 도시 같았다.

두 달 만에 다시 봤을 때 정말 깜짝 놀랐다. 커러가 머리를 빡빡 밀어 버렸다. 못생겨 보인다고는 차마 말할 수 없었다. 가만 보고 있으니 한국 군인처럼도 보이는 게 또 다른 매력이 있었다. 하지만 뭐랄까, 어쨌든 커러가 멋져 보이려고 머리를 민 게 아님은 확실했다.

마이클이 나를 노려보았다. 머리를 민 게 뭐 그리 놀랄 일이냐는 의미였다. 나는 할 말이 없었다. 다행히도 커러는 새 주소를 알려 주었고 늘 그랬던 것처럼 뒷문 열쇠도 건네주었지만 한마디 덧붙였다. 예전처럼 아무 때나 찾아오지 마, 지금 룸메이트는 성격이 좀 괴팍하거든…….

커러, 괴팍한 게 어디 네 룸메이트뿐이겠니?

엄마는 10월 중순이 되어서야 커러와 만났다. 커러는 여전히 민머리였고 아무래도 그 스타일을 계속 이어 갈 생각인 듯했다. 커러를 첫눈에 알아보지 못한 엄마는 화들짝 놀란 뒤 그게 멋있냐고 중얼거렸다. 커러는 대답하지 않았다. 엄마가 또 물었다. 설 전까지 머리카락이 다시 자라겠지? 커러가 왜 그러냐고 반문했다. 설날에 친척들이 보면 이상하게 생각할 테니까. 뜻밖에도 커러는 엄마의 말에 차갑게 대꾸했다. 제가 세배하러 갈 것 같아요? 친척들 모두 싫어할 게 뻔하잖아요. 길에서 잤던 우리 같은 사람을 다들 얼마나 싫어하는지 엄마도 알잖아요.

나와 엄마는 서로를 쳐다보았다. 엄마가 뭔가 말하고 싶어 하는 게 보였다. 하지만 엄마는 입을 벌렸다가 결국 "됐다."라고만 하고는 더 이상 아무 말도 하지 않았다.

나중에 엄마가 내게 물었다. 어떡하면 좋겠니? 올해

도 아빠랑 같이 보내야 하잖아? 나는 한참 망설이다가 솔직하게 말했다. 커러가 작년처럼 아빠 앞에서 가만히 입을 다물 걸로는 보이지 않아요…….

나중에 엄마는 설에 홍콩을 떠나기로 했다. 여태껏 의도적으로 설을 피한 적은 한 번도 없었다. 엄마는 28일 센트럴에서 커러와 나를 만나 식사한 뒤 곧장 공항 철도를 타고 공항으로 갔다. 밤 비행기로 샌프란시스코에 가서 옛 동창을 만날 계획이라고 했다. 나와 마이클이 자동차로 공항까지 배웅하려 했지만 엄마는 피곤하고 번거롭다며 거절했다. 나와 마이클은 난감해하며 서로의 얼굴만 쳐다보았다.

연휴 동안 우리 집에 있으라고 했는데 커러는 지금 우리 집이 너무 좁아서 싫다고 했다. 소파에서 자기 싫어, 친구랑 캠핑 갈래.

커러는 '친구'라고만 할 뿐 이름을 말하지 않았다. 예전에 나는 커러의 친구를 전부 알았다. 다 친하지는 않아도 누구누구가 있는지는 알았는데 이제 커러는 이름조차 말해 주지 않았다. 언제부터 그랬을까? 보아하니 새로 사귄 친구와 갈 생각이고 그게 누구인지는 알려 주지 않을 작정 같았다. 그래, 캠핑 가서 재미있게 보내. 하지만 정월 초하루에 아빠한테 인사하는 것 잊지 마. 통화하기 싫으면 문자라도 보내. 커러는 그저 "응." 하고만 답했다.

나는 섣달그믐 밤부터 열이 나기 시작했다. 나중에 마이클은 내 발열이 뭔가 큰일이 터질 조짐이라며 점치는 것보다 더 영험하다고 말했다.

31 점점 멀어지는 관계

1

섣달그믐날 점심을 먹고 뿔뿔이 흩어졌을 때 나는 문득 복사꽃을 사다 '마이차오커러'에 꽂아 두고 싶어졌다. 그래서 혼자 쿤퉁구에 있는 꽃 시장으로 갔다.

빅토리아 공원처럼 사람들로 북적거렸다.

꽃 시장에 들어가자 오래전에 받아 놓고 뜯지 않았던 편지를 누군가 몰래 펼치는 것처럼 기억이 떠올랐다.

예전에 아빠는 나와 엄마를 데리고 이 꽃 시장에 오곤 했다. 커러가 태어나기 전이었다. 엄마는 모란을, 아빠는 갯버들을 좋아했고 꼭 복사꽃과 금귤을 사서 공장으로 가져갔다. 아빠는 언제나 값을 깎았지만 성공한 적이 없었다. 나는 군것질하는 게 좋았다. 평소에는 길거리 음식을 절대 허락하지 않던 엄마가 꽃 시장에서는 조금 풀어 주어 나는 어묵이나 만두를 먹을 수 있었다. 와플도 먹을 수 있었지만 튀김과 샥스핀 수프는 허락되지 않았다. 꽃 시장에는 정월만 지나면 금방 질릴 장난감과 소품도 무척 많았다. 나는 늘 공기 주입식 망치나 띠 모양 인형 같은 장난감을 한두 개씩 사 달라고 아빠를 졸라 나중에 엄마에게 혼나곤 했다. 어쨌든 그날만큼은 떠들썩하고 화기애애했다.

사람이 좀 적은 구석에 서서 샥스핀 수프를 먹으며 오가는 사람들을 보고 있자니 그냥 쓸쓸하기만 했다.

나는 마음에 드는 복사꽃을 고르지 못했다. 언제부터인지 몰라도 아차오와 마이클이 옆에 없으면 확실하게 결정을 내리기 힘들었다. 반면 예전에 커러를 데리고 다닐 때는 쉽게 결정할 수 있었다. 북적이는 꽃 시장을 나와 찬바람을 맞자 뱃속이 차가워지는 듯했다. 수프 탓이었다. 엄마가 허락하지 않았던 데에는 확실히 그럴 만한 이유가 있었다. 집으로 돌아가자 온몸이 아파 침대에 곯아떨어졌다. 열이 나는 게 어렴풋이 느껴졌다.

마이클이 돌아와 흰죽을 끓이는 걸 가물가물 알 수 있었다. 또 무슨 일이 터졌는지 뉴스가 시끌시끌한 것도 어렴풋이 알았는데 도저히 기운을 차릴 수가 없었다.

마이클 말만 제대로 들었다. 제발 몸 좀 챙겨, 당신한테 열이 나면 꼭 뭔가 일이 터진다고.

나는 엄마가 샌프란시스코에서 돌아올 때까지 침대에서 일어나지 못했다. 이미 정월 초여드레였다. 그동안 낯선 번호로 계속 전화가 왔는데 한 번도 받지 않았다. 선물을 들고 우리 집에 온 엄마가 마음대로 내 전화를 받아 건네주었다. 너 찾는다.

누구세요? 수화기 건너편에서 아다라고 말했다. 누구요? 아다? 어떤 아다요? 자신을 아다라고 밝힌 사람이 십여 년 전의 일을 잔뜩 늘어놓았다. 드디어 기억이 났다. 영화를 사랑하고 내게 영화 보는 법을 가르쳐 주고 영화학과 학생이라고 속였던 아다였다.

기자가 되었다는 아다는 정월 초이틀 새벽에 몽콕으로 취재를 나갔다가 커러를 봤다고 말했다.

나는 정신이 번쩍 들었다.

아다는 이미 반년 전 애드미럴티에서 커러와 나를 봤으며 나는 아는 척하지 않았지만 커러와는 만났다고 했다. 나름 뜻이 잘 맞아 두 사람은 시위장 칠거 뒤에도 연락했고, 아다는 자신이 일하는 매체 온라인판에 커러의 원고를 싣기까지 했다는 것이었다. 그러고는 커러의 필명을 알려 주었다. 나는 조금 놀랐다. 글을 본 적이 있는데 커러가 썼다고는 상상도 못 했다. 더 이해가 안 되는 점은 왜 커러가 내게 알리지 않았는가였다. 초이틀 새벽에 상황이 조금 위급해져 총이 발포되자 아다는 카메라를 들고 사람들을 따라 뛰다가 커러와 마주쳤다고 말했다. 얼굴을 가렸지만 눈을 보자마자 커러인 줄 알겠더라. 커러도 나를 한참 쳐다봤고. 나는 좀 심란했지만 커러가 현장에 있는 게 어떻다는 말인가? 아다가 목소리를 낮추더니 그때 손에 벽돌을 들고 있더라고 말했다. 나는 아연실색했다. 아다가 덧붙였다. 잠시 화가 나서 그랬겠지만 아무래도 네가 알아야 할 것 같아서.

그제야 알았다. 다만 이제는 쫓아갈 수 없었다.

그날 밤 육십여 명이 체포되었다. 가장 어린 사람은 열네 살, 가장 나이 든 사람은 일흔 살이었다.

이기적이지만 커러가 체포되지 않은 게 다행스러웠다. 나는 내가 모든 일에 감정적으로만 반응한다는 사실을 받아들였다. 초조해하고 화를 낼 뿐 이해하지 못하고 어떻게 처리해야 하는지도 몰랐다.

2

초이튿날 새벽 몽콕 거리에서 있었던 일을 이야기할 때마다 커러는 경찰이 시위대를 향해 총을 겨눈 건 용납할 수 없는 일이라고 이를 갈았다. 커러, 누가 참을 수 있겠니? 그런데 커러가 늘 제삼자로서 지켜본 듯한 어투를 썼기 때문에 나도 절대 그가 현장에 있었던 걸 아는 척하지 않았다.

왜 커러와 이야기하지 않아? 마이클이 물었을 때 나는 머리끝까지 화가 치솟았다. 무슨 이야기를 할까? 커러의 미래와 홍콩의 미래? 일국양제 아니면 법치 정신? 그것도 아니면 벽과 달걀에 관해 이야기할까? 벽과 달걀에 관한 무라카미 하루키의 수상 연설을 당신이 커러에게 보여줬던 것 기억하지? "높고 단단한 벽과 달걀이 있을 때 벽이 아무리 옳고 달걀이 아무리 틀렸더라도 나는 언제나 달걀 편에 설 것입니다." 이스라엘에서 준 문학상을 받으면서도 하루키는 팔레스타인 민간인을 지지했다고 커러에게 말했잖아. 커러는 그때부터 하루키 팬이 되었고. 커러가 당신을 얼마나 따르는지 알아? 그런데 나더러 커러랑 이야기하라고? 왜? 설마 얼마나 화가 쌓여야 벽돌을 손에 들 수 있는지 묻기라도 하라는 거야……?

그때부터 나와 마이클은 시사에 관해 이야기하지 않았다.

여름 방학이 다가오자 커러는 생기를 조금 되찾았고 머리카락도 민머리에서 상고머리로 자랐다. 커러는 입법회 선거를 돕게 되었다고 알려 왔다.

누나, 누나 마음은 나도 잘 알아. 내가 좀 더 평화로운 방식으로 현재 상황을 받아들이고 바꾸기를 바라잖아. 이제 그런 방법을 찾았어.

밝고 쾌활한 시간은 두 달도 채 가지 못했다.

8월 초 태양이 유난히 뜨겁던 날 커러가 지지하는 후보가 실격되었다는 소식이 날아들었다.

커러, 참을 수 있니?

커러가 사무실로 찾아와 혼자 구석에 앉아 책을 읽었다. 아무 말도 하지 않고 평온한 얼굴로 책에만 집중했다. 나는 그 옆을 지나가다 더 이상 참지 못하고 손을 뻗어 커러의 머리를 쓰다듬었다. 아차오가 내 뒤에서 똑같이 흉내 냈다. 커러는 미소를 지으며 괜찮다고 말했다. 이어서 책을 내려놓고 기지개를 켜며 덧붙였다. 주변 친구들 반응을 견디기 힘들어서 숨 좀 돌리려고 피신 온 거야.

커러, 너는 혈기 왕성한 나이라 다른 사람의 말투나 억양이 너랑 조금만 달라도 견디기 힘들 거야. 사실 그건 내용이나 표제와 무관해. 너의 청춘은 어디서든 무적이고, 네 임무는 다른 사람이 틀렸음을 최선을 다해 증명하는 거니까. 때로는 주성치(周星馳)가 어떤 영화에서 특정 대사를 했는지를 두고도 상대가 틀렸음을 증명하기 위해 인생 전부를 바쳐야 할 것 같겠지. 시간이 흐른 뒤에야 옳은 일을 계속하기만 하면 되지, 다른 사람의 잘못에 책임질 필요는 없다는 걸 깨달을 거야. 증명하기 위해 네 인생을 낭비할 필요는 더더욱 없고. 그래, 그건 시간이 한참 지나 네 청춘이 시들 때겠지. 그게 인생의 여정이고 상식인데 왜 다들 잊어버렸는지 모르겠어. 젊음이란 전력을 다해 자신이 옳음을 증명하는 것인데.

32 연가

1

마이클은 조용히 책을 읽고 있는 커러를 멀리 탕비실에서 힐끔거리다 내가 내린 핸드드립 커피를 마시면서 속삭였다. 그때 당신이 작은 위치와 공간을 갖고 싶다고 했을 때 솔직히 나는 말도 안 되는 소리라고 생각했거든. 그냥 사랑해서 지지했을 뿐이었지. 그런데 지금 커러를 보니 드디어 알 것 같아.

마이클은 전혀 낭만적인 사람이 아니었다. 디자인 일을 하지만 어째서인지 오랫동안 우뇌를 방치한 채 사용하지 않았고 작업도 순전히 기술 데이터로만 승부하려 했다. 그런 사람이 예전에 이해하지 못했음을 인정하고 이제야 알게 된 사실을 말로 꺼내다니, 내게는 따뜻하고 달콤하게 느껴졌다.

마이클이 다른 아이들도 쉬면서 생각할 장소를 찾으면 좋겠다고 말했다. 맞는 말이었다.

나는 커러에게 친구들과 토론할 장소를 찾지 못했으면 '마이차오커러'에 오라고 제안했다. 커러는 고개를 저었다. 지금의 커러는 정말로 은둔자에 가까웠다. 혼자 있고 싶은 것도 일종의 성격이고 사람마다 성격이 다르겠지만, 은둔은 모종의 가능성을 배제해 버릴 수 있었다.

커러는 '마이차오커러'에서 거의 여름 방학 내내 책을 읽었다. 어느 밤 사무실에 나와 커러만 남았다. 나는 갈 때 문과 창문을 잘 닫으라고 당부한 뒤 사무실을 나섰다. 엘리베이터 문이 열리자 도시락을 가지고 올라온 예팡이 보였다. 예팡은 늘 그 자리에 있었던 사람처럼 인사를 건넸다. 오랜만에 만나는 감격도 전혀 보이지 않았고 가슴 아프게 이별했던 적도 없는 모양새였다.

나는 커러의 뜻을 눈치챘다. 커러가 원하지 않았다면 절대 예팡과 만나지 못했을 터였다.

함께하는 사람이 있으면 안심이었다. 종종 돌아보면 제일 처음이 제일 좋았다. 초심이.

커러와 예팡이 다시 만난다고 알려 주자 마이클은 갑자기 노래 한 소절을 흥얼거렸다. 가장 사랑하는 것을 찾아 떠난 그 사람은 오늘도 돌아오지 않네…….

듣고 있으니 왠지 모르게 서글퍼졌다. 귀에 익은 노래인데 어디에서 들었는지 생각나지 않았다. 마이클은 왜 뜬금없이 이 소절을 흥얼거렸을까? 마이클이 나를 흘겨보며 나가길래 내가 뒤에서 불렀다. 이보세요, 내가 모르면 알려 줘야 하는 거 아니야? 마이클은 들은 척도 하지 않았다.

나는 나중에야 노래를 기억해 냈고 들을 때마다 눈물을 참을 수 없었다.

2

이제 평범한 날은 까닭 없이 침울해졌다. 형체가 없는 외계인의 침략을 받아 총성은 없을지라도 무엇을 하고 말하든 에너지가 모두 흡수되어 버리는 것 같았다. 괜히 헛수고만 하는 기분이었다. 아차오가 독일에 가겠다고 하기에 내가 말했다. 어쨌든 하반기에는 일도 별로 없으니까 휴가 가.

아차오는 무척 진지했다. 아니, 장기 휴가를 원하는 게 아니야. 이사한다고. 퀸스 로드 동쪽에서 쾨니히 광장으로 옮기려고 해. 내가 더 망가지기 전에 홍콩을 떠날 거라고.

나는 어안이 벙벙했다.

아차오는 인내심을 잃어버렸다면서 친구한테든 모르는 사람한테든 한순간에 도저히 참을 수 없을 정도로 화가 난다고 말했다. 일을 대하는 태도도 예전보다 각박해졌고 모든 것에 무덤덤하다 못해 무감각해졌어. 원래 좋아하던 일에조차 흥미를 잃었고 모든 사람과 사물이 나쁜 방향으로 발전하고 성장한다고 여겨져. 이 작은 도시가 싫어졌어, 이 모든 것에서 벗어나고 싶다고…….

아차오, 너는 이 도시가 싫어진 게 아니라 세상이 싫어진 거야.

나와 마이클은 아차오를 상담사에게 데려갔다. 그 임상 심리학자는 커러가 예전에 수업을 들었다며 소개해 주었다. 커러는 그의 연구를 위해 자료 조사와 설문 조사도 도와주었다고 했다. 상담사는 아차오가 '외상 후 스트레스 증후군'에 걸렸을 가능성이 크다고 말했다. 사실 최근 이 년 사이 외상 후 스트레스 증후군을 앓는 환자가 아주 많아졌습니다. 2014년 겨울 이후인데 다들 인정하지 않으려 할 뿐이지요…….

나와 마이클은 당황해서 한마디도 못 하고 서로의 얼굴만 쳐다보았다. 아차오는 그때 많이 몰입하는 것으로 보이지 않았는데.

상담사는 외재적 행위로 당사자 영혼의 찢어진 정도와 통증을 평가할 수는 없다고 말했다. 영혼이 찢어진다니…… 듣기만 해도 아팠다.

아차오마저 외상 후 스트레스 증후군에 걸렸다면 우리는……? 이미 병을 앓고 있지만 인정하지 않는 것뿐인가?

커러가 어깨를 으쓱했다. 누나는 그때 내가 왜 머리카락을 자르지 않았고 더 나중에는 느닷없이 밀어 버렸다고 생각했는데? 내가 천성적인 별종인 줄 알았어? 내가 남들을 못마땅하게 여기는 줄로만 생각한 거야?

너는 어떻게 이겨 냈어? 내가 묻자 커러가 반문했다. 내가 이겨 냈다고 생각해? 나는 말문이 막혔다.

아차오는 어떡해?

커러가 말했다. 떠나겠다면 보내 줘야지. 내가 아쉽다고 하자 커러가 흘겨보았다. 그러니까 아차오가 떠나겠다는 게 문제가 아니라 누나가 보내기 싫다는 거잖아. 누나의 미련 때문에 아차오가 떠나는 게 문제처럼 보이는 거라고, 알겠어?

왜 다들 다른 사람이 던진 질문에 인내심을 잃는 것 같지?

3

삼 주 뒤 마이클은 벽에 박힌 나무 간판에서 '차오'자를 뜯어내 아차오에게 주었다. 아차오는 글자를 배낭에 쑤셔 넣고 트렁크 두 개를 끌면서 뮌헨행 비행기를 타러 공항으로 갔다. 유학 가는 대학생처럼 보였다.

나는 아차오를 꽉 끌어안고 말했다. 졸업하면 돌아와야 해. 네 '차오' 자를 벽에 다시 박아 줘. 아차오는 필사적으로 나를 밀어내고는 이를 악물며 영원히 돌아오지 않을 거라고 말했다. 그러고 나서 울었다.

나와 마이클은 '차오' 자가 빠져서 생긴 간판의 빈칸을 메우지 않았다. 그 바람에 우리는 '마이 — 커러'가 되었다.

마이클이 물었다. 우리도 다른 곳으로 가는 걸 생각해 볼까……?

8월 말 선거가 본격화되었다. 공기 속에서 희미한 가을 기운이 묻어나는 어느 밤, 나는 먼저 집으로 돌아갔는데 옷을 갈아입기도 전에 마이클이 허둥지둥 들어오더니 나를 끌어냈다. 그는 아무 말도 하지 않고 차를 코즈웨이 베이로 몰고 가 제일 번화한 가게 앞에 세웠다. 앞뒤 모두 중국 쇼핑객을 태우려 기다리는 택시들이 주차되어 있었다. 나는 영문을 알 수 없었다. 대체 마이클이 왜 거기에 차를 세우는지 이해할 수 없었다. 그때 마이클이 멀지 않은 곳을 보라고 눈짓했다. 앞쪽은 도로였고 사람이 잠깐 멈춰 설 수 있는 도로 가운데 지점에 알루미늄 사다리가 놓여 있었다. 그리고 커러 나이대로 보이는 후보가 사다리 꼭대기에 앉아서 행인들에게 투표하라고 호소하고 있었다. 오가는 사람들은 관심이 없어 보였다. 누군가 사다리를 붙잡고 있었는데 나는 뒷모습만으로 커러임을 알아보았다. 곧이어 예팡도 보였다. 전단 뭉치를 들고 행인들에게 나눠 주고 있었다. 비가 내리기 시작했다. 빗줄기가 세지 않은 보슬비였지만 오래 서 있으면 온몸이 흠뻑 젖을 터였다. 땅바닥에 떨어진 청록색 전단은 멀리서 보니 고급 보석 가게의 포장지 색깔 같았지만 비를 맞고 바람에 날릴 뿐 사람들 시선은 받지 못했다…….

나와 마이클은 그렇게 멀리서 멍하니 넋을 놓은 채 지켜보았다. 도로 한복판에 있는 젊은이들에게 완전히 감동했다. 한참 뒤에야 음식과 음료를 좀 사다 주어야겠다는 생각이 들었는데 그들은 이미 다음 거점으로 떠나고 있었다.

나는 마이클에게 우리는 아무 데도 가지 말고 이곳에 남아 우리가 할 수 있는 일을 해야 한다고 말했다.

33 도처에 벽돌이 널린 시대

1

9월 초 부드러운 바람과 함께 홍콩에서 최연소 입법회 의원이 나왔다는 좋은 소식이 전해졌다.

새로운 질서가 바람직한 국면과 밝은 미래를 가져다 줄 것만 같아서 우리는 낯선 사람들에게 다시 미소를 지어 줄 수 있었다. 커러와 예팡이 손을 잡고 학교에 갈 때 나는 정말 오랜만에 웃는 얼굴을 볼 수 있었다. 예전에 커러가 했던 말이 떠올랐다. 언제부터인지 몰라도 앞뒤 가리지 않고 완전히 몰입해 놀다가 박장대소라도 하면 누군가한테 죄짓는 기분이 들었어…….

개표하던 날 아차오는 페이스북으로 개표 상황을 전부 지켜보고 말했다. 그가 몇 표 차이로 졌으면 나는 투표하러 돌아가지 않은 나 자신을 증오했을 거야. 나와 마이클은 '마이— 커러'를 바라보며 아차오가 곧 '차오' 자를 가지고 돌아오겠다고 생각했다.

황금빛 가을을 기다렸다. 시간이 다시 빛나기 시작했다. 이제 좋아질 터였다. 캄캄한 어둠 속에서는 아주 작은 빛도 다 보이는 법이었다.

중양절이 지났을 때 세상이 또 느닷없이 뒤집혔다.

분명 높은 표로 당선된 의원이건만 자격을 전부 부정당했다. 세상이 완전히 비틀리고 미쳤으니 다들 속수무책으로 무너졌다. 정말로 재앙을 피해 높은 곳에라도 올라야 한단 말인가? 나는 더 이상 아무 일도 일어나지 않았던 듯 일에 매진할 이유를 찾을 수가 없었다. 반나절 쉬자며 아르바이트생까지 전부 내보내고 커피를 마시러 온 이웃 사람들도 쫓아냈다. 문을 닫고 전화기 전원을 꺼 나 자신을 잠가 버렸다. 극도로 낙담한 나머지 평소처럼 살아갈 방도를 찾을 수가 없었다. 이 터무니없는 세상과 모든 연결을 끊고만 싶었다.

어두워진 뒤에도 불을 켜지 않은 채 차가운 바닥에 멍하니 누워 있었다. 증오조차 느껴지지 않을 정도로 무기력했다.

거의 자정이 되었을 때 마이클이 와서 불안한 음성으

로 말했다. 커러를 보러 가야 하는 거 아니야?

나는 정신이 번쩍 들었다.

커러를 찾을 수가 없었다. 예팡도 커러를 찾을 수 없었다.

갑자기 머릿속에서 노래가 울리기 시작했다. 마이클이 흥얼거렸던 "가장 사랑하는 것을 찾아 떠난 그 사람은 오늘도 돌아오지 않네……."였다. 드디어 사안기(謝安琪)의 「자밍」이라는 게 떠올랐다. 그냥 대중적인 사랑 노래 아닌가? 그런데 왜 지금은 가슴을 찌르는 듯 아프게 들리지?

"그는 사랑을 원했을 뿐이건만 단두대에 오를 뻔했지. 두 번 넘어지고 나니 더는 사랑을 믿을 수 없구나……." 네 이야기니? 커러? 그래, 너구나. 그래서 내가 이렇게 슬프구나. 너는 아직도 그 백마를 탈 수 있다고 믿고 싶니?

사랑을 노래하는 유행가일 뿐이었지만 그 안에 담긴 내용은 신문 기사보다 더 진실하고 생생했다.

……아름다운 신념을 위해 누가 기꺼이 탱크에 맞설 수 있을까.
누구든 그 사람을 만난다면 그 아름다운 뜻을 가지고 돌아가길.

황야를 떠돌다가 금세 환멸에 빠지면 어쩌나.

사랑, 영화, 소설은 너무 가식적이구나.

그 사람을 만난다면 누가 그 작은 소망을 들어줄 수 있을까.

도와줄 수 없다면 그냥 내버려두기를,

세상의 마지막 백마를 탈 수 있도록.

너무 오래 찾았지, 너무 오래 찾았어도

그는 받아들이지 않았네, 항의하고 물러나지 않았네.

세상에 누가 감히 그토록 사랑할 수 있을까.

그를 사랑하든 사랑하지 않든 그의 용기는 가져갈 수 있으니

도처에 벽돌이 널린 시대에는 그런 우아함이 부족하네.

꿈을 가르치면서 대가를 논하지 말기를.

결국 흐르는 모래 속에 가라앉을지라도 빛을 낼 수 있을까.

파멸에 이를지라도 동화를 믿는다면

하늘 끝에서 백마를 볼 수 있지 않을까.

가장 사랑하는 것을 찾아 떠난 그 사람은 오늘도 돌아오지 않네.

그의 뜻이 남을지는 세상이 어떻게 기록할지에 달렸네.

이토록 슬프고 서늘한 마음이라면 달빛을 담을 수 있을 듯했다. 피 묻은 옷을 입고 천국에 가야만 진정될 것 같았다.

원래는 지극히 평범한 사람들이라 처음에는 그들 자신도 인식하지 못한 채 그저 주변이나 자신의 일상을 평범하게 믿고 지키고 소망하려 했을 뿐이었다. 명예를 추구하거나 핑계를 대지 않고 그냥 기본적이고 원초적이고 단순하고 진실하고 사심이 없었다. 가장 절망적일 때조차 그들은 아주 작은 걸음일지라도 한 걸음 더 나아가게 하는 사랑을 품고 있었다…….

커러, 내가 어떻게 해야 네가 계속 그런 사랑을 품을 수 있을까?

2

커러는 동굴에 숨어 상처를 핥는 짐승처럼 누구의 방해도 용납하지 않았다. 커러가 저더러 나가 죽으래요, 라고 예팡이 말했다.

나는 감히 "진심이 아니라는 거 알지……."라고 말할 수 없었다. 공허하고 무력한 위선처럼 느껴져서였다.

우리는 조용히 앉아 블랙커피만 한 잔 또 한 잔 비웠다. 밤이 깊었을 때 그만 가서 자라고 호의로 말한 사람에게 우리는 가서 죽으라고 대꾸했다.

갑자기 모든 사람 마음에 '나가 죽는 게 좋은 사람' 명단이 생긴 것 같았다. 분노와 악의로 전기를 만들 수 있다면 홍콩은 세계에서 가장 에너지를 아끼고 폐기물을 감축할 도시가 될 듯했다.

전화벨이 울리고 화면에 '외삼촌'이 뜨기에 나는 나가 죽으라고 말하며 받지 않았다. 삼 분 뒤 전화가 다시 울렸는데 이번에는 커러였다. 아빠가 돌아가셨어.

짧디짧은 한마디가 수소 폭탄처럼 내 세계의 어떤 부분을 완전히 무너뜨렸다.

나는 작동 중지되었다.

마이클은 오랫동안 나를 꽉 끌어안고 있다가 커러가 오자 우리 두 사람이 부둥켜안게 비켜 주었다.

눈물은 나지 않고 그냥 아주아주 많이 슬프기만 했다. 심장 부위가 실제로 아팠다. 뼈저리게 아프다는 게 뭔지 알 수 있었다. 정말 기절할 것처럼 아팠다.

알고 보니 나는 아빠를 사랑하고 있었다. 내가 처음 사랑했던 모습으로 아빠를 되돌릴 능력이 없었을 뿐이었다.

캐나다에 사는 고모에게 전화하자 고모는 잠시 생각에 잠겼다가 말했다. 나는 돌아갈 수 없으니 너희가 알아서 해. 네 고모부가 세상을 뜬 지 반년밖에 안 됐거든……. 나는 알았다고 했다. 달리 무슨 말을 할 수 있겠는가? 그때 고모는 민폐라고 생각해서 우리에게 알리지 않았던 것일까? 고모가 알려 줬다면 나는 분명 아빠에게 찾아가라고 전했을 테고 그랬다면 고모와 아빠는 만났을 것이다…….
그랬다. 어른이 되고 나니 세상이 크기는 상상했던 것보다 훨씬 작은데 거리는 아주 길게, 우리가 아는 것보다 훨씬 더 멀리 늘어날 수 있는 듯했다.

결국 아빠의 뒷일을 처리하러 상하이로 날아간 사람은 엄마였다. 다 같이 공항으로 배웅을 나갔는데 그때까지 내내 조용히 있던 커러가 갑자기 집에 돌아가서 중국 여행 증명서를 가져오겠다고 했다. 또 우리와 상의도 없이 저녁 비행기를 예약하고는 엄마와 함께 가겠다고 우겼다.

나와 마이클은 커러가 중국에 가려 할 줄은 상상도 못 했기 때문에 깜짝 놀랐다.

상하이에서 엄마가 전화해 아빠의 여자 친구가 아빠를 화장한 뒤 유골을 상하이에 두려 한다고 말했다. 유골을 간직하겠다는 말은 아빠의 재산도 간직하겠다는 뜻이었다. 난 피곤하고 그 여자랑 다투기도 싫은데 너희 생각은 어때? 엄마의 화를 부추기기 싫어서 나는 마음대로 하시라고 했다. 아빠의 유골이 완전히 생소한 도시에 남겨진다고 생각하자 상하이에서 죽은 사람이 아빠처럼 느껴지지 않았다.

나중에 엄마는 커러가 아빠 시신을 보고 계속 울었다고 알려 주었다. 나는 커러가 가기 전까지 안 울어서 그랬을 거라고 말했다. 그런데 커러는 홍콩으로 돌아온 뒤에도 계속 울었다. 어쩌다 멈췄을 때도 갑자기 뭐가 생각난 듯, 길에 버려진 아이처럼 또 엉엉 울음을 터뜨렸다.

34 탄커러의 퇴장

1

아빠는 홍콩에도 친구가 많아서 따로 날을 잡아 영결식을 치렀다.

낯익은 얼굴이 많이 찾아왔다. 그들은 나와 커러를 보고 언제 이렇게 컸냐며 탄식했다. 나는 그들을 몰랐고 그들도 나와 커러를 다시 만날 생각이 없어 보였다. 그들 눈에 나와 커러는 여전히 어린애, 철없는 어린애였다. 그들에게 자기보다 어리면서 이해할 수 없는 일을 하는 사람은 그냥 어린애에 불과했다. 시대에는 보이지 않는 틈이 있어서 잘못하면 그 속으로 떨어질 수 있다는 말을 아주 오래전에 들은 적이 있다. 그제야 무슨 뜻인지 알 수 있었다.

영결식에서도 커러는 계속 울었다. 낯선 사람들 앞에

서 우는 모습을 보니 답답하고 심란했다. 커러는 더 이상 낮출 수 없을 만큼 작은 소리로 흐느끼며 말했다. 아빠한테 아무 말도 못 했어…….

아주 오래 고민하고 나서야 "아빠한테 아무 말도 못 했어."라는 말이 무슨 의미인지 알 수 있었다. 올 정월 초하루에 아빠에게 새해 인사를 드리라는 내 당부를 따르지 않았던 것이었다. 커러는 그날 밤 몽콕 거리로 나섰고 마지막에는 벽돌을 집어 들었다. 다행히 무탈하게 집으로 돌아갔지만, 새해 인사든 아니면 다른 무슨 말을 하기 위해서든 커러는 아빠에게 전화하고 싶은 마음이 한층 더 들지 않았다. 그로부터 여덟 달이 흐른 뒤 우리는 아빠의 영결식에서 하염없이 눈물을 흘리게 되었다. 그런 일들의 연관성을 누가 알려 줄 수 있을까? '왜'와 '그래서'가 대체 어떻게 작동하는지 누가 말해 줄 수 있을까? 마땅히 해야 하는 일과 하지 말아야 하는 일을 누가 가르쳐 줄 수 있을까? 내게 명확히 설명해 주는 사람은 아무도 없고 커러는 상심의 궤적을 눈물로 이어 붙이고 있었다.

나는 아빠의 부재가 커러에게 미칠 영향을 한 번도 생각해 본 적이 없었다. 하지만 이제 아빠의 퇴장이 커러에게 미칠 상처를 무시할 수 없게 되었다. '인생의 길잡이', '사상적 내비게이션' 역할을 해야 하는 아빠를 커러는 오래전에 잃어버렸고 아마 앞으로도 아빠를 대신할 대부나 방향성을 제시해 줄 모델을 찾기 힘들 터였다. 커러, 통곡을 멈출 수 없는 이유가 바로 그거지?

잃어버린 아빠, 영원히 찾지 못할 대부…….

내 생각은 커러 개인에만 머물지 않고 커러의 친구들에게까지 이어졌다. 그들의 길잡이, 항법사, 인생 모델은 어디에 있을까? 이 시대 젊은이의 아버지들은 아들들과 함께 험난하고 혼란스러운 세상에서 출구를 찾아낼 수 있을까?

나는 커러에게 대부를 대신 찾아줄 수는 없어도 네가 무엇을 잃어버렸는지는 안다고밖에 말해 줄 수 없었다. 나는 네 누나이고 언제나 옆에 있을 거라고 약속하는 게 전부였다.

커러가 무슨 소용이 있겠냐고 말했다. 커러의 얼굴이 참담하지만 않았어도 한 대 때려 주었을 터였다. 그랬다. 다들 무슨 소용이 있겠냐는 말을 입에 달고 살았지만 커러가 말했을 때는 유독 반감이 들었다. 커러, 내 노력이 아무 도움도 안 된다는 걸 당연히 나도 알지만 어쨌든 노력은 노력이야. 아주 보잘것없어도 분명 에너지이고 아주 작더라도 동력이라고. 설마 질량 보존의 법칙을 잊어버렸니? 네가 우습게 생각하는 이런 사소한 행동이 언젠가는 크고 거센 물결이 될지 누가 알겠니……?

커러가 내 분노를 순식간에 가라앉혔다. 탄커이, 정말 순진하다, 사랑해.

다만 커러 옆을 지키는 일은 내가 상상했던 것보다 훨씬 무겁고 힘들었다.

2

또 한 해. 시간이 산산이 부서지며 빠르게 흘러갔다.

매일 이 도시는 대체 불가능한 것들을 조금씩 잃어 갔다. 아주 조금씩이라 우리는 당황하면서도 아무렇지 않은 척했다. 사실상 대책이 전혀 없어서였다. 고유한 특색마저 서서히 쇠퇴하고 사라져 갔다. 일이 터질 때마다 사람들은 더 나빠질 게 뭐가 있겠냐고 격분을 금치 못했다. 하지만 결론적으로는 아직, 여전히 많이 남아 있었다.

심지어 그들은 젊은이들을 감옥에 가두기까지 했다.

나는 커러에게 많이 슬프냐고, 괜찮으냐고 물어볼 수조차 없었다. 나부터 전혀 좋지 않고 너무 슬펐기 때문이다. 정의가 무너지는데 누가 좋을 수 있겠는가? 상식이 파괴되고 마음이 불안정한데 지렛목을 어디에서 찾을 수 있겠는가? 어떻게 해야 되돌릴 수 있을까……?

커러가 내년에 졸업하지? 엄마가 물었을 때 나는 괜

히 짜증을 냈다. 그럼 어쩌라고요? 돈 벌어서 엄마를 모시라고요? 엄마가 혀를 내두르며 말했다. 그런 게 아니야, 여기서는 불행한 것 같으니 다른 지역 대학원에 보내야 하나 싶어서.

다른 곳에 가면 행복해져요? 엄마는 외국 관광지에서 화난 홍콩인을 본 적이 없나 보죠? 우리는 어디에서도 행복할 수 없다고요.

마이클이 중얼거렸다. 탄커이, 성격 정말 나빠졌네. 나는 한층 더 씩씩거리며 마이클을 몰아세우듯 소리쳤다. 여기가 이렇게 형편없어졌는데 나라고 같이 망가지지 않을 수 있겠어?

마이클은 매일 인터넷으로 여행 정보를 훑어보며 휴가를 가자고 했다. 나는 신경 쓰지 말라고, 돈을 많이 벌면 행복해질 거라고 말했다. 마이클이 눈살을 찌푸리며 왜 그렇게 많은 돈이 필요하냐고 물었다. 나는 계속 소리쳤다. 홍콩 전체를 사들일 거야, 그러면 제일 좋은 모습으로 되돌려놓을 수 있으니까. 마이클은 못 말리겠다는 듯 고개를 저었다. 그러고는 아차오를 만나러 독일에 가야 한다며 비행기표를 예약했다.

출발하기 전 커러가 찾아와 말했다. 누나, 약속했잖아……. 나는 고개도 들지 않고 대꾸했다. 내가 뮌헨에서 돌아올 때까지 기다려 줄 수 없었어? 커러는 핸드드립 커피를 내려 달라고 부탁했다. 나는 말없이 커피를 내렸고 커러는 그 육 분 동안 내가 무엇을 도와주면 좋을지 명확하게 말했다.

핸드드립 커피는 향이 무척 좋았다. 커피는 사람보다 충성스러웠다. 나는 정말 화가 나서 컵을 벽으로, 커러의 관자놀이로 던지고 싶었다. 커러, 너는 왜? 왜 남들처럼 못 사는데? 매일같이 나쁜 일이 줄줄 터지니까 사람들은 이제 신경도 쓰지 않아. 너도 남들처럼 소리 없이 썩어 가면 될 것을 왜 그렇게 진지하냐고?

커러는 무척 진지하게 답했다. 나는 탄커러니까.

나도 알아. 네가 지금의 네가 된 것에 대한 책임을 따지자면 나도 벗어날 수 없겠지. 그래, 나는 너에게 책임을 져야 해. '책임'이라는 게 이제는 시대에 뒤떨어진 행동이라고 해도 말이야.

손이 심하게 떨려 나는 두 손으로 컵을 꽉 잡고서야 커피를 다 마실 수 있었다. 커러가 '마이—커러'를 나가자마자 나는 뮌헨행 비행기표를 취소하고 아차오에게 최대한 빨리 돌아오라고 전화했다.

나는 아차오에게 방금 내 인생에서 가장 큰 일을 맡았으니 반드시 돌아와서 도와줘야 한다고 말했다.

왜 마이클과 상의하지 않고 아차오에게 도와달라고 했는지는 설명할 수 없다. 나도 모르겠다. 아무것도 말해 주지 않아서 마이클은 뮌헨행 비행기에 오르고 아차오는 홍콩으로 돌아왔다.

이틀 전 오후부터 계속 떨리는 손을 아차오가 꽉 잡아 주었을 때에야 나는 말을 할 수 있었다. 지난 이틀 동안 제대로 된 문장을 말하지 못했다. 나는 아차오에게 커러가 자신의 퇴장 메커니즘을 작동시키려 한다고 말했다.

아차오가 눈을 동그랗게 뜨고 물었다. 무슨 말이야?

커러가 죽으려고 해.

35 너의 괴로움을 나는 다 알아

1

‘커러의 퇴장 메커니즘’이 무슨 뜻인지 다 이야기한 뒤 나는 아차오의 표정을 보자마자 곧장 옆으로 비켰다. 아차오는 거의 튕겨 나가듯 화장실로 달려갔다. 토하려는 것임을 알 수 있었다. 그날 커러가 도와 달라는 말을 마쳤을 때 나도 그랬다.

아차오에게 다 식은 블랙커피를 마시라고 했다. 구토한 뒤 입에 남은 역한 냄새를 없애는 데 블랙커피가 효과적이라는 사실도 이틀 전 오후에 알았다.

아차오가 물었다. 어디 아픈 거야?

아차오가 곁에 있으니 나는 많이 진정되어 그럭저럭 평온한 표정도 지을 수 있었다. 맞아, 아파. 하지만 아파서 그러려는 게 아닌 건 너도 분명히 알아야 해. 나는 아차오가 쉽게 받아들이지 못할 줄 알고 있었다. 아차오에게 앉으라고 한 다음 마음의 병, 우울증에 대해 어떻게 생각하는지 계속 말을 시켰다. 그러면서 아무 말 없이 바닥에 이불을 깔고 아차오가 지쳐서 쓰러지기를 기다렸다.

마이클이 뮌헨에서 전화해 다짜고짜 소리쳤다. 당신 미쳤어?

내가 그렇다고 하자 마이클은 대답 없이 전화를 끊어버렸다.

비몽사몽 상태의 아차오에게 나는 그날 오후 커러가 했던 말을 되풀이해 들려주었다.

커러가 피곤하다고 했어. 나는 고개를 들어 흘겨보고는 여기에 안 피곤한 사람이 있냐고 물었지. 그러면서 손에 든 제안서를 계속 훑어봤어. 커러가 핸드드립 커피를 만들어 달라더라. 아, 나는 바로 알아들었어. 커러가 위로받고 싶어 하는구나 하고. 밖에서 기분 나쁜 일을 당했거나 말썽을 일으켰겠거니 했어……. 그래서 나는 조용히 커피를 내리며 커러의 말을 들었어.

나는 드립 포트를 들고 여과지의 커피 가루 위로 물을 부었다. 조금씩 계속, 거의 기계적으로 부으면서 물이 넘치지 않도록 포트에 집중하라고 속으로 되뇌었다. 커러의 말에 내 온몸이 덜덜 떨리고 있었다. 엄마의 산후 우울증부터 시작해 아빠의 좌절, 엄마 아빠의 불화는 물론 내 사춘기의 불안과 공포까지…… 거의 말하지 않았건만 커러는 전부 다 알고 있었다. 그런 다음 커러는 지난 몇 년간 실망한 일을 털어놓았다. 어떻게 예팡을 한 번 두 번 세 번씩이나 밀어냈는지 말하고, 그러다 예팡이 정말로 새로운 사람을 만나자 그 남자를 때렸다고 말했다. 결국 커러는 보석으로 석방된 신세가 되었다. 이 도시에는 보석으로 석방된 젊은이가 무척 많았다. 다만 그들은 도시의 부조리를 목격했기 때문이었지만 커러는 자신의 부조리 때문이었다. 커러는 다른 사람들처럼 핑계를 잔뜩 늘어놓는 대신 자신이 형편없었다고 직접적으로 말했다. 그게 끝이 아니었다. 커러는 대부업체에서 10만 위안을 빌렸다. 룸메이트가 결혼하는데 이미 대출이 많아 더 빌릴 수 없자 자신이 나섰다고 했다. 이후 커러는 자기가 조울증 환자임을 알았다. 그랬다. 심리학 수업을 들었고 정서 장애 연구 프로그램의 조사원으로 일하지 않았던가. 커러는 약을 먹기 시작했고 약물 부작용으로 밤낮이 뒤바뀌었다. 그러다가 학교를 그만두었다. 그러고 나서는 정상인인 척하는 데 너무 지쳐서 퇴장을 결심했다.

커러가 말했다. 사람들이 아직 망가지지 않았는데도

눈에 거슬린다는 이유만으로 물건을 버리는 것처럼 나는 이런 방식으로 내 삶을 정리하고 싶어.

고작 육 분 만에 커러는 가벼운 어투로 자신이 하려는 일의 원인과 결과를 간결하고 명확하게 설명했다.

누나가 도와줘. 왜 꼭 누나가 도와줘야 하느냐는 하나마나 한 말은 관두고. 내 누나니까, 그게 다야. 내가 누나를 찾을 수밖에 없다는 것도 잘 알잖아. 내 죽음이 갑작스러운 사고로 보이면 좋겠어. 다들 어쩔 수 없었다고 생각하며 잠깐만 슬퍼하면 좋겠어. 누구도 내 죽음에 정서적인 책임을 느끼지 않았으면 해. 그래서 자살은 안 돼. 내가 조울증에 걸렸다는 사실도 몰라야 해. 지금은 나를 귀찮아하고 싫어하는 사람이 많지만 일단 내가 죽으면 후회하고 아쉬워하는 사람도 분명 있을 거야. 내 목숨으로 그들을 조롱하려는 게 아니야. 우리는 그냥 미래를 분석할 능력이 부족해. 내가 떠나는 건 그들의 무지와 무정을 증명하려는 게 아니라고. 정말로 그냥 떠나고 싶을 뿐이야. 모바일 게임에서 한 판을 망치면 더는 계속할 수 없는 것과 똑같아. 그래서 내가 떠났을 때 그들에게 미칠 영향을 최소화하고 싶어. 누나는 내 누나니까 내가 어떤 방식으로 떠나든 슬퍼할 게 분명해서 누나 하나만 슬프게 하려고. 알지? 누나가 안 도와줘도 나는 떠날 거야.

아차오가 커러를 때려 줬느냐고 물었다. 나는 그렇게 말하는 커러의 모습을 봤다면 너도 커러가 오랫동안 사람들 앞에서 정상인 척했던 게 얼마나 힘들고 피곤하고 공허하고 부질없는 일이었는지 이해했을 거라고 답했다.

나는 거절할 수 없었다. 그동안 커러는 내내 말 잘 듣는 아이였다. 커러 말대로 문제없는 사람처럼 보이려고 노력했기 때문이었다. 하지만 온몸의 상처는 한 번도 아문 적이 없었다. 나는 늘 커러 옆에 있었고 커러가 지금의 그가 되는 데 일조했다. 이게 책임인지 아닌지는 몰라도 어쨌든 커러의 슬픔을 나는 모두 알고 있었다.

2

왜 커러의 결정을 마이클에게 말하지 않고 아차오에게 돌아와서 도와달라고 했는지 나는 명확하게 설명할 방법이 없었다. 커러를 향한 마이클의 사랑은 조금도 의심하지 않았지만, 커러의 생각에 마이클이 기겁할 것도 잘 알고 있었다. 알게 되면 마이클은 도리만 따지면서 얼마나 잘못된 생각인지 훈계할 터였다. 어떻게든 커러의 시도를 막으려 할 게 뻔했다. 그게 마이클의 본능이니 커러한테 뭐가 필요한지 똑바로 볼 리 없었다.

반면 아차오는 매일 해가 져도 똑같은 일몰은 없다는

걸 커러에게 가르쳐 준 사람이었다.

커러에게 구체적인 생각이 있느냐고 아차오가 물었다. 사실 커러는 머릿속으로 여러 차례 시뮬레이션하면서 민폐가 될 방법을 배제하다가 바다를 택했었다. 하지만 나는 결과가 너무 참혹해서 그 모습을 본 사람들은 잘 지내기 힘들 거라고 반대했다. 결국 커러는 실종으로 받아들여질 수 있는 산으로 결정했다. 그리고 외국에서 실행하기로 했다.

아차오는 아무 말도 못 했다.

마이클은 사흘 뒤 돌아왔고 그때부터 나와 시차가 생겼다. 나는 조금 빨라지고 마이클은 조금 느려져 우리 사이는 며칠이 어긋났다. 그냥 그렇게 되었다. 나는 조만간 보조가 맞춰지리라 생각했다. 그럴 줄 알았다.

마이클은 주말이 다 지날 때까지도 연락하지 않았다. 결국 출근하고 나서야 우리는 '마이차오커러'에서 만났다. 마이클은 간판에 다시 '차오' 자가 끼워진 것을 보고는 콧방귀를 뀌었다. 하지만 아차오가 탕비실에서 고개를 내밀며 인사하자 안색이 금세 누그러지더니 아차오를 꽉 안아주기까지 했다.

오전 내내 마이클은 나를 무시했다. 아차오는 말을 돌리는 법이 없어서 나를 가리키며 마이클에게 말했다. 재한테 화난 거죠? 그렇지만 재한테 피터팬 증후군이 있는 걸 알아주세요. 인생에서 중요한 일을 앞두면 항상 망가뜨리고 싶어 하거든요…….

과연 마이클은 궁금해했다. 인생에서 중요한 일이라는 게 뭔데?

아차오는 얼굴색 하나 바꾸지 않고 덤덤하게, 재가 마이클과 결혼하고 싶어 해요, 라고 말했다. 그러면서 나를 감싸 주려는 듯 살짝 치기까지 했다.

36 결혼과 죽음

1

아차오는 내가 쑥스러워서 못 하는 말을 대신해 주는 듯 말했지만, 이게 무슨 귀신 씻나락 까먹는 소리란 말인가? 내가 마이클과 결혼하려 한다고?

하지만 고개를 돌려보니 뜻밖에도 마이클의 안색이 온화해져 있었다.

아차오가 나직하게 말했다. 나한테 고마워해.

아차오는 원맨쇼를 이어 갔다. 아시다시피 얘는 사건의 자초지종을 제대로 설명할 줄 모르잖아요……. 사실이라 나는 부인할 수 없었고 마이클 역시 고개를 끄덕였다. 나는 밖으로 나가고 싶었지만 아차오는 내 어깨를 꽉 잡아 자기 옆에 붙들어 앉히면서 결혼 이야기를 이어 갔다.

애 고집은 잘 아시죠? 얘는 때가 되었다는 것을 알아요. 결혼이요, 마이클에게 시집갈 때요. 그리고 마이클, 잘 알겠지만 마이클은 분명 왜냐고 물을 거예요. 맞죠? 마이클이 힘껏 고개를 끄덕였고 아차오는 말할수록 점점 더 흥분했다. 얘는 제대로 설명할 수 없어서 발악하듯 마이클을 뮌헨으로 내팽개친 거예요. 그래 놓고 얼마나 심각한 일인지 깨달았는데 혼자는 처리할 수 없으니 저를 불러들였지요…….

아차오가 가장 잘하는 일이 결혼식 기획이었으니 그보다 더 마이클을 잘 설득할 수 있는 말은 없었다. 아차오는 예전에 사람들은 얻지 못하는 것일수록 완벽하고 아름답게 상상할 수 있다며 어느 날 동성결혼법이 통과되면 자신이 기획하는 결혼식은 아주 평범해질 거라고 말한 적이 있었다.

어쨌든 아차오의 말이 끝났을 때 억울한 사람은 나이고 잘못한 사람은 마이클이 되어 있었다.

마이클은 심지어 나를 꽉 안아 주기까지 했다.

나는 시치미를 딱 뗐고 마이클은 커러를 불러 잔뜩 흥분한 얼굴로 탄커이와 결혼하려 한다고 선언했다. 네 무서운 누나를 데려가려고, 나 정말 용감하지 않냐? 너한테 제일 먼저 알리는 거야, 네 누나가 너한테 제일 먼저 알려야 한다고 고집했거든.

커러가 고개를 갸웃하며 나를 훑어보았고 나는 부끄러운 척 시선을 피했다.

언제인데요? 커러가 묻자 아차오가 끼어들어 최소한 일 년 반은 걸릴 거라고 했다. 두 사람이 한참 서로를 노려보며 눈빛으로 싸우고 소리 없이 대화했다. 나 알아, 네가 아는 줄 나도 알아, 내가 안다고 네가 아는 거 나도 알아. 그런 다음 커러가 고개를 돌렸는데 화가 난 건지 실망한 건지는 알 수 없었다.

사무실에서 나간 커러를 엘리베이터 앞에서 붙들고 마이클은 모른다고 말했다. 커러가 한동안 생각에 잠겼다가 말했다. 이미 이 상황에 이르렀는데 내가 뭘 어쩌겠어? 나는 사람 목소리에 그렇게 복잡한 감정이 실릴 수 있는 줄 처음 알았다. 커러가 계속 말했다. 걱정하지 마. 누나 결혼식에는 꼭 참석할 테니까. 누나가 원하는 건 다 할게. 누나는 내 누나니까. 다만 누나도 육 개월 안에 결혼하겠다고 약속해 줘. 나는 고개를 끄덕였다. 커러가 내 귀에 속삭였다. 내가 정말 버틸 수 없다는 거 알잖아. 나는 고개를 끄덕인 뒤 눈물을 줄줄 흘리며 엘리베이터의 숫자가 켜지는 걸 바라보았다. 숫자는 거꾸로 줄어들다가 마지막에 G로 바뀌었다.

굿바이(Goodbye)의 G였다.

아차오는 큰 공을 세웠다고 생각하며 말했다. 최소한 커러한테 반년의 시간은 벌어 줬잖아? 내가 되물었다. 그러고 나면? 정말로 마이클에게 시집가라고? 아차오가 기세등등하게 대답했다. 당연하지. 커러한테 결혼식을 도와달라고 해. 하루하루 살다 보면 어느 순간 생각이 바뀔지도 모르잖아. 모든 게 멈추는 상황이 최악이라고. 무슨 일이든 벌어지면 전환점도 생길 수 있어.

아차오의 낙천성은 나의 순진함과 달랐다. 아차오는 기억에 남을 만한 온기와 빛을 지니고 있었다.

나는 살짝 감상에 젖었다. 소녀일 때 확실히 내 결혼을 상상해 본 적이 있었지만, 사실 영화 장면에 가까운 그런 욕망과 갈망은 간접적인 감정이었다. 남들 결혼식을 기획하면서 내 결혼에 대한 상상은 갈수록 단순해졌다. 아빠가 집을 나간 뒤로는 아빠 손을 잡고 레드 카펫의 반대쪽으로 걸어가는 장면마저 지워 버렸다. 사람들은 사랑이 아닌 다른 이유로도 레드 카펫을 걸어 결혼에 이르렀다. 누군가를 구하기 위해 결혼하는 사람도 내가 처음은 아닐 듯했다. 좋아, 그렇게 하자. 어차피 다른 방법도 없으니까. 커러를 위해서라면 결혼 정도야 식은 죽 먹기지.

2

마이클은 정말 구제 불능이었다. 그는 커러의 반응이 냉랭하다면서 우리가 결혼해 자신이 자형으로 진짜 가족이 되기를 커러가 내내 바라는 줄 알았다고 실망스러워했다. 나는 대꾸할 말이 없어서 가볍게 한숨만 내쉬었다.

커러가 찾아와 불평인지 짜증인지 알 수 없게, 죽은 물고기가 살아난 듯 표정도 없고 감정도 없이 말했다. 마이클이 중고등학교 교복을 입고 들러리를 서 달래…….

가만 보니 커러는 표정이 멍했다. 커러가 언제부터 이렇게 아무 표정도 감정도 없이 말을 했지? 이 년? 왜 전혀 눈치채지 못했을까? 한탄과 후회가 끝없이 밀려들었다. 시간을 되돌릴 수 있다면…….

아차오가 마이클에게 짜증을 냈다. 그렇게 이상하게 굴지 않으면 안 돼요? 교복? 너무한 거 아니에요? 마이클은 억울하다는 표정으로 답했다. 그때 커이가 교복을 입은 커러와 같이 엘리베이터에 탔을 때에야 남자 친구가 아니라는 걸 알았어. 그랬더니 왠지 모르게 마음이 놓이더라고. 전부 그때 시작되었지.

나는 진심으로 미안했다. 마이클은 내 생각보다 훨씬 진지했다.

커러가 상관없다는 듯 교복을 아직 가지고 있지만 맞

지 않을 뿐이라고 말했다. 커러가 사 년 만에 이토록 키도 크고 가슴도 넓어질 줄은 상상도 못 했다. 그런데 영혼은? 어떻게 하면 커러의 영혼을 건장하게 만들어 어지러운 세파에 무너지지 않고 맞서도록 할 수 있을까?

우리 결혼에 대한 엄마의 반응은 '드디어'가 전부였다. 그러고는 눈물을 흘렸다. 기쁨의 눈물이었다. 나는 무척 얌전해져서 마이클과 엄마가 시키는 대로 다 했다. 친척들에게 절하며 차를 따르라는 것까지 받아들일 정도였다. 드디어 사기꾼의 심정이 이해되었다.

엄마가 커러의 졸업에 대해 말을 꺼내지 않은 건 아니었다. 그 순간 커러가 전광석화처럼 내 귀에 대고 막아 달라고 속삭였다. 나는 얼굴색 하나 바꾸지 않고 자료를 잔뜩 들이밀며 엄마의 의견을 구했다. 그렇게 나와 마이클의 결혼으로 커러가 마주하기 싫은 일을 엄마의 시선 밖으로 밀어내는 데 성공했다.

사실 우리는 늘 그랬다. 나와 커러는 서로를 보호하고 엄호했다. 왜 계속 그러면 안 되지? 왜 이토록 무서운 방법으로 퇴장하지 않으면 안 되는데? 내가 너를 놓쳐 놓고 알아차리지 못했던 걸까……?

커러가 내 뺨을 두드리며 말했다. 누나, 어서 시집가야겠다. 눈가에 주름이 생기기 시작했어.

내 결혼이 커러의 죽음과 연결되었다고 누가 상상할 수 있겠는가? 『천일야화』가 떠올랐다.

시간을 끌고 싶어서인지 오늘은 햇살과 공기와 꽃과 물이 있는 문학청년 스타일의 결혼식이 좋다가 내일은 흡혈귀의 400년 사랑 같은 스타일이 좋고 또 나중에는 중화민국 시대의 그대 손을 잡고 함께 늙어 가리라 같은 분위기가 좋았다. 변덕이 죽 끓듯 하고 시도 때도 없이 기분이 좋았다가 나빠지곤 했다. 마이클만 이상할 정도로 기분이 좋았다. 심지어 그는 그냥 결혼 준비일 뿐이잖아, 감정 기복이 이렇게 크니 모르는 사람이 보면 임신한 줄 알겠어……. 하고 농담까지 던졌다.

종말의 종소리 같았다.

37 포지티브

포지티브(positive), 인터넷 사전에 따르면 형용사일 때는 '명백한, 적극적인, 양성의, 확실한, 긍정적인, 절대적인'이란 뜻이고 명사일 때는 '정수, 긍정적인 것, 양성, 원급'이라고 했다. 반대말은 네거티브(negative)로 말 그대로 부정적이라는 의미였다. 포지티브는 정말로, 더할 나위 없이 좋았다.

사전에는 임신 테스트기 설명서에 나와 있는 해석이 없었다. 한 줄과 두 줄의 차이가 네거티브와 포지티브일 뿐 중간이 없었다. 우리는 어떤 상황에서든 전부 포지티브하려고 하지 않나? 수많은 사람이 자기 자신과 일을 조금 더 포지티브하게 바꾸려고 그렇게 많은 힘과 돈을 들이고 있었다. 그런데 아이러니하게도 그 글자가 임신 테스트기 설명서에 나왔을 때 엄청나게 네거티브한 의미로 다가왔다.

마이클이 욕실 바깥에서 탄커이, 계속 안 나오면 문을 부숴 버린다…… 라고 소리 지를 때까지 나는 망가진 기계처럼 아무것도 할 수 없었다. 마이클을 상대할 틈이 없었다. 커러가 필요했다. 커러와 같이 있고 싶다는 생각밖에 안 들어 얼른 옷을 갈아입고 밖으로 나갔다. 열두 살 처음 실연당했을 때부터 중요한 일이 생길 때마다, 그게 끔찍한 일이든 신나는 일이든 내 옆에는 언제나 커러가 있었다.

커러가 사는 집에 이르렀다. 제일 처음 사이완에서 얻었던 셋집에서 별로 멀지 않았고 학교도 더 가까웠지만 커러는 이미 학교를 그만두었다. 이 년 가까이 살고 있어도 나는 두세 번 물건을 날라 주러 갔을 뿐 손님으로 방문한 적은 없었다. 그래서 커러가 그 집에서 어떤 감정의 기복을 겪었는지 몰랐다. 예전 집보다 깨끗했지만 여덟 평 남짓한 작은 공간에 룸메이트도 두 명이라 비좁았다. 놀랍게도, 결혼하겠다며 커러에게 돈을 빌려 간 친구가 아직도 살고 있었다. 그는 그렇지 않아도 헝클어진 머리카락을 긁적이며 말했다. 제 친구와 가족 모두 그 여자가 싫다며 아무도 결혼에 찬성하지 않아서 결국 취소하기로 했어요. 그럼 돈은? 연회장, 여행, 사진, 웨딩 플래너 등 선지급

항목이 있었고 여자에게 사 준 다이아몬드 반지도 돌려받지 못했어요. 사실 지금은 가족과 친구들을 신경 쓰지 말아야 했다고 좀 후회하고 있어요. 결혼하는 사람은 저잖아요…….

커러는 이런 친구를 어떻게 참고 있을까? 나는 더 이상 상관하지 않았지만, 머릿속에서는 리볼버 총신을 그의 관자놀이에 댄 채 살려 달라 애원하는 그에게 커러의 병을 책임지라고 소리치고 있었다…….

우리 소리에 깬 또 다른 룸메이트가 침실에서 나와 졸린 눈으로 말했다. 커러는 이 시간이라면 해변을 걷고 있을 거예요. 산책? 네, 해변을 따라서 왔다 갔다 해요. 매일 저녁, 이 시간에? 맞아요.

내가 문을 나설 때 계속 자려고 방으로 돌아가던 룸메이트가 불렀다. 아침에 돌아올 때 잊지 말고 신선한 우유랑 갓 구운 파인애플 빵을 사 오라고 해 주세요.

커러가 밤마다 해변으로 나가 날이 밝을 때까지 걸어 다니는데 룸메이트는 대수롭지 않다는 듯 아침을 사다 달라고만 하다니…….

계단을 내려와 해변 쪽으로 걸어가자 멀리 커러의 모습이 눈에 들어왔다. 혼자 다급하게 걸음을 옮기고 있었다. 저게 어떻게 산책이란 말인가? 시간이 다 되어 동동거리는 사람처럼 길 반대편을 향해 뛰다시피 나아가고 있었다. 길이 끝나 더는 갈 수 없자 커러는 급격하게 몸을 돌리더니 왔던 길을 똑같은 보폭으로 빠르게 걸었다.

나는 길 맞은편 멀리에서 커러가 왔다 갔다 하는 모습을 지켜보았다. 커러는 울지도 큰 소리로 욕하지도 않았다. 그저 길을 재촉하는 사람처럼 보였고 반복적으로 왔다 갔다 할 뿐이었다.

커러를 불러 세울 준비가 끝났다고 생각했을 때 눈물이 또 주체할 수 없게 흘러내렸다. 나는 어쩔 수 없이 길 맞은편으로 돌아가 가슴을 가라앉혀야 했다. 그렇게 다가가다 물러서기를 새벽 2시 혹은 3시부터 4시가 넘을 때까지 반복했다. 거의 날이 밝을 무렵에야 나는 마침내 걸어가 커러 옆에 설 수 있었다.

나를 발견한 커러는 처음에는 멍한 표정을 지었지만 금세 진정하더니 숨도 한번 고르지 않고 환하게 웃었다. 왔어?

커러, 대체 얼마나 애를 써야 그렇게 쉽게 모든 걸 숨기고 멀쩡한 척할 수 있니?

나는 커러의 등을 토닥거렸다. 많이 힘들지?

커러가 말했다. 대부분의 경우 블랙홀로 던져져 계속 떨어지는 기분이야. 처음에는 무서웠어. 앞으로 어떻게 될지 모른 채 그냥 끝도 없이 계속 떨어지니까. 사람들을 피해 아무도 없는 곳으로 파고들 수밖에 없었어. 그런데 나중에 보니 떨어지는 게 그렇게 무섭지 않더라. 떨어지는 거나 계속 나아가는 거나 마찬가지더라고. 그렇게 네다섯 시간을 걸으면 가끔 블랙홀의 끝이 보이는 것 같아. 희미한 빛이 있는 듯해서 뚫고 나아가면 전부 다 해결될 것 같아. 하지만 대부분은 아무것도 보이지 않아. 계속 떨어지기만 하면 극도로 어지럽고. 그러면 돌아가서 메스꺼운 느낌이 사라질 때까지 침대에 누워 있는 수밖에 없어.

나는 그 모든 것이 끝나길 바라는 커러의 마음을 이해할 수 있었다.

커러는 거의 내 뺨을 때릴 듯 격하게 반응했다. 제발, 뭐라고 말해도 상관없어. 심지어 비겁하고 나약하다고 말해도 돼. 하지만 나를 이해한다고는 하지 마. 정신 질환자도 서로를 이해할 수는 없으니까. 감정적으로 동조한다고 어떻게 그 안의 무게를 대신할 수 있겠어? 누나가 나를 사랑한다는 게 이해한다는 뜻은 아니야. 그러니 이해한다고 쉽게 말하지 마. 그냥 내 옆에 있어 주면 돼.

나는 조용히 입을 다물었다.

멀리 하늘가가 희끄무레한 회색을 띨 때 나와 커러는 울타리가 없는 해변에 앉았다. 지난 며칠 동안 뛰어내리지 않았으니 내가 옆에 있을 때도 뛰어내리지 않겠지…… 하는 생각이 들었다. 그래 놓고 나는 네가 뛰어내리겠다면 나도 같이 뛰어내릴게, 라고 말했다. 말하고 나니 왜 늘 멍청한 말만 하는지 한심스러웠다. 커러가 하하 크게 웃었다.

내가 한마디 덧붙였다. 내가 너랑 뛰어내리면 세 사람이 죽는 거야. 커러가 조용해졌다.

커러의 반응이 무슨 의미인지 몰라 경거망동할 수 없었다.

탄커이, 정말 이기적이다. 누나는 늘 이기적이었어.

너한테도 전부 유전되었어. 내가 가진 건 너도 있다고. 이런 이기심만 빼고. 맞아. 난 이기적이라서 네가 내 옆에 없으면 안 돼. 내가 잘 아는데 나는 분명 산후 우울증에 걸릴 거야. 그러니 그 끔찍한 날을 견디도록 네가 내 옆에 있어야 해…….

커러가 한숨을 내쉬었다. 맞아, 나보다 더 누나를 잘 보살펴 줄 수 있는 사람은 없지.

커러가 먼 하늘가를 가리키며 말했다. 봐, 새로운 하루야. 제발 새롭게 좀 생각해, 예전에 썼던 해결책을 그대로 쓰지 말고.

날이 밝았다. 도로 하나를 건너자 갓 구운 빵 냄새가 풍겨 왔다. 그 냄새를 맡으니 염세적인 생각은 해 본 적이 없는 듯한 착각이 들었다.

커러와 나는 신선한 파인애플 빵이 나오는 찻집에서 아침 식사를 했다. 나는 마카로니를 먹고 커러는 밀기울을 먹었다. 분위기만 보면 다 먹은 뒤 학교에 가고, 이어서는 모든 문제를 해결할 방법을 배울 수 있을 듯했다.

그러고 나서 커러가 큰 소리로 울기 시작했다.

38 네거티브

갓 나온 신선한 빵은 마음을 달래 준다고 하지 않나? 건강한 밀기울은 영혼을 안정시켜 준다고 말하지 않나? 커러는 어둠의 에너지를 없애기 위해 다섯 시간이나 질주하지 않았나? 새로운 날이 되었다고 이미 의식하지 않았던가? 그래 놓고, 왜, 느닷없이, 이토록 큰 소리로 울음을 터뜨릴 수밖에 없단 말인가?

나는 속수무책으로 아무 반응도 할 수 없었다. 두 손 두 발을 모두 들었다. 대응법이 없음을 인정했다. 피할 수 없는 상황이라는 사실만 알았기 때문에 나는 조용히 기다렸다.

옆쪽 두세 테이블의 손님들이 크게 티를 내며 자리를 옮겼고 종업원은 혐오스럽다는 듯 나와 커러를 훑어보았다. 내가 부축하자 커러의 온몸이 거의 쓰러질 듯 넘어왔다. 나는 등도 두드려 주지 않고 손수건이나 냅킨도 건네지 않은 채 그냥 울게 내버려두었다. 몇 입 남은 마카로니를 조용히 다 먹고 나서 아이를 계속 품고 있으려면 끊어야 할 밀크티를 홀짝이며 나는 '아주 자연스러운 일이 일어났을 뿐'이라는 태도로 낯선 사람들의 소리 없는 비난과 판단에 맞섰다.

처음에는 일각이 여삼추 같고 모든 것이 두꺼운 유리 속에 압축된 듯 괴로웠다. 지구가 멈춘 것 같고 눈앞의 광경이 영원히 끝나지 않을 것만 같았다. 하지만 일단 시작되자 '어쨌든 커러 편에 서야 한다'는 마음으로 계속 나아갈 수 있었다. 당연히 힘들었다. 하지만 시간은 흐를 테니 진흙탕 속일지라도 계속 나아가다 보면 어쨌든 반대편에 도달할 터였다.

이십 분 정도 지나자 커러의 대성통곡이 흐느낌으로 변하면서 차츰 잦아들었다. 종업원에게 따뜻한 물을 부탁해 건넸더니 커러가 단숨에 컵을 비웠다. 좀 나아졌어? 내가 묻자 커러가 손수건을 꺼내 얼굴을 닦으며 대답했다. 이제 좀 좋아졌어. 그런 다음 아무 일도 없었던 듯 가게 바깥의 빵 판매대로 가서 룸메이트에게 줄 파인애플 빵을 샀다. 커러는 점원에게 괜히 음식을 낭비하지 말고 어제 팔다

남은 빵을 달라고 하고는 어깨를 으쓱하며 내게 말했다. 미각이 발달한 사람이 아니야. 생전 빵값을 주지도 않고.

여전히 의뭉스럽고 유머 감각이 있지만 커러가 또 언제든 조금 전처럼 대성통곡할 수도, 다 버리겠다고 결정할 수도 있음을 나는 잘 알고 있었다.

커러와 돌아가다 보니 거리에 잠에서 덜 깬 직장인과 학생들이 가득했다. 나와 커러는 흐름을 거슬러 가는 셈이었다. 커러의 집 아래층에 도착했을 때 나는 뭔가 말하려 입을 벌렸는데 말이 나오지 않았다. 커러가 나를 뒤쪽 계단으로 데려가 앉으며 이야기했다. 누나가 늘 똑같은 방법을 쓴다고 했던 말 사실이 아니야. 오히려 무척 창의적으로 문제를 해결하지. 내가 아까 그렇게 우는데도 전혀 겁내지 않았잖아. 누나가 놀라 쓰러지는 일은 없을 거야. 누나는 내가 아는 것보다 훨씬 용감해. 보아하니 충분히 엄마가 될 수 있겠어.

청소부 아주머니가 위층을 다 청소하고 내려왔다가 나와 커러를 보고 깜짝 놀라며 안 좋은 표정을 지었다. 커러는 손에 들고 있던 차가운 우유를 건네면서 인사했다. 이 시간에 일을 시작하시는 거 알아서 일부러 챙겨 왔어요. 건물 층층을 항상 깨끗하게 청소해 주셔서 감사합니다. 커러의 말에 아주머니가 활짝 웃었다. 아주머니가 멀어진 뒤 내가 말했다. 너는 정말 사람 기분 좋게 말할 줄 안다니까.

커러가 설명했다. 처음에는 그냥 아무려면 어떠냐는 생각이었어. 어차피 나는 더 이상 견딜 수 없으니까 너무 따지지 말자고. 어쨌든 열심히 살아가는 사람들인데 좀 편안하게 만들어 주자고. 그게 최소한의 도리이자 책임이라고 생각했어. 거리의 사람들을 좀 봐 봐. 하나같이 얼굴을 잔뜩 구기고 있잖아. 그래, 여기는 홍콩이니까. 하지만 조금 전 아주머니만 해도 여전히 남한테 웃어 주잖아. 나는 사람 기분을 달래 주는 능력이 있는 게 아니라 어떻게든 찌푸린 사람들이 웃을 수 있도록 노력할 뿐이야. 기분을 잘 맞춰 준다기보다 장난을 좋아한다고 할까. 나는 이미 카뮈의 『이방인』 속 마지막 부분처럼 "세상의 정다운 무관심에 마음을 열고 있었던" 지경에 이른 것 같아. 설령 지더라도 소위 말하는 현실과 운명을 비웃고 싶어.

커러에게 『이방인』을 읽어 보라고 권한 사람은 나였다. 그때 나는 네가 이해받지 못한다고 느낄 때 위로가 될 거야…… 라고 말했다. 나는 무척 감동했지만, 정작 내 입에서는 재미도 없고 어울리지도 않는 말이 튀어나왔다. 그래서 조금 전에 나더러 용감하다고 말한 게 그냥 장난이라고?

커러가 나를 흘겨보았다. 탄커이, 왜 굳이 못 알아듣는 척을 해?

당황스러웠다. 커러가 옳았다. 언제부터인지 나는 아름다운 것을 마주하면 온몸이 불편해지면서 어떻게든 감정적 교류를 피하려 했다. 그랬다. 어떻게 응해야 하는지 몰랐다. 다른 사람의 공감과 선의를 어떻게 받아들여야 하는지 알 수 없었다. 행복과 희망, 선량함을 왜인지 몰라도 천박하고 촌스럽다고 생각하며 비아냥과 냉소의 대상으로 삼았다. 나는 어쩌다 거만한 데다 그걸 인식도 못 하는 사람이 되었을까? 감동하면 약해 보인다고 생각해 차라리 관심을 끊고 깔보면서 아무렇지도 않은 척했다. 나도 모르는 사이에 마음이 비뚤어진 사람이 되고 말았다.

커러가 말했다. 탄커이, 나를 싫어하게 되더라도 분명히 짚고 넘어가야겠어. 곧 엄마가 될 테니 제발 더는 이러지 마. 무슨 일이든 그냥 웃고 넘어갈 수는 없어. 사회에서 일어나는 일이든 우리 개인에게 일어나는 일이든 다 마찬가지야. 전부 진지하게 대해야 해. 설마 나라고 그게 얼마나 힘든지 모르겠어? 하지만 언제든 블랙홀에 빠질 수 있는 나 같은 사람조차 하루하루를 필사적으로 열심히 사는데 설마 누나가 대범하고 당당하게 표현할 수 없다는 거야? 그러면 그렇고 아니면 아니라고 말해, 알겠어?

나는 부끄러워졌다.

문득 아주아주 오래전에, 스케이트보드를 가르쳐 주었던 아수였는지 아니면 카페를 열었던 아썬이었는지는 이미 잊어버렸어도 어쨌든 누군가 나와 커러를 데리고 탑문으로 연을 날리러 갔던 일이 생각났다. 그곳은 기억 속에만 존재할 수 있을 만큼 아름다운 곳이었다. 한 번 또 한 번 커러는 손에 들고 있던 연줄을 계속 놓아 버렸다. 커러가 원하는 연날리기는 연을 아무 통제 없이 자유롭게 날려 주는 것이었다. 커러는 내게 용감하다고 했지만 커러가 연을 놓을 때처럼 내가 과연 그를 놓아줄 수 있을까? 또 마이클과 뱃속의 작은 생명까지 포함해 내가 사랑하는 사람들은? 그들이 오롯이 현실을 직시하고 그들만의 힘과 감정으로 진정한 자아를 찾을 수 있도록 놓아줄 수 있을까?

탄커이로 태어나 그들과 함께 겪고 쌓아 온 지금 이 자리, 이 순간은 내가 할 수 있고 없고의 선택이 아니라 그럴 수밖에 없는 필연이었다.

휴대 전화 전원을 켜자 마이클한테서 온 문자가 우르르 떠올랐다. 임신 테스트기를 발견했다며 바람을 피워서 자기 아이가 아니라 피하는 거냐는 문자를 보자 마이클이 거의 미칠 지경임을 알 수 있었다. 마지막 문자는 경찰에 신고하겠다는 내용이었다.

나는 마이클에게 전화를 걸어 "여보세요."라고 한 뒤 일단 다 관두고 내 말부터 잘 들으라고 했다.

마이클, 용서해 줘. 당신과 결혼하려는 첫 번째 이유는 사랑해서가 아니야…….

39 가슴에 품은 사람

'마이차오커러'는 방 두 개와 홀 하나로 구성되었고 일이 새로 들어올 때마다 방을 하나씩 차지하고 썼다. 그렇게 해서 두 개가 넘는 일을 동시에 받을 수 없음을 상기시켰다. 아무리 돈을 많이 벌고 싶어도 능력을 과대평가하지 않으려는 의도였다. 나와 아차오와 마이클은 개인 사무실이 없었다. 우리에게 목제 가구를 제작해 주었던 쉬 선생은 철거를 앞둔 낡은 집에서 커다란 나무 문을 가져왔다. 매끈하게 다듬고 아름다운 무늬를 그대로 살린 문짝을 쉬 선생은 평평하게 눕힌 뒤 아래쪽에 지지대를 만들었다. 가구점에서 1만 위안이 우습게 넘어가는 긴 탁자를 그렇게 만들어 주었다. 나무 문이 변신한 탁자를 홀 중앙에 놓고 우리는 전부 거기 둘러앉아 일했다. 어쩌다 모르는 사람이 들어와 커피를 마실 수 있느냐고 물으면 탁자 옆에 앉으라고 손짓했다. 그 사람까지 컴퓨터를 켜고 커피를 마시며 일해도 다들 좁다는 느낌을 받지 않았다.

아차오는 사무실로 돌아와 처음 봤을 때 세상에 이렇게 큰 파쇄기가 있었나, 하며 자기 눈을 의심했다고 말했다. 그리고 누군가 '마이차오커러'를 파쇄기 안에 통째로 집어넣은 게 정말 충격적이었다고 했다.

나는 탁자 때문에 마음이 아팠다.

마이클을 대신해 아차오에게 사과했다. 마이클이 나를 죽일 수는 없으니 전부 망가뜨릴 수밖에.

당연히 내 편을 들었지만 아차오는 공정함도 잃지 않았다. 단순히 화가 났거나 좌절했거나 미워서 그런 게 아니야. 거기까지 가지도 못했어. 무슨 일인지 이해하지 못하는 거지. 마이클의 논리로는 정말 어처구니가 없을 테니까. 자기 아이까지 가져 놓고 왜 결혼을 취소하는지 이해할 수 없을 거라고. 대체 무슨 일인지 받아들이지 못하는 거야. 때로는 영문을 알 수 없는 상황이 사람을 더 미치게 만들어. 아차오는 잠시 멈췄다가 계속 말했다. SCL[17]의 절단된 철근 같은 거야. 알겠니? 너를 어떻게 해야 할지 알

17) 샤틴에서 센트럴까지 이어지는 홍콩의 지하철 노선. 여기에서는 2018년 공사 때 무단으로 설계를 변경하고 철근을 절단했던 사건을 비꼬고 있다.

수 없는 상황이라 엉뚱한 물건에 화풀이하는 수밖에 없었던 거지.

나는 소통을 거부하는 관리자가 아니었다. 하지만 어떻게 해야 마이클을 이해시킬 수 있을까? 아차오는 간단명료하게 조언했다. 결론과 결정만 이야기하지 말고 이유를 분명하게 밝혀.

도저히 자신이 없어서 일단 엄마를 찾아갔다.

나와 엄마는 예전에 아빠가 오후에 다과를 즐기러 자주 갔던 호텔 로비에서 만났다. 옆 테이블에서 중국 표준어가 왁자지껄하게 들려왔다. 원래는 조용히 상의해야 할 일이건만 엄마한테 똑바로 전달하려면 목소리를 높이는 수밖에 없었다. 나는 큰 소리로 임신했으며 마이클과의 결혼을 취소할 생각이라고 말했다.

갑자기 엄마가 몸을 돌리더니 옆 테이블에 앉은 남자 세 명에게 공손히 말했다. 죄송하지만 목소리 좀 낮춰 주시겠어요? 제 딸이 지금 인생에서 중요한 일을 이야기하고 있거든요. 나는 깜짝 놀랐고 세 남자도 얼어붙었다. 정말 신기하게도 엄마가 표준어가 아니라 홍콩말로 이야기했는데 그들은 알아들은 듯 순순히 고개를 끄덕였다.

웨이터가 엄마를 알아보고 날듯이 다가와 말했다. 탄 부인, 자리를 옮겨 드릴까요? 옆 테이블의 목소리가 이미 작아져서 엄마는 이제 됐다고, 괜찮다고 정중하게 대답했다.

엄마가 고개를 돌리고는 안도의 한숨을 내쉬며 말했다. 그래, 세상이 이제 달라졌어. 예전에 안 통했던 일도 방법을 바꿔서 접근해 봐. 제일 중요한 점은 자신이 믿는 게 무엇인지, 어떤 상황에서도 포기하기 싫은 게 무엇인지 분명히 아는 거야.

목소리를 낮춘 남자들을 보면서 나는 살짝 감상에 젖어 말했다. 지금 보니 교양 있게 행동할 수 있었네요……. 엄마가 무서운 눈빛으로 나를 흘겨보며 꾸짖었다. 이제 엄마가 될 사람이 제발 그렇게 멍청하고 쉽게 속지 좀 마라. 일을 그렇게 얄팍하게 보지도 말고.

나도 엄마처럼 사랑할 줄 모르고 잔인한 엄마가 될까요? 내가 물었다.

엄마가 깔깔거리며 웃었다. 그래, 분명 그럴 거야. 시간을 되돌릴 수 있다면 나는 조금도 주저하지 않고 배불리 먹였는데도 네가 계속 울던 때로 돌아가 너를 쓰레기통에 던져 버릴 거야……. 알겠니? 네 아빠가 내 손아귀에서 너를 구해 낸 게 한두 번이 아니야. 그러니까 아이를 사랑하는 남자를 찾아. 아, 사실 남자든 여자든 상관없어. 너와 함께 아이를 키워 줄 사람이냐가 중요하지. 그러면 혼자서 감당할 수 없는 수많은 스트레스를 줄일 수 있어. 그러고 나서 엄마는 눈을 깜빡이며 재치 있게 말했다. 나도 가능하니 고려해 봐. 말을 마친 뒤에는 키득키득 웃었다.

나는 엄마의 발뒤꿈치를 툭 치며 말했다. 꼬리를 드러냈네요. 아기를 사랑한 적이 있기나 해요? 엄마가 커러를 안아 준 게 몇 번인지 손으로 꼽을 수도 있어요…….

엄마가 침묵에 빠졌다. 그때는 엄마가 산후 우울증인지 몰랐다. 나는 엄마의 등을 가볍게 쓸었다.

엄마가 내 손을 잡으며 말했다. 한 가지 확실한 건 아주 많은 고통이 널 기다린다는 사실이야. 추상적인 고통이 아니라 측정할 등급이 있는 고통이지. 출산의 고통을 10이라고 하는 식으로 말이야. 정말로 아주아주 많아. 시도 때도 없이 온갖 종류의 고통이 네 몸과 마음을 인정사정없이 공격할 거야. 엄마는 잠시 멈췄다가 혼잣말처럼 계속 이어 갔다. 사실 나이를 먹으면 고통을 피해 갈 수 없어. 각양각색의 고통이 너를 괴롭히기도 하고 단련시키기도 하지…….

나는 문득 커러의 일을 엄마에게 이야기하고 싶어졌다. 내가 더듬더듬 말하자 엄마가 끊고 물었다. 네 말은 커러가 우울증에 걸렸다는 거니? 내가 고개를 끄덕이자 엄마가 직설적으로 말했다. 그래서 자살하고 싶다고? 아, 그렇지, 엄마는 경험자였다.

커러가 다른 사람들에게 충격을 주지 않을 방법으로 떠나고 싶어 한다고 하자 엄마가 눈물을 흘리기 시작했다. 나는 조금 당황스러웠다. 커러를 데려올 테니 엄마가 이야기하세요. 경험해 본 엄마 말은 들을 거예요…….

엄마는 절대 안 된다며 나를 말렸다. 아니, 커러가 블랙홀에서 빠져나오든 블랙홀에 떨어져 다시 돌아오지 못하든 나는 그 애를 이렇게 사랑하니 다 받아들일 거야. 이제부터 우주를 떠돌며 다시 돌아오지 않아도 붙들지 않을 거라고. 그건 커러의 선택이니까.

엄마와 커러는 약속이라도 한 듯 '블랙홀'이라고 말했다. 그나저나 경험자로서 엄마는 커러에게 충고하고 알려 줘야 하지 않나?

엄마가 말했다. 커러의 슬픔은 나도 다 알아. 하지만 스스로 감당해야 해. 그런 외로움은 누가 구제해 줄 수 없어. 어쩌면 신앙이 구원해 줄 수도 있겠지만 나는 모르겠어. 이건 운명이 열어 준 문이고 커러 혼자만 통과할 수 있는 문이야. 다른 사람은 아무리 기고 숨어도 들어갈 수 없어. 나는 커러를 잃지 않을 거야. 영원히 내 가슴속에 있으니까. 네 아빠가 "누구도 나만의 봄빛을 빼앗을 수 없고 누구도 내 가슴속 태양을 꺼뜨릴 수 없네."[18]라고 알려 주었어. 내가 내 고통을 해결하려 어떤 방법을 쓰든, 그게 떠남이든 소멸이든 네 아빠가 너와 커러를 잘 보살피는 게 나를 사랑하는 네 아빠의 방식임을 알고 있었어. 어느 날 커러가 사라졌다고 네가 말하면, 상상만 해도 벌써 가슴이 저미고 눈물이 쏟아질 것 같지만, 나는 그게 커러의 진심이 아님을 이해해야 해. 커러가 마지막 일 분까지 온 힘을 다해 저항했음을 믿어야 한다고. 그래야만 이미 사라졌어도 가장 좋은 부분을 내 안에 남겨 내 일부로 만들 수 있어.

커러의 연처럼.

18) 천거신(陳歌辛)이 작사 작곡하고 저우쉬안(周璇)이 노래한 「영원한 미소」의 노랫말.

40 영원한 미소

1

집으로 돌아왔더니 마이클이 없었다. 나는 아빠의 옛 물건을 뒤져 보았다. 저우쉬안의 「영원한 미소」. 아빠의 엘피반을 잘 보관하고 있는 줄 알았는데 형편상 두세 번 작은 집으로 옮길 때 잃어버린 모양이었다.

1940년대 초의 유행가가 아빠에게 어떤 의미였는지는 한 번도 생각해 본 적이 없었다. 하지만 어렸을 때 인이 박이도록 들어서 엄마가 몇 마디 흥얼거리자마자 바로 알아차렸다. 사실 할아버지 세대의 목소리였다. 노래가 나왔을 때 아직 항일 전쟁 중이었다고 할아버지가 이야기했었다. 들어 봐, 목소리가 얼마나 독특하냐. 여리여리하지만 기운이 넘치는 게 흔들림 없는 희망을 품었다고 믿지 않을 수 없잖아. 할아버지는 아빠에게도 똑같은 말을 했겠지? 아빠의 엘피반은 「영원한 미소」를 빼면 전부 '비틀스'였다. 저우쉬안이 부른 「영원한 미소」는 내 어린 시절의 추억으로 남았다. "가슴에 품은 사람, 그의 웃음 띤 얼굴, 늦가을의 어느 날 봄빛을 선사한 사람……." 그 아득한 노랫소리 속에서 잠들었던 오후가 얼마나 많았던가…….

나는 다시 아빠를 상상해 보았다. 아빠의 어린 시절에도 "가슴에 품은 사람아, 슬퍼하지 말아요, 그대의 웃음이 영원하기를"이 얼마나 많이 울려 퍼졌을까? 평온과 위로가 필요할 때 아빠는 「영원한 미소」를 틀었을까?

다시 들어 보고 싶어서 검색하니 인터넷에서 어렵지 않게 찾을 수 있었다. 휴대 전화를 스피커 모드로 하고 반복 재생 모드를 선택했다. 외롭고 우울한 날이면 차가운 바닥에 누워 소리 없이 시간을 흘려보냈던 어린 시절로 되돌아간 듯했다. 저우쉬안의 노랫소리가 파도처럼 나를 감쌌다. 할아버지 말처럼 여리여리하지만 흔들림 없는 희망으로 가득 차 있었다.

"그는 어두운 밤에 태양을 줄 수 있네."

할아버지가 아빠에게 주었고 아빠는 내게 주었다. 그게 무엇인지 알기도 전에 보물 같은 축복과 힘이 내 영혼을 살찌우고 있었다…….

2

눈을 떠 보니 사방이 칠흑같이 어둡고 고요했다. 아득한 노랫소리마저 들리지 않았다. 깊은 바다에 빠진 꿈 같았다. 누군가 뒤에서 나를 꽉 안고 있었다. 마이클이었다. 화들짝 놀라 정신을 차렸지만 바닥에 너무 오래 누워 있었던 탓에 온몸이 뻣뻣했다. 내가 움직이자 마이클이 나를 눌렀다. 손을 올리기만 하면 나를 목 졸라 죽일 수 있을 듯했고 정말로 그보다 더 합리적인 일은 없을 듯했다. 나로서는 기꺼이 받아들일 만한 일이었지만 마이클이 나 때문에 곤란해질까 봐 걱정되었다. 내가 벗어나려 하자 마이클은 한층 더 세게 눌렀다.

마이클이 내 귓가에 대고 속삭였다. 움직이지 말고 내 말을 똑똑히 들어, 알겠지?

한참이 지나도록 마이클은 한숨만 내쉴 뿐 한마디도 하지 못했다. 그러다 큰 용기를 내듯 말을 꺼냈다. 우리한테 아주 많은 일이 있었지……. 조용히 기다리는데 마이클의 목이 잠겼다. 나는 마음이 약해졌다. 내 몸에서 긴장이 풀리는 걸 느꼈는지 마이클도 조금 편안해지더니 천천히 하고 싶은 말을 시작했다. 지난 몇 년 동안 우리는 많은 이야기를 나눴잖아. 가벼운 말부터 심각한 말까지 불만, 이상, 비밀, 맹세 등 다른 사람에게는 똑똑히 설명할 수 없는 것들을 당신한테는 전부 말할 수 있었어. 탄커이, 당신은 내 가장 친한 친구야…….

"당신은 내 가장 친한 친구야." 지난 모든 남녀 관계에서 내가 얻을 수 있는 최대의 찬사였다.

몸을 돌려 얼굴을 마주 보고 싶었지만, 마이클은 여전히 나를 꽉 안고 못 움직이게 했다. 자기 말을 잘 들으라는 의미임을 알 수 있었다. 어쩌면 당신은 나만큼 똑똑하지 않을지도 몰라. 심지어 가끔은 멍청하게 느껴질 때도 있어. 하지만 당신은 나보다 선량하고 솔직해. 당신이 옆에 없었으면 내가 어떤 사람이 되었을지 상상이 안 돼. 책임을 회피하는 건 당연하고 아주 악독한 사람이 되었을 거야.

솔직한 걸 빼면 나한테는 아무것도 없구나.

마이클이 말했다. 당신이 예전에 그랬잖아. 세계 대전이 이미 아주아주 오래전에 끝났지만, 전쟁은 패턴과 형태를 바꿔서 지금 우리 시대에도 비일비재하게 일어난다고. 세상 구석구석에서 온갖 전투가 벌어진다고. 총포가 직접적으로 눈에 보이지는 않아도 분명 생명과 영혼이 강탈당하거나 노예가 되고 있다고.

내가 그런 말을 했다고……? 아, 맞아. 거리에 누워서 모르는 사람들과 함께 멀리 달과 별을 보며 도시의 미래를 상상할 때였지……. 우리의 일상이 무너지고 시위와 항쟁이 새로운 일상으로 자리 잡을 때였어. 그래, 지금은 혼란스러운 시대지. 그런데 마이클, 무슨 말을 하고 싶은 거야?

탄커이, 나는 너무 화가 나서 당신을 거리에 버리고 싶었어. 당신은 커러한테 필요한 것만 고려해 결정을 내리지. 나는 당신 마음속의 내 순위를 받아들일 수 없으니, 정말로 당신과 헤어져야 해. 하지만 '마이차오커러'를 내 손으로 망가뜨리고 돌아왔을 때 차가운 바닥에서 노래를 들으며 곤히 잠든 당신이 보였어. 그 모습을 보자마자 결론을 내렸지…….

3

이튿날 나는 마이클의 말을 아차오에게 고스란히 들려주었다. "보자마자 결론을 내렸지. 당신과 나는 오늘 일 때문에 후회하게 될 거야. 오늘이 아닐지도 모르고 내일이 아닐지도 모르지만, 곧 그리고 평생 후회하게 될 거야. 고결함은 나와 거리가 멀어도 이해하는 것은 어렵지 않아. 나중에 당신과 헤어질 수도 있고 당신 마음에 상처 주는 일을 할지도 모르지만, 이렇게 혼란스러운 시대에 평범하기 그지없는 사람들끼리 너무 따지지 말자."

다시 말하는데도 감동적이라 뜨거운 눈물이 고였다.

그런데 옆에 있던 커러의 반응에 기분이 확 상했다. 커러가 짜증스럽게 말했다. 어디에서 나온 말인지 출처를 아는데 어떻게 감동할 수 있겠어?

나와 아차오는 눈이 휘둥그레졌다.

커러가 설명했다. 마이클이 우리 집에서 며칠 지냈어. 처음에는 나를 때릴 기세였는데 나중에는 실연당한 중학교 2학년짜리 남자애 같더라. 먹지도 자지도 않고 온갖 짜증을 내길래 내가 옛날 영화를 틀어 줬어. 「닥터 지바고」부터 「카사블랑카」까지. 그랬더니 울면서 감자 칩을 먹기 시작했고 차츰 정상으로 돌아오더라고.

아, 「카사블랑카」에서 험프리 보가트가 잉그리드 버그먼에게 비행기 주기장에서 했던 대사였구나. 우리는 오늘 일 때문에 후회하게 될 거요. 오늘이 아닐지도 모르고 내일이 아닐지도 모르지만, 곧 그리고 평생 후회하게 될 거요…….

내게 영화 보는 법을 알려 준 남자들이 고마웠다. 그들 덕분에 나도 커러를 영화 애호가로 만들 수 있었다.

정신을 차리니 아차오가 내 반응이 궁금한지 가만히 쳐다보고 있었다. 나는 어깨를 으쓱하고 말했다. 왜 꼭 새롭거나 예상치 못한 말이어야 해? 어떤 말을 어떻게 하느냐보다 마음과 입장이 더 중요하지 않아? 이렇게 혼란스러운 시대에 평범한 사람들끼리 너무 따지지 말자고.

또 얼마간의 시간이 흐르자 내 배가 불룩해지기 시작했다. 마이클이 가격을 따지지 않고 「영원한 미소」 중고 엘피반을 사 주어 감동을 받았다. 커러가 친구와 외국 마라톤 캠프에 가겠다고 했다. 나는 눈살을 찌푸리다가 얼른 표정을 감추었지만 커러에게 들키고 말았다. 매일 문자 보낸다고 약속할게. 하지만 누나도 약속해 줘……. 뭐를? 오늘은 어땠냐고 매일 묻지 마. 왜 안 되는데? 하루하루가 다 관건이니까.

커러는 하루하루가 다 관건이라고 말했다.

하루하루가 다 관건이라고?

응, 견딜 수 있든 견딜 수 없든, 하루하루가 모두 관건이야.

그래, 탄커러, 내 동생. 하루하루가 다 관건이라면 그냥 솔직하게 살아.

추천의 말

최후의 백마가 아니다
—찬와이의 『동생』을 열며

예전에 야마다 요지의 「남동생」이라는 영화를 감독과 주인공 요시나가 사유리 때문에 보러 간 적이 있었다. 사유리는 동생의 탈선을 심한 응석으로 여기는 듯 어쩌겠느냐는 표정을 온화하게 짓고 있었다. 그런 응석은 집 밖을 떠도는 외로움을 견딜 수 없어서였을까?

찬와이의 『동생』은 열두 살 터울의 탄카이와 탄커러 남매가 겪는 감정의 변화를 다룬다. 두 사람은 서로 다른 (생리적) 성별에 따른 사회적 기대치와 자아 확립 및 도시의 끊임없는 변환, 21세기 홍콩에서 발생한 사회 운동 흐름과 맞물려 변화를 거듭한다. 응석받이 동생이었던 커러가 자란 뒤 반대로 누나 커이가 동생의 자애를 절절히 구할 때도 있다. 누나가 학생 신분에서 벗어나고 동생이 성인으로 자라는 동안 아버지와 어머니는 멀리 떠났다가 가끔 돌아오는 탓에 정신적 타인이 되기도 하고, 멀리 떠났다가 정말로 돌아와 감정적 의지처가 되기도 한다.

남매는 집과 이별하는 모종의 과정을 겪지만 정말로 집 밖에서 떠도는 것은 아니다. 커이와 커러가 다시 끌어안고 손잡을 때마다 외로움이 조금씩 녹아내리고, 집의 의미도 홍콩의 수많은 역경 속에서 내적, 외적으로 새롭게 정의된다. 커이는 황망한 시간을 함께 헤쳐 온 남자 친구 마이클과 대학 친구 아차오, 그리고 커러와 함께 '마이차오커러'라는 무척 낭만적인 카페 겸 문화 거점을 마련하고 스스로 즐겁고 의미 있다고 생각하는 일만 한다. 그곳은 혈연과 상관없는 또 다른 집이다.

찬와이는 『동생』의 플롯과 언어를 의식적으로 느슨하게 활용한다. 독자들에게 읽는 즐거움을 최대한 선사하는 동시에 '유수 같은 시간'을 구체적으로 표현하기 위해서다. 그러다 보니 청춘이 불길처럼 찾아오다가 느닷없이 우울과 침묵에 빠지는가 하면, 냉기와 온기를 오가다가 또 어느 순간 개인의 큰 사건과 도시의 거대한 사건이 맞부딪치는 시간 속으로 들어서기도 한다.

『동생』에서는 몇 가지 시점이 또렷하게 드러난다. 2003년 초여름 중학교 5학년 수험생들은 사스(SARS)의 여파로 마스크를 쓴 채 인증 시험을 치른다. 2006년 12월

15일 커이는 스타페리 부두 보존 시위에 참석하러 갔다가 남자 친구가 다른 여자애와 있는 모습을 보고 절망하며 자리를 뜬다. 그리고 이튿날 아침 텔레비전을 통해 부두의 시계탑이 톱날에 잘린 광경을 본다. 2012년 10월 (중국 공산당) 국경절 불꽃놀이 때 유람선이 전복하면서 서른아홉 명이 사망하자 커이는 더 이상 국경절 불꽃놀이를 보지 않기로 마음먹는다. 2014년 9월 28일 홍콩특별행정구 정부 청사 앞에서 평화 시위가 벌어지자 경찰 측은 10월 1일 국경일이 가까워서인지 저녁 무렵 잔뜩 긴장해 최루탄을 발사하는 고강수를 둔다……. 소설은 현실과 무척 흡사하다. 강렬한 빛이 다가오고 해수면이 상승하자 자신의 도시가 수몰되지 않을까 걱정하는 홍콩 작가의 아픔이 고스란히 녹아 있기 때문이다. 커이는 '중영 공동 선언'[1]이 발표된 이후에 태어났고 커러는 홍콩이 중국으로 반환된 해인 1997년에 태어났다. 남매는 시공간의 맥락에 끼워진 구슬 같아서, 궤도만 따라 굴러가는 게 아니라 부딪치고 튀어 오르며 새로운 우주를 만들어 내기도 한다.

반환된 홍콩의 아이 탄커러는 어떻게 성장할까? 스타

1) 1984년에 체결된 홍콩 반환 협정.

페리 부두 운동 때 커러는 이미 다른 것들은 많이 철거했는데 왜 그 부두는 철거하면 안 되냐고 물었고, 커이는 부두를 잘 보존하지 않으면 훗날 그와 관련된 기억을 만들 수 없다고 대답한다.

> 그즈음 '집단 기억'이라는 말이 유행했다. 나는 무척 서글픈 느낌이 들었다. 기억마저 집단의 이름에 기대야만 뿌리를 내리고 언급될 수 있다니 안타까웠다. 내 기억은 누구도 빼앗거나 점유할 수 없는 나만의 것이었다. 나는 커러가 나중에 스타페리 부두와 관련해 다른 사람과의 집단 기억이 아니라 자신만의 기억을 가졌으면 했다. (78~79쪽)

소설은 역사에 의존할 뿐이지, 현실을 그대로 복사하지는 않는다. 찬와이는 사회의 변화 속에 놓인 사람들을 바로 옆에서 따라간다. 그런 사람들은 '빌려 온 시간, 빌려 온 공간'이나 '빙산'에 사는 게 아니라 정말로 홍콩섬과 구룡반도에서 나고 자란 사람들이다. 그들은 두 다리로 땅을 단단히 밟고 서서 한 걸음씩 삶의 길이와 너비를 측량해 나간다. 모든 구슬 하나하나가 모양을 형성할 때 저마다 고유의 매듭을 맺고 자신만의 여정을 거친다.

그래서 우산 혁명 때가 되면 커러는 조숙한 고등학

생으로 성장해 있다. 그들 남매는 현장에 나간다. "펼쳐진 우산이 노르스름한 가로등 불빛을 받으며 기이한 꽃송이처럼 육교에서 줄줄이 떨어지는 광경도 보았다. 사람들은 우산을 받아 최루탄을 막았다." 감각 기관이 폭력의 울림으로 가득 찬다. "메케한 냄새와 '피융, 피융' 터지는 소리……. 꼭 독사 같았다. 시간이 멈추고 일이 꼬였다." 센트럴을 점령한 뒤 최루탄이 터지고 선거가 끝난 뒤에는 희열과 절망이 밀려온다. 그래서 커러는 또 무슨 소용이 있겠냐고 묻는다. 그건 질문이라기보다 심장에서 비어져 나오는 비명에 가깝다. 또한 커러만이 아니라 모두가 던지는 질문이다. 커이는 필사적으로 용기를 북돋우려 하지만 커러는 "탄커이, 정말 순진하다, 사랑해."라고 말한다. 무엇 때문에 청년은 세상을 믿을 수 없게 되었을까?

소설에는 웡와이만이 작사한 사안기의 노래 「자밍」이 인용된다. "가장 사랑하는 것을 찾아 떠난 그 사람은 오늘도 돌아오지 않네."로 시작하는 노래다. 커러가 곁으로 돌아오지 않자 커이는 세상천지 의지할 곳을 잃어버린 듯한 느낌을 받는다. 사랑을 찾지 못한 채 돌아온 커러 같은, 홍콩이 반환된 뒤에 태어난 사람들은 어떤 세상을 보았을까? "그는 사랑을 원했을 뿐이건만 단두대에 오를 뻔"했으니 "아름다운 신념을 위해 누가 기꺼이 탱크에 맞설 수"

있겠는가? 신념이 정말로 탱크를 흔들 수 있을까? 최루탄을 날려 버릴 수 있을까? '자밍'은 친척, 이웃, 신문, 뉴스, 연애 소설 어디에서나 쉽게 찾아볼 수 있는 홍콩에서 아주 흔한 이름이다. 우리 세대 타이완인이라면 누구나 봤을 홍콩 영화 「금지옥엽」의 장국영(張國榮)이 연기한 인물도 자밍이다. 우리 도시에는 수많은 자밍이 살고 커러를 비롯한 사람들 모두 자밍이라 할 수 있다. 노래는 "도와줄 수 없다면 그냥 내버려두기를, 세상의 마지막 백마를 탈 수 있도록"이라고 말한다. 누나가 동생에게 보내는 최고의 신뢰란 동생이 백마를 타고 사랑을 찾아 전쟁터에 뛰어들도록 내버려두는 것이다.

커이는 시종일관 기억을 보존하려 애쓴다. 2006년이든 2014년이든 마찬가지다. 그것은 조금 더 나이 든 홍콩인이 나중에 태어난 홍콩인에게 보내는 온기로, 실타래처럼 긴밀하게 연결된다. 『동생』의 3분의 1쯤을 보면 커이가 얼마나 앞선 세대의 집에 연연하는지, 할머니의 머릿속에 남은 홍콩 거리의 지도를 존중하는지가 나온다. "우리 시대의 광장이 할머니 시대에는 전차 차고지였다. 할머니와 할아버지는 데이트할 때 집에 가기 싫어 전차가 줄지어 차고지로 들어갈 때까지 거리를 걷고 또 걸었다. 전차가 샤프 스트리트 이스트를 돌 때마다 전봇대에서 작은 불꽃이 튀었다." 그 불꽃이 과거부터 미래까지 잇따라 터진다면 우리가 보는 백마는 결코 한 마리일 리 없고 마지막일 리도 없다.

양자셴(楊佳嫻, 시인이자 작가)

추천의 말

시대의 틈새에 놓인 둥글고 슬픈 진주

“시대에는 보이지 않는 틈이 있어서
잘못하면 그 속으로 떨어질 수 있다는 말을
아주 오래전에 들은 적이 있다.”

—『동생』 중에서

『동생』은 찬와이가 2014년 우산 혁명 이후에 쓴 소설이다. 당시 홍콩은 ‘우산 혁명 우울증’이라 불리는 시기였다. 최루탄을 견디며 오랫동안 거리를 점거했음에도 ‘완전한 직선제’ 요구가 통과되지 않자 젊은이들은 물론 적지 않은 성인들까지 우울감과 무력감에 빠지고 분노가 발산되지 못한 채 은연중에 쌓여 갔다. 그래도 당시에는 사회운동과 관련된 창작물을 홍콩에서 자유롭게 발표할 수 있어서 2018년에 『동생』을 문화 창작 앱에서 연재할 수 있었다. 하지만 고양이처럼 조용히 웅크린 채 창작에만 전념하던 작가 찬와이는 ‘센트럴 점령 운동’의 최초로 입장을 밝힌 10인의 지지자 중 하나라는 이유로 시위가 끝난 뒤 압박을 받게 되자 2018년 타이완으로 거처를 옮겼다.

홍콩의 2019년 시위[1]는 이제 타이완에도 꽤 많이 알려졌지만, 사실 2014년이 밑받침되지 않았다면 2019년의 시위는 그렇게 거세게 일 수 없었을 것이다. 그런데 2014년의 유산 혹은 후유증이 제대로 정리되지 못한 채 순식간에 훨씬 더 격렬하고 거대한 2019년 시위가 발발하면서, 정산할 방법이 없어진 유산과 후유증은 더 많은 사람을 시대의 틈새로 떨어뜨려 버렸다. 뉴스와 달리 이야기는 엄격하고 가혹한 유통 기한이 없어서, 과거에서 왔음에도 과거에만 머무르지 않는다. 오히려 문학의 힘을 빌려 역사의 틈, 세대와 세대 간의 간격을 메울 수 있다. 『동생』은 시대의 틈새 속 이야기다. 찬와이의 이야기들은 시대의 틈새 속에 누워 있으며 상처에서 어두운 빛이 흘러나온다. 『동생』을 출판할 수 있는 타이완의 자유에 감사한다. 그 덕분에 나는 진주처럼 둥글고 슬픈 동시에 문학의 빛까지 간직한 『동생』을 읽을 수 있었다.

찬와이 작가는 1998년 첫 번째 작품 『잿더미 속 기억(拾香紀)』으로 홍콩에서 기록적 판매량을 세우며 대중적으로 잘 알려진 자기만의 스타일을 확립했다. 젊은이의 성장을 통해 홍콩의 역사를 이야기하고 대중문화를 역사 서술

1) 홍콩 정부가 범죄인 인도법 개정안을 제안하면서 촉발된 시위.

의 타임스탬프로 활용하며(공적 기록에 대항하는 방식이기도 하다.) 일인칭의 매끄럽고 선명한 필치로 생활 속 잔잔한 재미와 감각적인 디테일을 살리는 것이다. 그래서 홍콩 독자는 물론 타이완 독자들까지 왕페이의 노래, 영화 「무간도」와 「아폴로 13호」와 「카사블랑카」, 만화 「GTO」 등 각종 유행가와 영화를 통해 역사와 사적인 이야기를 동시에 확인하면서 새로운 지식을 얻고 공감할 수 있다.

찬와이의 스타일을 이렇게 깔끔하게 분석하고 끝낸다면 좋겠지만, 지금 같은 난세에는 더 중요한 문제를 짚어야 한다. 찬와이의 전작과 비교할 때 『동생』에서는 사회적 사건이 더 크고 중요한 위치를 차지하며 주인공 커이와 동생 커러의 삶에 훨씬 더 많은 영향을 미친다. 방관자의 시선으로 사회적 사건을 써 낸 기존 홍콩 소설과는 완전히 다르다. 이 또한 찬와이 본인이 거리 항쟁에 참여하고 애드미럴티 등 점거 지역에 머물렀던 경험 때문인 듯하다. 또한 슬픔이 짙게 깔린 『동생』의 후반부야말로 찬와이가 이 작품을 쓴 이유로 보인다. 특히 찬와이가 우산 혁명의 전후 맥락을 객관적이고 광활한 필치로 묘사하는 게 아니라 주관적이고 감정적인 각도로 다룬다는 사실에 주목할 만하다. 평소 반항적이고 대범하며 경제적 독립을 추구하는 누나는 원래 온순하고 얌전했던 동생이 거리 항쟁에 뛰어들고 선거에 참여했다가 수없이 좌절한 뒤 우울증에 빠지는 것을 지켜보면서 자기 삶도 그 속으로 밀어 넣는다. 끊어 낼 수 없는 혈육의 정이 도시의 변화와 뒤엉켜 구분할 수 없게 된다. 2014년에서 팔 년이 지났고 2019년에서도 삼 년여가 지난 지금, 타이완 독자들이 여전히 홍콩에 공감하고 관심을 지니고 있다면 이제는 다른 단계로 진입할 때다. 영화나 소설(직접적인 뉴스가 아니라) 등 더 많은 예술 작품을 통해 홍콩을 접한다면 훨씬 더 많은 감정, 더 큰 진실을 만나게 될 것이다. 홍콩의 정리되지 않은 내적 진실을 보면서 타이완 독자들도 자신의 내면을 들여다볼 수 있으리라 믿는다.

모든 사회 운동은 크고 작은 다양한 트라우마를 남기기 마련이며 트라우마는 쉽게 사라지지 않는다. 홍콩의 젊은 작가 렁레이지(梁莉姿)의 『일상 운동』도 2019년 여러 가지 '운동의 상처'에 대해 다루는데 그 속의 상처들 역시 개개인의 삶과 깊게 연관되어 있다. 『동생』에는 두 가지 중요한 트라우마가 나온다. 하나는 '우산 혁명 우울증'이다. 2014년 우산 혁명은 '완전한 직선제'가 실현되도록 홍콩 정부와 중국 정부를 제대로 압박하지 못했다. 본토 의식을 가진 청년이 선거로 발언권을 얻었음에도 당선이 취소되면서 의원 자격을 잃자 많은 사람들이 초조함과 우울감에 빠졌다. 소설 속 동생 탄커러는 좌절과 억압을 너끈히 이겨 낼 정도로 강한 사람이 아니다. 소설은 청년을 신격화하지 않고 청년의 순수한 집착을 보여 준다. 또한 아무것도 할 수 없고 이해할 수도 없을 때 조수처럼 밀려드는 어둠에 정신이 어떻게 잠식당하는지를 내재적 서술 방식으로 탐색한다. 감정의 발생 원인은 다를지 몰라도(2014년과 2019년이 똑같다고 쉽게 가정해서는 안 된다.) 감정의 상태는 비슷하고 서로 통하기도 한다. 우리는 종종 그러한 유사성 때문에 문학 작품을 읽는다. 더군다나 '비정한 도시'가 기반인 타이완 사회에서는 권위의 그림자가 아직도 사회 구조 속에 숨어 젊은이를 실망과 우울로 밀어 넣고 있으므로 탄커러의 슬픔에 조용히 공감할 수 있을 것이다.

'우산 혁명 우울증'은 청년의 형상으로 드러나며, 『동생』에는 젊은이를 보호할 수 없다는 죄책감으로 발생하는 성인의 트라우마도 등장한다. 탄커이는 평생 대범하고 대담했지만, 투쟁에 나선 동생을 목격했을 때는 보통의 홍콩 사람처럼, 당장 위험한 현장에서 나와 집으로 돌아가라고 말한다. 그 바람에 무척 친밀했던 남매는 소원해지기 시작한다. 2014년 이후 젊은 시위자들은 아무리 위험한 상황에 맞닥뜨려도 얌전히 물러나 집으로 돌아가라는 권고를 받아들이지 않는다. 오히려 자신을 사랑하는 사람들에게 함께 투쟁하자고 단호하게 요구한다. 그런 마음가짐은 2019년에 훨씬 더 크고 단단해져 더 많은 성인을 설득시키고 더 큰 단결로 이어지지만, 더 많은 분열과 논쟁을 낳기도 한다. 탄커이도 동생을 따라 투쟁에 나선다. 그러나 동생을 보호하려는 신념 또한 포기하지 않고 위험이 닥칠 때마다 여전히 동생을 시위 현장에서 떨어뜨리려 애쓴다. 동생 역시 계속 누나를 원망한다. 『동생』은 2014년부터 2019년까지 홍콩 사람들의 심리적 변화를 보여 주는 축소판 같다. 전환기의 사물이나 상황은 잠시 존재했다가 사라지는 듯 보여도 완전히 소멸하지 않고 흔적과 경험으로 남는다.

찬와이가 개인적으로 들려준 이야기에 따르면, 그는 우산 혁명 현장에서 어떤 소년을 보고 그렇게 어린데도 투쟁에 나선 게 안쓰러워 "세이로우(細佬), 집으로 돌아가."라고 말해 주고 싶었다고 한다. '세이로우'는 동생을 뜻하는 광둥어다. 홍콩의 나이 든 사람들은 흔히 남자애를 '세이로우'나 '아자이(阿仔)', 여자애를 '아무이(阿妹)'나 '아노이(阿女)'라 부른다. 찬와이는 그게 소설의 기원이라고 했다. 작가의 직접적인 경험은 소설의 구상에 중대한 영향을 미친다. 가령 시위 중 심한 충돌이 발생했을 때 찬와이는 성당과 종소리를 집어넣어 종교로 갈등을 중화시킨다.

실제로 우산 혁명을 주도한 사람 중에는 종교인이 많았고 종교의 희생정신이 우산 혁명에서 중요한 역할을 했다. 소설에서는 젊은 시위자들이 여전히 가족을 의지하고 상처 입었을 때 가정에서 위로받아야 한다고 강조한다. 나는 원래 찬와이가 게자리라서 그런 신념을 가지고 있다고 놀리려 했지만, 2019년 수많은 청년이 가족과 멀어지고 심지어 갈라졌다는 게 떠올라 차마 놀릴 수 없었다.

2014년 이후 많은 성인이 소년들만큼 앞장서지는 못해도 원래의 일터와 사회적 지위를 버린 뒤 다른 삶과 실천 방안을 모색하게 되었다. 그런 내용은 찬와이의 소설 속에도 등장한다. 작가가 비관과 낙관의 심리적 긴장에 모든 힘을 쏟았기 때문인지, 『동생』은 팽팽하게 날이 서고 불온한 흐름 속에서 느닷없이 끝난다. 그런데 나는 동생 커러가 성장해 2019년에 더 많은 이야기를 만들어 냈으리라는 생각을 떨쳐 낼 수 없었다. 『동생』 초반부의 상큼한 서술을 접했을 때만 해도 중간에 그렇게 진지하고 끈끈한 감정이 나올 줄 예상하지 못했고, 뒷부분에서 한층 더 팽팽한 긴장으로 치달을 줄도 몰랐다. 작가는 서술자 커이의 삶에 중대한 선택과 상황 변화를 부여함으로써 동생 커러가 삶에 대해 느끼는 평면적인 절망을 상쇄시키고 플롯과 감정 사이에서 강렬한 긴장감을 끌어낸다. 그러고는 엄청난 의지로 이 둘이 평범한 구원으로 나아가지 않도록 막는다. 온갖 좌절을 겪은 뒤 커이는 마침내 원대한 소망이나 극도의 절망을 품은 청년에게는 보호가 아니라 수용과 동반이 필요함을 깨닫는다. 그것은 어떤 보편적인 명제나 법칙에 이르러서가 아니라 자신의 상황에서 자신에게 소중한 사람을 마주해야 한다는 중요한 깨달음을 얻어서이다.

소설의 마지막에서 커이는 솔직한 사람이 되겠다고 말한다. 외재적 속박과 소멸, 정리되지 않은 내면 앞에서 우리는 정말로 솔직함을 유지할 수 있을까? 독자이자 친구로서 나는 『동생』과 찬와이, 홍콩 독자와 타이완 독자가 서로를 돕고 수용하고 함께 나아가는 관계를 조용히 만들 수 있기를 희망한다. 정말로 시대에 틈이 있어도 우리는 서로 의지해 잘 견디며 여명을 기다릴 수 있을 것이다.

탕시우와(鄧小樺, 시인이자 작가)

홍콩 지도 — 작품 속 주요 장소

❶ **코즈웨이 베이** **Causeway Bay**
홍콩의 쇼핑 중심가.
탄커러가 고향으로 생각하는 곳.

❷ **란콰이퐁** **Lan Kwai Fong**
탄커이의 학교 근처 번화가.

❸ **사이완 해변** **Sai Wan Beach**
남매가 석양을 보러 가는 곳.

❹ **스타페리 부두** **Star Ferry Pier**
홍콩섬과 구룡반도를 오가는 스타페리가
출발하는 부두. 철거 위기에 놓이자
탄커이가 보존 운동을 펼치는 곳.

❺ **애드미럴티** **Admiralty**
정부 청사와 시민광장이 모여 있는 지역으로
홍콩의 행정, 금융 중심지.
탄커러가 시위를 하러 달려가는 곳.

❻ **빅토리아 하버** **Victoria Harbour**
구룡반도와 홍콩섬을 가로지르는 천연 해협.
탄커이네 가족이 보는 불꽃놀이가
해마다 펼쳐지는 곳.

동생

1판 1쇄 찍음 2025년 5월 16일
1판 1쇄 펴냄 2025년 5월 23일

지은이 찬와이
옮긴이 문현선
발행인 박근섭, 박상준
펴낸곳 (주)민음사

출판등록 1966. 5. 19. (제 16-490호)
서울특별시 강남구 도산대로1길 62(신사동)
강남출판문화센터 5층(우편번호 06027)
대표전화 02-515-2000
팩시밀리 02-515-2007
www.minumsa.com

ISBN 978-89-374-2886-9 03830